# Annie au milieu

Émilie Chazerand

ÉDITIONS
SARBACANE
Depuis 2003

*Pour Iris,*

*Pour qui c'est si important, si beau, d'être ensemble.*
*Qui pleure parfois à l'idée de grandir.*
*Qui me demande de lui raconter, encore et encore,*
*comment c'était, elle dans mon ventre et moi tout autour.*

*Tu es tout.*
*Fruit et racine.*
*Merci pour tant.*

*Je crois en toi comme en l'hiver et à la lune :*
*dur comme fer, dur comme pierre.*

*Je vous aime, tes milliers de facettes et toi.*
*Baisers dans tes cheveux et sur tes yeux,*

*Maman.*

## Liste des 21 chansons de mon histoire

– GRAND BLANC, *L'amour fou*

– SIMON AND GARFUNKEL, *Kathy's Song*

– STINA NORDENSTAM, *Little Star*

– POMME, *Comme tu dis*

– ANNE GERMAIN ET CLAUDE PARENT, *Chanson des jumelles (BO du film* Les Demoiselles de Rochefort)

– CHARLES STROUSE ET MARTIN CHARNIN, *It's the Hard Knock Life (BO du film* Annie)

– SUFJAN STEVENS, *Chicago*

– WOODKID, *Run Boy Run*

– BON IVER, *Flume*

– DALIDA, *Histoire d'un amour*

– MANCHESTER ORCHESTRA, *The Maze*

– GUNS'N'ROSES, *Sweet Child O Mine (reprise pour la BO du film* Captain Fantastic)

– ASTRE, *Dolorès*

– VANCE JOY, *Mess is Mine*

– YOKE LORE, *Goodpain*

– DAUGHTER, *Youth*

– LOWELL, *No Talk*

– PERFUME GENIUS, *Too Bright*

– MARVIN GAYE & TAMMI TERRELL, *Ain't No Mountain High Enough*

– ORELSAN, *Basique*

– FLORENCE AND THE MACHINE, *You've Got the Love*

*« Good people do things for other people. That's it.*
*The end. »*

RICKY GERVAIS

# 1
# Velma

Ma grand-mère Kathy est morte lundi, seule et en robe-tablier.
Elle épluchait des pommes de terre quand son cœur a dit stop.
C'était une de ses formules consacrées.
« Je te sers du riz au lait : dis-moi stop ! »
Stop.
Sa copine Christiane l'a retrouvée assise à la table de la cuisine.
Les doigts déjà bleus, griffes froides autour de l'économe.
La joue sur la nappe en Bulgomme.
Les motifs circulaires en relief, comme imprimés sur sa peau.
Papa est allé la voir au funérarium.
Il est fils unique. Il était. Il n'est plus « l'enfant de ».
Pendant très longtemps, il n'y avait qu'eux deux.
Je ne sais pas ce qui le faisait réellement pleurer.
La mort de Mamie ou celle de l'enfance tout entière.

Maman a hésité longtemps devant l'armoire de Mamie.
Elle a choisi la tenue qu'elle portait pour leur mariage.
Comme si ça avait la moindre importance.
Comme si l'obligation d'être jolie et présentable était increvable.
Moi, je me suis endeuillée chaudement de la tête aux pieds.
J'ai traîné mon chagrin dans l'église où Mamie avait ses habitudes.
J'espère l'y laisser derrière un banc, comme une peau morte.
J'observe le curé chanter du nez en prenant un air piteux.
Il récite bien. L'éloge est huilé. Je n'écoute pas vraiment.

Je regarde la Vierge, drapée d'or, couronnée d'étoiles.
Elle me tend les bras, paumes ouvertes vers moi, Velma.

« ... aimée de son fils dévoué Jérôme, de sa belle-fille Solange,
De son petit-fils de dix-huit ans, de sa petite-fille de quinze ans,
Et de sa chère, très chère, Annie. Son ange. »

Je ne sursaute pas. C'est souvent comme ça.
Annie a beau être au centre de tout, elle reste à part.
J'ai longtemps cru que tout le monde avait son Annie.
Qu'on en comptait une par maison, comme un frigo ou une télé.
Que c'était ça, la normalité.

Je la cherche des iris et me cogne les rétines à son image.
Toutes les lumières de l'église éclaboussent ses cheveux.
Je suis blonde aussi, mais sûrement pas autant. Pas comme elle.
Je lève un sourcil vers la statue de Marie, un peu narquoise.
Elle n'est pas la seule à être couronnée d'étoiles, aujourd'hui.

Pourtant, dans ma famille, tout le monde est brun.
Cheveux bruns, corps bruns, yeux bruns.
Il n'y a qu'Annie et moi qui sommes blondes, blanches, vert d'eau.
C'est mystérieux.
Annie est mon identique, à un détail près. Léger comme une pensée.
Aussi invisible que l'antimatière.
Une affaire de chromosome en plus, sur la vingt-et-unième paire.
Sans lui, on nous confondrait sûrement.
Mais il est là. Et il rend Annie unique, remarquable.
Il lui donne le droit de chanter du Dalida, l'oreille contre l'épaule de Papa.
Il lui permet d'être la seule à porter des couleurs et à sourire, sourire.

« Sur une plage il y avait une belle filleuuuh,
Qui avait peur d'aller prendreuuh son bain... »

Harold et moi restons silencieux. Nous ne nous appuyons sur personne.
L'air solennel et les pensées ankylosées, on attend la fin de l'hommage.

«… elle avait une foi inébranlable en Jésus-Christ notre sauveur.
Elle me disait souvent voir en Annie la preuve de l'existence de Dieu.
Là même où d'autres y auraient trouvé la preuve de l'inverse. »

Maman toussote un peu. Elle a du mal à déglutir le discours du curé.
Il s'en fout. Imperturbable, il rappelle le credo de Mamie.
Il demande qu'on le clame avec lui, comme un chant patriotique.
Main sur le cœur, regard humide, il nous veut dans son équipe.

« Je crois en Dieu, le Père tout-puissant,
Créateur du Ciel et de la Terre.
Et en Jésus-Christ son fils unique, notre Seigneur,
Qui a été conçu du Saint-Esprit, est né de la Vierge Marie,
A souffert sous Ponce Pilate, a été crucifié,
Est mort et a été enseveli… »

Annie arrête de chanter, arrachée à sa rêverie.
La frivolité de Dalida a fondu tel un cierge long et blanc.
Ma sœur me regarde. Je la rassure d'un sourire rempli de dents.
Je pose mes mains sur mes oreilles, et elle m'imite aussitôt.
On fait ça depuis toujours, toutes les deux.
Lorsque les sons, les mots, le monde mordent, on s'embulle.

Annie peut faire des crises horribles.
Elle devient sauvage, terrifiée et terrifiante. Proie et chasseur.
Elle pleure comme une folle, comme une veuve, une accidentée.
Elle me fait boire des tasses pleines à ras bord de peine salée.
J'ai l'habitude. Je sais gérer. J'ai une technique bien rodée.
Je m'assois face à elle et colle mes genoux aux siens.
On se fait bois, barque, paquebot.
Je balance de gauche à droite, l'entraîne dans mes flots.

Et son visage de lune grave et triste s'apaise toujours, doucement.
On s'embulle, mains sur les oreilles.
Et les sons, les mots, le monde à grandes dents ne mordent plus.

Je voudrais lui dire qu'elle n'a pas besoin d'écouter tout ça.
Que ce credo grave et un peu poisseux ne nous concerne pas.
Que je peux lui en fabriquer un autre. Un magique. Rien qu'à nous.
Car je crois, moi aussi, en des tas de choses.

Je crois que la plume se souvient avoir été oiseau, nuage et ciel.
Et qu'elle ne s'en remet jamais.

Je crois que si mon pouce me démange, je vais avoir du courrier.

Je crois que chaque famille a quelqu'un qui fait office de soleil.
Et que les autres membres ne sont rien d'autre que ses satellites.
Ils tournent autour de lui, cœurs tambours et jambes cuites.

Je crois que les bonnes histoires commencent par un amour fou.
Même la mienne. Même si je suis accidentelle.
Même si j'ai été fabriquée pour la vitrine des Desrochelles :

« Tout va beau, nous allons tous très bien, nous vivons grand.
Nous n'avons pas peur. Nous n'avons jamais mal. Tout est normal.
D'ailleurs, on a fait Velma, après. On a fait Velma, exprès.
Une fille de rechange, pratique, conforme, très adaptée.
Pas de chromosome surnuméraire, on vous rassure, on a compté. »

Oui, peut-être que ça s'est passé comme ça.
Que j'existe par et pour Annie. Que je suis l'enfant-béquille.
Celle qui prendra la relève lorsque les parents seront entamés.
Rabougris, oublieux ou décédés.
La voisine l'a dit à Maman. « Une fille, c'est plus sûr.

Les garçons s'occupent moins de ces choses-là. Ils s'attachent pas. Les filles ont le sens du sacrifice. Elles restent. C'est inné. »

Si c'est inné, à quoi bon lutter ?

Le prêtre clôt son laïus en parlant de Mamie comme d'un mixeur : « Kathy était solide et fiable. Disponible et indispensable. »

Enfin, on se lève pour suivre le cercueil brun jusqu'au cimetière.
Cheveux bruns, corps bruns, yeux bruns. Et Annie en éclat clair.
On contourne l'église en chenille lente.
Ça sent la terre, le chèvrefeuille et la menthe.
Le trou est là. Bouche béante, prête à avaler une vie entière.

Papa pleure. Annie aussi. Maman pose sur chacun une main vernie.
Et c'est presque tout. En quelques minutes, c'est fini.

## 2
## Annie

« C'est fini », Maman a dit.

Des monsieurs ont mis Mamie Kathy dans une boîte. Et ensuite des autres monsieurs ont fait descendre la boîte dans un grand trou. Dans la terre. Comme un grand trésor de pirate.

Ça me fait peur.

Il doit faire tout noir dans la boîte. Mamie aime pas le tout noir. Elle a une lampe à côté de son lit et une petite radio et des bonbons tout durs pas délicieux.

Elle dort près de la fenêtre. Elle aime entendre les bruits de la maison et du dehors. Je sais pas si elle entend des choses dans sa boîte.

Je veux pas la laisser toute seule mais Maman a dit : « Elle est pas vraiment toute seule. Elle est avec Papi Renaud. »

Je me souviens de Papi Renaud sur les photos. Ça fait très longtemps il existe plus alors moi je pense il a jamais existé pour de vrai. Il est comme les gens des films.

J'ai dit à Maman : « Mais Papi Renaud, il est dans une autre boîte. Ils sont pas mélangés, avec Mamie Kathy. Ils sont pas ensemble pour de vrai. »

Maman a dit : « C'est plus compliqué que ça. » Maman a dit : « Même si tu ne comprends pas, tu ne dois pas avoir peur. » Elle a dit : « Tout ira bien. »

Mais je sais pas quoi ira bien.

C'est fini. Elle a dit : « C'est fini », avant. Alors ça mélange dans mon cerveau. Ça touille touille.

« On va rentrer à la maison et des gens vont venir passer un petit moment avec nous, pour parler de Mamie Kathy. Et penser à elle », Maman a dit.

Maintenant, chez moi, y a des gens. Pas trop. Un peu beaucoup, juste.

J'aime bien les gens. Y en a des tristes, j'ai envie de leur faire des câlins. Y en a des pas trop tristes, ça va. Ils disent : « Ça va, ça va. » J'aime quand ils disent je suis souriante et bien gentille et j'ai l'air heureuse.

Je suis heureuse. Je suis Annie Desrochelles. La vie de Annie Desrochelles, c'est la perfection.

Je suis grande comme au-dessus de la boîte aux lettres. J'ai seize ans trois quarts, Velma a calculé.

Je suis très belle. Pas belle comme Velma. Belle comme moi. J'ai des cheveux beaux, des yeux beaux, une bouche beau. Belle ! Une bouche belle ! Hihi ! J'ai des trous dans mes globes d'oreilles, je mets des coccinelles dedans. J'aime les coccinelles. C'est la bête à bon Dieu.

Sur le papier peint de Harold, y a des gens avec des trous dans les globes d'oreilles. Ils ont des guitares et pas de pulls. Je crois ça veut dire Harold veut être eux.

J'ai personne sur mon papier peint. Des petits poussins, juste. Je crois ça veut dire je veux que être moi.

Je suis super. Tout le monde dit je suis super. « Une bombe », Harold dit. Avant, je comprenais pas c'était gentil.

Papa a expliqué les gens parlent avec des images pour on voie leur idée. Il a dit : « Parfois, les mots c'est pas assez. »

Je croyais l'idée de Harold c'est j'explose, bouuuum ! Et après, y a de la fumée et des maisons comme des puzzles et des gens pleurent. Mais Papa a rigolé et a dit : « Non, non non ! Pour les jeunes, "bombe", ça veut dire très belle fille. »

Je comprends pas tout le temps les images dans les mots. Mais « on s'en fiche », Velma dit. « Moi non plus je comprends pas tout le temps les images dans les mots », elle dit.

J'aime Velma. J'aime Harold. Et Maman, beaucoup beaucoup. J'aime Papa, pour de vrai. J'aime Mamie Kathy pareil.

J'aime aussi Ja et Hui, mes collègues de mon travail, et Madame Chowa, la patronne du Little Asia Mini Market de mon travail. J'aime mon travail.

Mamie Kathy elle a parlé à Madame Chowa. Elle lui a dit : « C'est bien d'avoir Annie, pour les impôts. Annie est un avantage. » Alors Madame Chowa a dit : « D'accord pour trois heures par jour, l'après-midi. » Elle a dit : « Au Smic. » Elle a dit : « Et Annie a pas le droit de goûter les produits. » Ça, elle a répété, le doigt en l'air. « On ne mange pas la marchandise ! »

Au début, j'avais peur de Madame Chowa mais Mamie Kathy a dit : « Elle a un bon fond. » Elle a dit : « Les premiers temps, je viendrai acheter des choses quand tu travailleras, pour veiller sur toi. »

Elle venait et c'était bien. Elle disait : « Je suis fière de toi, ma petite travailleuse. »

C'est bien de travailler. Si on travaille pas, on a trop de temps vide. On a trop de temps seule. J'aime quand y a des clients et Ja est à la caisse et Hui est dans les rayons et on papote. « On papote comme des potes », Hui dit. Mais pas trop trop, parce que Madame Chowa aime pas.

« Les pipelettes deviennent pas des vedettes », Madame Chowa dit. Mais moi, je veux pas être vedette. Je veux avoir mes sous pour acheter des cadeaux à moi-même. J'ai un compte à la banque et une carte de crédit. Y a *Annie Desrochelles* écrit dessus, en or et en bosses. Elle est belle. Elle est dans le sac de Maman parce que elle la garde pour moi, mais c'est la mienne. C'est ma carte de crédit. Avec mon nom dessus. Je suis utile. Je suis importante.

J'aime mes amis de l'UAT, aussi. L'UAT c'est l'Unité… l'Unité d'Activités Thérapiques. Je vais tous les matins à l'UAT. Avec les copains Suzie, Christopher, Adama, Antoine, Nour, Axel et Ouissam. Ouissam, je l'aime plus que j'aime les autres copains de l'UAT. Harold a demandé une fois, en voyant Ouissam : « C'est ton mec, lui ? »

Je savais pas. J'ai dit : « Je sais pas. » Harold a expliqué : « Ton petit chéri, ton amoureux. La personne à qui tu donnes le droit de te faire des bisous sur la bouche, que tu veux bien tenir par la main… » J'ai dit : « Je tiens toujours ta main, Harold. T'es mon mec ! » Harold a rigolé. Il a dit : « Je suis ton frère, je peux pas être ton mec. C'est interdit par la loi. »

Y a beaucoup de choses interdites par la loi. La loi, ça fait peur.

À l'UAT, la loi c'est Sylvie l'infirmière. Sylvie est un peu vieille. Pas beaucoup. Elle a des petits cheveux de mouton mais elle veut pas que je les touche. « Pas touche, Annie. » Elle a des lunettes aussi. Les gens intelligents ont des lunettes. Moi, j'ai pas de lunettes. Mais je suis intelligente.

Je sais lire un peu. Je sais compter jusqu'à loin. Trente-sept. Trente-huit. Après, tant pis. Je sais casser des œufs et mélanger une omelette. Je sais faire du hula-hoop. Je sais tapoter tapoter tapoter mon oreiller pour que il est dodu comme j'aime. Je sais ouvrir le robinet froid et le robinet chaud pour que l'eau du bain est tiède. J'aime pas quand je mets le pied dans l'eau qui brûle. Ça brûle. Et je crie quand c'est froid. Comme ça : « Aaaaaah ! » On dirait l'hiver saute sur ma jambe. Ça, c'est une image dans les mots.

Maman dit le secret du bonheur, c'est l'éli… l'équilibre. Ça veut dire pas trop et pas pas assez. Au milieu.

Moi je suis au milieu. Je suis entre Harold et Velma. Et je suis entre Maman et Papa.

Et aux majorettes, je suis entre Dounia et Chloé-Pomme.

Les majorettes, c'est tout ce que je préfère. C'est la perfection. Les costumes sont beaux. Magnifiques. Y a de la musique super. Taylor Swift. « Chékitof, chékitof ! » elle chante. C'est pas Dalida mais « c'est cool », elle dit Élodie l'entraîneuse.

Je me dandine, je bouge mon popotin. Ça fait rigoler Dounia. Elle dit je mets l'ambiance. Elle dit je me la raconte pas, moi, « pas comme cette coincée du cul d'Hélène ». Je sais pas ce ça veut dire, « coincée du cul ».

Hélène, elle est tout devant aux majorettes. Je l'aime même si elle m'aime pas bien. Elle est super. Elle a le nombril en diamant et des jambes aussi grandes que tout moi, on dirait ! Elle ressemble à la ballerine dans mon livre sur les ballerines, avec les cheveux tirés pour faire une boule et les yeux comme deux losanges verts. Et puis elle est blanche et jaune à petits pois, ça s'appelle des « taches de rousseur » et c'est magnifique. Hélène elle est la star de ma troupe, les Joyaux de Couronne.

*Couronne dans l'Indre-et-Loire*, c'est ma ville. J'aime *Couronne dans l'Indre-et-Loire*. Y a beaucoup de gens gentils.

Mamie Marie-Claire, la maman de Maman, elle dit : « Couronne, c'est cinq mois de neige suivis de cinq mois de pluie, treize kilomètres carrés de géraniums, de béton gris sale et de dos-d'âne. C'est la France en Marche et neuf-mille-neuf-cent-trente-quatre connards ».

« Connard », c'est méchant. Faut jamais le dire, ça fait de la peine et des bagarres.

Mais Dounia elle dit souvent : « Hélène, c'est une connasse. » Elle dit : « Toutes les filles, ici, c'est des connasses. Sauf toi, Annie. Et crois-moi, Élodie, c'est la reine des connasses. »

« Connasse », c'est un connard-fille. C'est méchant aussi.

Moi, j'aime toutes les majorettes. Elles sont toutes des Joyaux, je trouve. Et j'aime Élodie l'entraîneuse. Et j'aime Dounia. Même si elle aime jamais rien, elle est rigolote. Elle est pas très forte comme majorette, mais elle est obligée : elle est la cousine à Élodie. Dounia est belle et elle est gentille. J'ai le droit de toucher ses cheveux et de tenir sa main si je veux. Mais c'est pas mon mec.

Aujourd'hui, j'arrive pas à penser à elle ou aux majorettes ou à mon travail. Ça pince en tordant dans mon cœur, à cause de la boîte dans la terre.

Papa a dit je vais plus voir Mamie Kathy. La mort, ça fait les gens viennent plus nous voir dans des habits. On peut plus faire des câlins parce qu'ils ont plus un corps avec des jambes debout et des mains toutes douces.

Papa a dit : « N'empêche qu'elle disparaît pas tout à fait. » Il a dit : « Il reste quelque chose d'elle partout dans l'air », comme un bon parfum qui sent bon.

J'ai respiré grand mais j'ai pas senti Mamie Kathy.

Papa il est pas pareil de d'habitude. Il raconte pas les blagues. Il est sérieux, mais pas sérieux-fâché comme quand il s'énerve fort et Harold dit « Ouh là, y a de l'orage dans l'air… », et après on voudrait mettre un K-way pour pas être trempé de la colère de Papa.

Aujourd'hui, Papa a l'air vieux et petit. Les autres jours, il est très costaud et très grand pour fabriquer des maisons avec des gros morceaux de bois et un casque blanc. Parfois il me montre des photos sur son téléphone : au début, y a rien, et après y a des murs et puis des fenêtres et des portes et à la toute fin un toit avec des nuages dessus ! C'est magique ! Je suis fière.

Mais Papa pourra plus fabriquer rien du tout si il reste petit comme ça. Je veux dire à Maman je m'inquiète, mais elle est dans une robe noire avec des boutons dorés tout du long et elle a une grosse tresse avec ses cheveux, alors ça me plaît et j'oublie de m'inquiéter parce que elle est jolie jolie et c'est pas souvent.

Maman s'est fait toute belle pour mettre Mamie dans sa boîte.

J'ai chaud. J'ai du bruit dans ma tête. Je regarde par la fenêtre très grande du salon et là, je vois Dalida sur la terrasse. Elle me fait coucou. Elle a sa robe magnifique comme du papier alu. Je sors la voir.

C'est foncé dehors et il fait froid parce que février, c'est l'hiver encore un peu. Ça sent glacé dans l'air. Dalida sourit et elle vient avec moi chercher ma poule dans le poulailler. J'ai le droit, c'est ma poule. Je sais l'attraper, doucement, pas fort. Faut serrer pas trop et pas pas assez. L'équilibre. Je fais un bisou sur les plumes. Je dis à ma poule : « Bonjour Gigi l'amoroso », parce que c'est comme ça que elle s'appelle.

Dalida lui caresse la crête. Elle sourit. Elle dit : « Oh, Gigi. » On s'assoit toutes les trois sur la terrasse et ça fait froid au popotin. Je regarde le jardin rempli de nuit. Je dis : « Je suis triste. » Dalida soupire. « Moi aussi », elle dit. Ça fait un nuage scintillant.

Et après elle pose sa main sur mon épaule. « Je suis toujours là, moi, Annie. » Et elle chante dans mon oreille :

« *Mon histoire c'est l'histoire d'un amour,*
*Ma complainte c'est la plainte de deux cœurs.* »

## 3
## Harold

J'ai mal au cœur. Je sais pas si c'est à cause de l'odeur de l'encens, à l'église, ou de la chaleur étouffante de la maison. Cette baraque n'est pas conçue pour contenir autant de gens. Autant de peine. Il n'y a pas assez de fenêtres et trop de toit.

Peut-être que c'est juste parce que ma grand-mère est morte. Et même si là, tout de suite, ça change pas mon monde, je pressens que ça va faire bouger des trucs. À l'intérieur de moi et un peu autour, aussi. Comme quand un domino tombe. S'il est bien aligné avec les autres, s'ils forment ensemble une belle chaîne harmonieuse, sa chute entraîne celle de tous. J'attends de voir.

Je défais les deux premiers boutons de ma chemise, je pince le coton et le secoue pour faire rentrer de l'air. Le deuil, c'est moite. Faut que je sorte faire un tour.

Ça ne dérangera personne. Chacun est accaparé par sa propre lamentation. Des gémissements qui se frôlent et se heurtent comme des icebergs.

Je vois Annie, assise dehors. Dos rond au reste du monde. On dirait un petit menhir.

Je chope une assiette, y pose un pavé chocolaté à multiétages, dense et lourd. Je choure deux cuillères au passage et je fugue.

L'air frais me saute au visage.

– Toc toc, je dis seulement, en pianotant sur la tête de Gigi l'amoroso. Quelqu'un a envie de partager ça avec moi ? Une chanteuse invisible, peut-être ?

Annie a un rire comme un hoquet. Bruyant, bref.

– Dalida est pas invisible : elle est partie. Et moi j'ai pas le droit de manger trop de gâteau, Harold. C'est pas bon pour le cœur, Maman dit.

– Rien n'est bon pour le cœur. Ni les gâteaux ni les chansons tristes de Dalida. Mais c'est ce qu'il y a de meilleur, non ?

Je lui lâche un clin d'œil et fais danser l'assiette sous son nez. Les yeux d'Annie s'allument comme les phares d'une deux-chevaux. Elle saisit timidement la cuillère. J'attaque mon côté du gâteau en fixant le fond du jardin. J'essaie de voir Dalida. Ou Mamie Kathy. N'importe qui. Moi, qui sait ?

– Mamie aimait beaucoup le bon Dieu. Elle était gentille. Pourquoi le bon Dieu voulait que elle meure ?

Je soupire. Annie est parfois gonflante avec ses questions jamais aussi connes qu'on voudrait. Avec elle, inutile de se lancer dans de longs argumentaires, des débats nerveux. Elle n'est convaincue que par la vérité toute crue. Toute nue.

– Parce que Dieu est comme nous. Parfois, il est sympa. Parfois, c'est un connard.

Annie réfléchit. Elle creuse un tunnel dans la partie croustillante du biscuit, veille à embarquer un peu de mousse avec, et enfourne l'ensemble. Elle s'en fout partout.

– C'est bon pour mon cœur, ce gâteau. Je sens ça fait du bien.

– Je te l'avais dit. T'inquiète, j'en parlerai pas à M'man. Ça reste entre nous.

– Comme un secret ?

Je fais oui de la tête. Comme un secret. Je suis balèze en secrets. J'en ai plusieurs. Je pourrais les lui confier, à elle, sûrement. Mais, pour ça, faudrait déjà que je me les dise à moi-même… À voix haute. Que je les entende résonner dans l'air, tout autour de ma tête. Et clairement, je suis pas prêt.

J'abandonne le reste du gâteau à ma frangine. Je pose mes deux mains sur la terrasse gelée. Bras tendus, nuque en arrière, le front dans les étoiles timides. Mamie Kathy avait rebaptisé la constellation du Dragon « constellation d'Annie ». En vrai, c'est juste des astres foutraques, pas vraiment brillants, à la queue leu leu. Rien à voir avec une Grande Ourse.

Le ciel, Annie n'en a rien à battre. Elle pince un gros fragment mou de chocolat, le laisse ploquer au centre de sa paume, lèche le bout de ses doigts. Gigi comprend. Ses yeux clignotent, sa tête oscille, puis elle se penche et pique la ligne de cœur, profonde et courte, de ma sœur. Annie glousse, surprise par la sensation. Ravie.

Pour la millionième fois, j'essaie de me souvenir de l'année *avant elle*. De la dernière fois que j'ai pu me glisser dans le lit des parents pour dormir calé entre eux deux. De cette semaine à Berlin, à trois. Des bains avec

Maman, peau contre peau, sans rien d'autre entre nous qu'une pellicule d'eau et quelques bulles. De sa bouche qui se déformait en gouzi-gouzi, puis me tamponnait le cou de baisers froufroutants. Du menton de Papa, râpeux comme une langue de chat, sur ma chair grasse et blanche. De mes pieds dans ses mains, de ma nuque dans le pli de son coude. Quand j'étais encore leur unique bébé. Leur premier enfant. Leur tout.

Mais je me rappelle pas. Les photos sont belles. Rieuses, colorées, mates. On dirait un catalogue de bonheur préfabriqué.

Les souvenirs commencent avec Annie. Je ne me souviens pas de Maman, partant de la maison un soir, les mains nouées sous son gros ventre. Ni de Papa faisant rouler la valise bourrée de langes et de petits tricots. Et de toute la joie dans la maison.

Mamie Kathy avait accouru ; ça, je le sais. Pour me garder le temps de. Assise sous mes fesses, elle avait dû dire : « Ils vont bientôt revenir ! Et tu auras une sœur ! Ce sera merveilleux ! »

Ça n'a pas été merveilleux.

Mon tout premier souvenir, je crois, c'est celui du silence, immense, épais, qui a déboulé en même temps qu'Annie. Ce silence dérangé seulement par les pleurs rares d'un bébé qui ne recevait pas de visites. Les couleurs s'étaient estompées, l'air avait changé. Je crois que c'est à peu près dans ces eaux-là que mon enfance s'est noyée.

Chez nous, les solitudes cohabitaient. J'ai l'impression que la mienne était la plus grande, mais je me trompe sûrement. En tout cas, elle avait des canines, du crin, des griffes. Elle glissait ses longues pattes sous les portes, bouchait les trous de serrure de son œil noir.

Ma solitude me terrorisait, alors je l'ai apprivoisée. J'en ai fait une amie monstrueuse.

Elle m'a appris à tromper mon monde. Grâce à elle, je suis devenu un petit garçon apparemment heureux. Un élève nul mais attachant. Un gars sûr, populaire, doté d'un corps rendu efficace par la course à pied et l'envie de fuir. Plus une bonne gueule et un cerveau gentil.

Les gens m'aiment bien. Je me vante pas : je constate. Ils recherchent ma présence. Parce que j'ai l'air à l'aise partout où je vais. Je sais toujours quoi dire, comment me tenir, pour ne donner à personne l'impression qu'il est trop con ou moche à pleurer. Pas à sa place.

Et puis je suis solide. Pour me lever, je me déplie. Quand je marche, j'écrase le sol, j'avale les distances. Sans effort apparent. Et mon ombre fait de l'ombre.

Parfois, je pose ma main sur la nuque de Maman. L'une est si grande, l'autre si fine. Ça fait comme un collier de phalanges et d'ongles. M'man frissonne à chaque fois. Elle se niche une seconde contre moi, sa tempe sur ma clavicule. Elle murmure que je ne suis plus son tout petit garçon rien qu'à elle. Que j'ai grandi bien trop vite.

J'ai dû être son petit garçon rien qu'à elle deux minutes trente environ. Mais je lui dirai jamais. C'est trop tard pour une crise d'ado. Ce serait ridicule : je suis quasi adulte.

D'ailleurs, je suis plus grand que Papa. Y a un truc qui coince, qui cogne et meurt, quand on peut voir le sommet du crâne de son père. Le mien est parfois tenté de me traiter comme un pote, du coup. Sauf qu'il n'a plus de pote depuis longtemps. Depuis Annie ? Je sais pas. En tout cas, il sait pas s'y prendre. Je joue le jeu, on se bagarre gentiment. Une prise de catch pour vieux, de-ci de-là. Il est content, il a l'impression qu'on est complices. Qu'il a fait son boulot. Qu'il m'a conduit du point A au point B comme il se devait. Et que l'alphabet s'arrêtait là.

Les lettres. Ces putes de lettres. De mots, de pages.

Je les hais si fort.

Parce que je ne sais pas vraiment lire. Je ne sais pas vraiment écrire non plus, du coup. Je suis pas débile pour autant. J'ai quand même réussi à duper la famille, les profs. L'univers.

J'ai redoublé une fois. Une seule petite fois. Parce que j'ai raté mon bac. Ça ne compte pas vraiment, ça. C'est comme une entorse bénigne dans la carrière d'un joueur de tennis. Ça arrive aux meilleurs. Personne a capté. C'est pas rien. Mentir, tricher, sans repos, ça demande des trésors d'imagination. Des kilojoules d'énergie.

Je suis une arnaque. C'est l'histoire de ma vie, et je serais incapable de la déchiffrer si on me la mettait sous le nez.

Je sais pas ce qui s'est passé au juste. Je crois que j'ai juste loupé une marche, à un moment. Je suis resté en bas de l'escalier ; et quand j'ai levé le nez pour appeler à l'aide, pour crier : « Attendez-moi ! », c'était déjà foutu. Y avait que des silhouettes, tout là-haut, qui devenaient de plus en plus petites.

Ma solitude est revenue me taper sur l'épaule et m'a dit : « T'inquiète, on va bricoler un truc, on trouvera une façon d'arranger ça… »

Et je l'ai crue. Je l'ai crue parce qu'il n'y avait personne d'autre. Les parents étaient occupés avec Annie.

Annie qui bâille à côté de moi, épuisée par cette journée qui refuse férocement de crever. Je m'étire pour tendre mes pensées comme un élastique sur une fronde et les envoyer loin, par-delà la constellation d'Annie. Je me retourne et je regarde les pleureurs, dans le salon encombré de soupirs.

Il me faut un moment pour discerner les contours de Velma, assise par terre, dans un coin. Elle dessine, comme d'hab. Mais je la trouve différente, vue d'ici. Longue et étrangère. Est-ce qu'elle sait qu'elle est belle ? D'une beauté compliquée, presque dangereuse, frappante. Est-ce qu'elle sait qu'elle est douée, si douée que de deux traits de crayon naissent des moineaux, des biches, des îles, des territoires entiers ? Est-ce qu'elle le voit, son avenir grandiose, tout tracé de la pointe de sa mine ?

Moi, en tout cas, je le vois.

Elle lève le nez de son carnet pour une lente seconde. Elle regarde Maman, je crois. Qu'est-ce qu'il y a dans la tête de Velma ? À quoi ça ressemble, à l'intérieur ? Comment c'est décoré, meublé, orienté ? Est-ce qu'elle ressent les mêmes choses que moi ? Est-ce qu'elle a des secrets ? Est-ce qu'il lui arrive, à elle aussi, de détester Annie parfois ? Est-ce qu'elle l'aime aussi fort que moi, tout le reste du temps ?

Je la connais peu, au final. On se connaît tous si mal.

## Liste de 21 trucs qu'on ne peut qu'aimer

Les fleurs de pommier
Le mot « fragments »
Les bonnets à pompon
Les confettis
L'odeur du bois
Les tourniquets
Se glisser dans un lit bien fait
Écosser les petits pois
Les cabanes dans les arbres
Les chansons très tristes
Les bouillottes
Le vent en été
Les cerfs-volants en papier
La pizza
Rire
L'esthétique des instruments de musique
Le parquet qui craque
Des toilettes propres
Se détacher les cheveux à la fin de la journée
En vouloir au monde entier, avant de se réconcilier
avec le monde entier
Annie

# 4
# Velma

« Tu connais la blague du papier ? Elle déchire ! »
« Et la blague du gars qui oublie tout ? Elle est… Euuuh… »
« Tu connais la blague du p'tit déj ? Nan ? Pas d'bol ! »
« Et la blague à deux balles, tu la connais ? Pan pan ! »

Chaque journée commence avec les blagues d'Annie.
Sa diction appliquée, sa voix gutturale, son rire bulldozer.
Sa bonne humeur tartine de miel nos nuits grillées.
Sans elle, je me lèverais la tête lourde, le corps sec, l'esprit vide.
Je penserais que personne ne m'aime pour le vrai, pour le pire.
Mais Annie embrasse nos mauvaises haleines et nos joues livides.
Tant d'amour gratuit, garanti, donne des complexes à mon cœur.
J'en suis incapable.

Maman rassemble les miettes de pain du tranchant de la main.
Elle passe l'éponge sur la table. Et sur mon humeur discutable.
Elle se bouscule, se presse. Elle a toujours peur d'être en retard.

Tous s'agitent, se préparent. Ils ont des trucs à faire autre part.
Des rendez-vous, des réunions, des gens à voir.
Ils se font beaux, se parfument, se lissent.
Je coupe le son et regarde le film muet habituel.
Je ferme les yeux de temps en temps pour un fondu au noir.

Aujourd'hui est comme demain. Demain est comme hier.
Parfois ça me rassure. Souvent, ça me hérisse.

J'attends le bus de sept heures vingt-six, le visage cactus.
Regard froid, bouche pincée et mine « Ne t'approche pas ».
C'est toujours la même conductrice, dents jaunes, œil éteint.
Et toujours les mêmes passagers.
Un type au cheveu rare, lunettes épaisses, lit *Le Canard enchaîné*.
Une Mamie boulotte, absorbée par ses mots cachés.
Où peut-elle bien aller, comme ça, chaque matin ?

Et derrière, presque au fond, Dolorès.
Genoux repliés, une oreille contre le paysage qui défile.
Comme on écoute dans un coquillage la mer tranquille.

Dolorès est mon surmoi.
Mon idéal narcissique. La fille que je choisirais d'être.
Si je pouvais m'écailler l'épiderme du plat du couteau.
Et me raboter jusqu'aux os.
Mon squelette irait enfiler sa peau comme une salopette.

Dolorès est dans ma classe, mais je ne sais pas si elle le sait.
Elle ne me regarde jamais.
Moi, je l'observe souvent. Je la dessine dans mes cahiers.
Sous tous les angles. De dos. De profil.
Je connais par cœur et par courbe l'angle de sa gorge, de ses cils.
Elle a des cheveux lourds et brillants, des oreilles à petits lobes.
Trouées de part en part comme la pomme de Guillaume Tell.
Deux yeux noirs sur peau pâle – mère danoise et père espagnol.
Une grande bouche à gros mots, qui se tord si on l'appelle Dolo.

Elle ne se cache pas. Elle ne joue aucun rôle. Elle est elle.
J'envie son audace, sa repartie.
Comme quand Justine lui a montré une lettre de Romain.

« Regarde : *Tes cheveux roux sont une forêt d'automne.*
*Ils ont l'éclat du soleil du matin…* C'est trop trop beau !
– C'est surtout efficace pour niquer. Il est malin.
Il va pas dire : "T'es belle comme une salade de carottes Sodebo." »

Dolorès a l'air de se foutre d'être aimée.
Elle se moque d'être seule, de ne parler à personne.
Dans le bus, elle ne se planque pas dans son Smartphone.
Elle ne joue pas l'inaccessible, la lointaine, l'occupée.
Mais…
Soudain, elle me regarde avancer dans l'allée.
Ça n'est jamais arrivé.
« Salut, la Reine des neiges… », elle me lance en bâillant.
Je ne sais pas quoi dire. Je reste bête, les bras ballants.
Le cœur balourd.
Je bredouille un « bonjour » blanc.
Je m'assois. Ni trop près ni trop loin.
J'aurai dû embrayer. Lui parler. Même de rien.
Ça aurait peut-être tout changé.

Mais je me tais.
Je me demande : pourquoi la Reine des neiges ?
Je regarde la ville se dérouler de l'autre côté de la vitre.
Et ma question s'y perd, se consume, s'autodétruit.
Sitôt lancée, elle retombe en confettis beiges.

Je vois un chat qui dort sur le rebord d'une fenêtre basse.
Des frangins assortis courent sans se lâcher la main.
À la table d'un café, un journal tient compagnie à une tasse.
Le bus avale des gens, près du Lavomatic. Les tambours sont pleins.
Les machines brassent l'intimité sale de tas d'inconnus.
Puis elles filtrent leur jus. Les hublots ne cachent rien.
Si j'y pense trop, je pourrais vomir des litres.

***

Une autre journée passe sans que j'aie essayé de vraiment exister.
J'ai une vague copine, aussi insignifiante que moi. Alix.
Il arrive que nos coudes se frôlent.
On ne s'intéresse pas l'une à l'autre, on ne fait aucun effort.
On s'échange deux mots, un effaceur, une bio de Senghor.
L'adolescence ne se traverse pas seul. On le sait. On s'épaule.
Et on se séparera comme on s'est trouvées : juste comme ça.

Assise sur mes talons, j'attends que le hall du lycée soit désert.
Puis j'épingle une énième liste sur le tableau d'informations.
Pourquoi je fais ça ? Ça n'a pas de sens.
Personne ne les lit. On ne les remarque même pas.
À chaque fois, je me dis que c'est la dernière.
Et puis je recommence.
À peine rentrée à la maison, je dessine.
Pour que ma tête aille bien, je dois occuper mes mains.
C'est dans une salle d'attente que cette obsession est née.
ORL, kiné, diététicien, orthophoniste, ergothérapeute, médecin ?
Ophtalmo, psychomotricien, cardiologue ? Je me souviens pas bien.
Aucun rendez-vous ne me concernait. C'était pour Annie.
Moi, je restais entre une fougère en plastique et une pile de *Voici*.
Les minutes étaient comme des pierres qu'on me forçait à avaler.
Jusqu'à ce qu'une secrétaire ait pitié.
Et me file des crayons et du papier.

Je tue le temps avec ma mine. Je m'esquisse une autre vie.
Dès que j'ai su dessiner une tête et des bras, j'ai fabriqué Anna.
C'était une Annie mieux née. Une sœur un peu plus comme moi.
Anna a mes yeux, ma voix. Anna ne va chez aucun spécialiste.
Elle ne me fait dresser aucune liste.
Je l'ai longtemps croisée, dans chaque reflet flou des vitrines.
Dans le miroir de la salle de bains. Et je lui parlais.

« *Sans Annie, tu ne dessinerais pas* », soupire parfois Anna.
Pfff… Je ne connais aucun artiste de salle d'attente qui ait percé.
Van Gogh ne s'est pas révélé chez l'urologue.
Klimt n'a pas eu le déclic en clinique.
Même s'ils étaient sûrement perchés, bileux.
Il n'y a pas de génie heureux.

Anna revient le soir, quand le sommeil rechigne.
Je culpabilise de l'aimer encore.
Je me sens moche, bête immonde.
Alors je rejoins Annie dans son lit.
Je m'enfouis dans son odeur de bébé.
Je regarde son visage rond, sa bouche ouverte, ses oreilles roses.
Je voudrais la réveiller. Lui dire quelque chose.
Peut-être « Pardon ». Ou « Je t'aime. Promis juré ».
Je ne le fais pas. Au lieu de ça, je m'endors, en deux secondes.

# 5
# Annie

Ma tête est réveillée. Mes idées se promènent dans ma chambre. Mes yeux sont ouverts comme des fenêtres, mais mes bras et mes jambes dorment encore. Ils font des nœuds avec les bras et les jambes de Velma, dans mon lit.

J'aime bien quand elle dort avec moi. Je laisse mon corps se reposer encore un peu pour pas réveiller ma sœur. Ma sœur à moi. Je respire sur la pointe des pieds et je la regarde tout doucement. Elle est jolie.

Mais c'est long, attendre. Je m'ennuie. J'ai chaud, ça colle. J'en ai un peu marre. Je mets mon doigt dans le nez de Velma et je rigole. Je chante le petit ver dans la pomme. Le petit ver dans la pomme c'est une chanson je chantais quand j'étais petite. Maman faisait le ver avec son doigt et des gestes et je rigolais « un max ».

« *Petit ver, petit ver, tu habites dans la pomme.*

*Mais pourquoi manges-tu tes murs, mais pourquoi manges-tu ton toit ?*

*Petit ver, petit ver, tu es bien trognon !*

*Petit ver, petit ver, tu n'auras plus de maison, si tu continues comme ça !* »

Velma fait la grimace. Elle fait « hmmmm », avec l'air pas contente. Elle pousse ma main et elle se gratte la figure. Je dis : « Tu es belle ! Je t'aime, Velma ! »

« Hmmm », Velma elle répond.

Et puis elle met sa tête sous la couette et ça me fait rire parce que elle ressemble à une grosse saucisse et je fais un câlin fort fort à la saucisse et Velma crie de dedans la couette-saucisse : « Tu m'étouffes, Annie ! » et sa voix est loin et petite et ça me fait peur tout à coup, alors je gratte je gratte dans la couverture et quand je touche les cheveux de Velma je suis contente.

Elle est là, elle a pas disparu. Ouf, tout est bien qui finit bien, comme dans les histoires de Mamie Kathy.

J'ai le ventre qui fait *grouic*. Ça veut dire j'ai faim.

Alors je cours je cours dans les escaliers ! Ma belle chemise de nuit tourne autour de mes pieds, j'ai la classe comme Dalida !

Papa est dans la cuisine. Je lui fais des bisous dans les cheveux, des bisous sur l'oreille, sur la joue. Il dit : « Tout doux, bijou : j'ai mon quota, c'est gentil ! » Donc j'arrête. « C'est ça, le consentement », Sylvie l'infirmière elle dit. « Quand on dit non, c'est non. »

Après, je dis des blagues à Maman et elle rigole un peu. Elle dit une blague je comprends pas et je rigole pas. Elle dit : « OK… »

Le matin, je mange une banane, un bol de chocolat chaud tiède sans peau s'il vous plaît et trois tartines grillées. Je mets le beurre un peu au sel et la gelée de coings dessus. Pas trop et pas pas assez. « Gelée de coin-coin », Papa dit et je rigole. Et Maman demande : « Ça, ça te fait rire ?! Pffff… »

Le petit déjeuner, c'est important. « C'est le charbon pour que la locomotive puisse avancer ! » Sylvie l'infirmière a expliqué. Moi, je veux avancer loin.

Après, je brosse mes dents. Maman a mis un dessin de papillon jaune dans la salle de bains. Elle a dit : « Si tu ne te laves pas les dents, elles deviendront jaunes comme les ailes de ce papillon. » Elle a dit : « Le jaune, c'est très joli dans la nature, mais je te garantis, Annie, que ce n'est pas une couleur acceptable pour des dents saines. »

Alors je brosse mes dents.

Je mets une culotte. J'ai des culottes grandes, molles et douces. Velma a des culottes petites, molles et douces. Maman a des culottes moyennes, molles et douces et aussi des culottes toutes fines, toutes légères, avec des trous. Mais pas des trous gros comme dans le gruyère. Des trous tout petits, très beaux. Ça s'appelle « dentelle ». C'est beau. Moi, j'ai pas la dentelle des culottes. J'aimerais bien.

Je mets aussi un soutien-gorge, parce que j'aime ranger mes gros nénés et après, ils bougent plus. Sages comme des images. Hihi ! Mon préféré, c'est le noir et rouge. J'ai eu le droit de choisir au magasin. Il était sur un mannequin sans tête. J'ai montré à la vendeuse et j'ai dit : « Je veux lui ! » Et la vendeuse a regardé Maman et Maman a fait oui avec sa tête, alors la vendeuse a dit : « Mais bien sûr, mademoiselle ! »

J'étais contente : j'adore on me dit « mademoiselle ». La vendeuse a demandé : « Vous voulez le stringue coordonné ? » Je sais pas ce que c'est quoi, un stringue. J'ai dit je sais pas. Maman a dit : « Non, merci, ce sera tout. »

Je suis rentrée à la maison et j'étais fière et le soir, j'ai montré mon soutien-gorge noir et rouge à Papa, à Velma et à Harold. Harold a dit : « Ça fait un peu… euh… comment dire ?… », et Maman a dit : « Harold : non », et Harold a dit : « Nan, mais ça fait coquine, quoi. C'est étonnant… pour Annie, c'est étonnant. » Alors Maman a dit : « En quoi c'est étonnant ? Annie est une jeune fille de dix-sept ans. » Harold a soupiré et il a dit : « Calme-toi, j'aurais dit la même chose si ça avait été le soutif de Velma. » Velma était toute rouge et elle a rien dit.

J'ai pas tout compris, mais j'avais mon beau soutien-gorge et Papa avait fait des croque-monsieur. C'était vraiment la perfection.

Ensuite, je choisis mes habits toute seule. J'ai le droit. Avant, Maman choisissait, mais Velma a dit à Maman : « Annie n'est pas une petite fille. Arrête de lui acheter des pulls *Winnie l'ourson* ou *Mickey*, steuplaît. Je trouve ça un peu insultant, tu sais. »

Maintenant, j'ai des chemises et des pulls de La Redoute. Et des djinss. J'adore les djinss ! J'en mets un avec un pull rouge avec des fleurs roses et des chats blancs. Trop beau.

Je voudrais mettre des chaussures pointues avec des talons grands. Mais Maman veut pas que je mets des chaussures comme ça. Elle dit : « C'est très douloureux, Annie. Inutile et douloureux. Comme beaucoup trop de choses qu'on impose aux femmes, d'ailleurs… »

Je suis heureuse être une fille. Bientôt je suis une femme. J'aime regarder dans le miroir et voir Annie. Moi. Je souris. Je dis : « Coucou ! » et je rigole. J'ai un tiroir à moi dans la salle de bains. Y a mon parfum *Petite Chérie* il sent la poire. J'ai un maquillage carré avec quatre ronds de couleurs rose, violette, marron et beige avec des paillettes dorées. C'est pour mettre sur les yeux. Ça s'appelle une « palette » et des « fards à paupiettes ».

J'ai le droit me maquiller un peu clair. Pas trop foncé. Une fois j'ai maquillé trop foncé, et Harold a dit : « Génial : tu ressembles à une caissière du Lidl. » Les caissières du Lidl sont belles, alors je suis contente mais Harold a dit : « C'est pas un compliment. Ça veut dire que t'as forcé sur les couleurs. »

J'ai aussi du mascara. Avant, je disais « du mascarpone », mais le mascarpone, c'est pour faire le tiramisu ! Le mascara, ça fait des yeux de biche. J'aime pas trop, parce que après on peut plus se frotter les yeux et pleurer. Et moi, j'ai besoin pleurer souvent. Je pleure si c'est beau et si c'est triste et si c'est trop. Pleurer, ça fait du bien dans ma tête et dans mon ventre. C'est comme la pluie quand il fait très chaud pendant longtemps et on n'arrive pas à respirer et on est énervé. Alors c'est sûr, je préfère le mascarpone, hihi !

Y a d'autres choses dans les tiroirs de Maman et Velma. Elles ont les serviettes on met dans la culotte pour les règles des filles. Moi, j'ai pas les règles. Avant, j'avais les règles, mais j'avais peur. Le sang coulait de ma zézette. Du sang très rouge comme un accident de voiture. J'avais mal dans mon ventre. Je croyais je mourais. Je pleurais, je criais, je tapais ma tête dans mes mains, dans les murs.

Alors Maman m'a emmenée au docteur et le docteur a endormi mon bras avec un produit. Il a pris un petit couteau et j'ai eu peur mais il a dit : « Tu ne vas rien sentir. » Il a fait un trou dans ma peau et il a mis un machin tout petit comme une baguette magique pour souricette et abracadabra, je saigne plus ! La perfection !

Maman a expliqué : « C'est une contraception, Annie. Ça veut dire que tu ne peux pas avoir un bébé tant que le petit implant est dans ton bras. Tu es d'accord avec ça ? » Elle a dit : « C'est très important que tu comprennes et que tu sois d'accord. » J'ai dit : « Je suis d'accord. »

J'ai peur du sang et j'ai peur des bébés. Les bébés crient et pleurent et on comprend pas ils veulent quoi. Ils sont fragiles comme des tasses. On peut les casser sans faire exprès. Les bébés, parfois c'est malade et ça meurt comme un petit rien.

Y a longtemps mais pas très longtemps, ma Tata Del avait un gros ventre et c'était la joie. Mais à l'hôpital, elle a reçu un bébé garçon rikiki. Il avait les doigts transparents comme les vermicelles chinois du Little Asia Mini Market et une figure bleue. Sa vie a duré une minute. Après, son cœur s'est arrêté et c'est tout.

Maman et moi, on est allées les voir dans la chambre blanche. Tonton Éric regardait par la fenêtre. Tata tenait le bébé tout serré dans une couverture et elle pleurait tout doucement. Tout doucement. Une dame est entrée et a dit : « C'est le moment, madame Langonnet. » Mais Tata a dit : « Une minute, s'il vous plaît, juste une minute, encore... » La dame a dit ça faisait des heures, déjà, et c'était pas bon pour elle. Tata a serré le bébé fort et d'un coup elle a pleuré en criant très grand, très haut !

Alors Maman a fait un câlin à tous les deux. À Tata Del et au bébé bleu. « Je peux le prendre dans mes bras, Del ? » Maman a demandé. « Je vais le prendre. Je vais l'embrasser et ensuite, je le confierai à la sage-femme, d'accord ? Regarde-moi Del : c'est moi qui vais le faire. Ce n'est pas toi. »

Maman pleurait aussi. Tata Del est sa sœur à elle. C'est sa Velma.

Après, Tata a laissé Tonton Éric dans sa petite maison mignonne comme tout et elle est partie. Maman a vidé la chambre bleue. Elle a mis les petits habits et les doudous doux dans des cartons et elle a mis les cartons dans la cave de chez nous. Papa a défait le petit lit, la petite commode et la petite armoire, comme quand on a fini le puzzle et qu'on remet les morceaux dans la boîte. Tata est partie dans des pays très loin pour son nouveau travail et Mamie Marie-Claire a dit : « La vie est une belle salope. »

Salope, c'est méchant. Et la vie, parfois c'est méchant aussi, je pense.

On parle jamais du bébé d'une minute de Tata Del parce que ça rend tout le monde triste. Parfois je pense à lui et je ferme les yeux et je souffle un bisou vers le ciel à travers le plafond.

« Il est là, tout là-haut », Mamie Kathy a dit. « C'est un ange. Comme toi. Mais toi, tu es là, avec nous. »

Voilà, maintenant je suis habillée tout entière. Je suis prête pour une nouvelle journée !

## 6
## Harold

La nouvelle journée, c'est un concept mensonger. Une nouvelle journée, ça n'existe pas. On ne fait que répéter chaque matin le même quotidien brouillon. À deux ou trois nuances près.

Si je m'endormais en Harold un soir pour me réveiller le lendemain en astronaute, en lapin bélier ou en cornet de glace, OK, je vivrais une « nouvelle journée ». Mais y a zéro suspense quand je suis juste là, en train de glisser le long de la corde du sommeil. Quand je m'y cramponne encore un peu. Que je refuse de tomber de tout mon poids dans une fausse nouvelle journée où je ne serai encore que moi.

J'ai dix-huit piges et le premier son que mon corps émet chaque matin est un soupir. Je crois pas que ce soit un bon présage pour l'avenir.

La maison bouge tandis que je reste là, inerte, en congé de mon corps.

Mes parents me pensent autonome et me foutent une paix relative. Je suis adulte. Majeur et vacciné, blablabla. Mais bon, j'ai foiré mon bac une fois, alors ils gardent un œil sur moi. Et c'est lourd, un œil, quand c'est posé juste ici, sur la nuque. Ça leste et ça lasse.

Papa a dit qu'il était déçu. Maman s'est contentée de le montrer.

J'ai trouvé ça plutôt irrespectueux de leur part. Pas franchement fair-play. Ils m'ont déçu tellement souvent, eux. Et j'ai jamais rien dit. Je les ai protégés de mon regard cruel d'enfant qui vient de capter que c'est Papa qui se déguise en Père Noël et que Maman planque les emballages Picard tout au fond de la poubelle après avoir mendié des compliments sur son gratin de poisson.

Enfin, c'est une image. Parce qu'on n'est jamais partis dans le délire du petit Papa Noël qui descend du ciel et que c'est moi qui cuisine, la plupart du temps.

J'ai commencé petit. J'ai tout commencé petit. Parce qu'il fallait devenir « autonome » le plus vite possible. Je connaissais pas ce mot, mais j'ai essayé de le toucher, à l'aveuglette, d'en délimiter les contours. Pour le comprendre. J'errais dans ce mot comme dans une saison pleine de feuilles mortes et d'humeur Toussaint.

Je devais boutonner mes chemises, lacer mes chaussures, tartiner mon pain en autonome. Et finir mes devoirs, essayer de faire rentrer le savoir, gros comme une couette, dans ma cervelle format taie d'oreiller. Et puis chasser mes cauchemars, gérer mes angoisses, seul.

Comme chaque vieux matin, Annie crie mon nom depuis la cuisine. Elle a des blagues à me raconter. J'inspire profondément. Je me concentre, comme un acteur sur le point d'entamer une journée de tournage. Je suis mon propre metteur en scène. Je me dirige, me corrige, me malmène. Il faut que ce soit sincère et incarné. Il faut qu'on y croie. Allez !

J'enfile un pantalon mou, un T-shirt troué sous le bras. Je descends en me grattant la tête, comme pour rayer à l'ongle mes scrupules. Mes parents sont là, Annie aussi.

Velma doit déjà être assise dans son bus, les neurones en transit, les émotions mouvantes. On a beau être inscrits au même bahut, on ne s'y est jamais croisés. Là-bas, c'est comme si on n'était pas frère et sœur. Personne ne nous relie. Parce que personne ne la voit, je crois. C'est comme un tour de magie, l'invisibilité sociale de Velma. Même si on partait de la maison ensemble, je suis sûr que quelque part, en chemin, hocus pocus, elle disparaîtrait. Au lycée, me suis toujours senti fils unique.

Annie passe ses bras courts autour de ma taille. Elle sourit en fermant les yeux. Seuls les gens qui aiment pour de vrai font ça. Sourire et fermer les yeux. Je lui fais un guili dans les cheveux, les doigts en pattes d'araignée qui court et dégringole depuis le sommet de son crâne. Je l'appelle « mon sac banane ». Elle glousse, comme d'hab.

Avant qu'ils se détournent de leurs tasses, j'ai droit à une micro-seconde pour observer mes parents. Une brèche temporelle que j'essaie d'étirer et durant laquelle je les vois tels qu'ils sont. Lorsqu'ils sont absorbés, comme ça, qu'ils n'ont pas encore une conscience absolue de ma présence, ils ne sont pas tout à fait ma mère et mon père.

Lui, c'est un type grisonnant, solide, beau. Une version un peu fanée de moi-même. Un présage. Je peux l'aimer comme un dingue jusqu'à ce qu'il lève les yeux vers moi pour me dire que je dois me secouer. Que j'ai l'air de rien, avec ces cheveux bordéliques et ces joues rasées à la biscotte. Et elle, elle ne relève jamais. Elle n'arbitre pas, ne prend aucun parti. Elle me sourit, patiente. Je peux pas m'empêcher de la trouver belle, avec son sourire las et ses courbes usées à force de maternage et d'oubli de soi. Elle est toujours si calme… Et secrète comme la surface d'un lac juste avant qu'une bande de touristes aux pieds crades vienne s'y tremper.

Moi, je respecte son panneau *Baignade interdite*. Mais ça me rend jaloux et nerveux. Fragile.

– Bonjour mon chat, je te coupe une pomme ?

Je dis « oui, merci », alors que j'ai pas envie. Et que je suis autonome. Faut croire que parfois, j'aime être enfant. L'enfant de la mère d'Annie. Je la regarde éplucher le fruit, le pouce comme un guide sur la peau verte. Elle détache un lambeau qui se déroule et s'enroule, sur la table. Une fois la chair blanche dénudée comme un corps de jeune fille, Maman tranche. Ça fait un son feutré. Elle dépose des morceaux égaux devant moi et attend que je les croque. Elle a l'air satisfaite. Elle a l'impression d'avoir rattrapé le temps, un peu, peut-être. Elle sourit, chantonne en jetant trognon et pépins dans un bol destiné à Gigi.

Elle me paraît si vulnérable, d'un coup. À ma merci. Parce que je pourrais tout gâcher. Je pourrais l'effacer d'un mot, le sourire de ma mère. Il me suffirait de la regarder froidement et de lui débiter :

*« J'ai arrêté le lycée après les vacances de la Toussaint, Maman. J'y arrivais plus. Je mourais de rien comprendre, les yeux crevés à trop regarder les aiguilles tourner. J'en avais marre de faire le con pour éviter les questions des profs, les*

*lectures à voix haute, les devoirs sur table. J'en pouvais plus d'être foutu à la porte du cours. D'être convoqué, sermonné, exclu pour une poignée de jours. C'était usant de tricher, de mentir, tout le temps. J'avais envie de hurler : "Réveillez-vous, les gars : je sais pas lire ! Vous voyez pas ça, bande d'incompétents ?! Je suis arrivé jusqu'au bac sans pouvoir piger une saleté de phrase ! Même* La tata de toto fait du vélo *je saurais pas la déchiffrer ! Je me noie. Je me noie sous vos yeux et vous continuez à me demander de faire un quatre-cents mètres nage libre. Je vous hais si fort, putain." Alors je suis sorti du bassin. C'était ça ou clamser, Maman. J'exagère pas. Et puis j'ai le droit, je suis majeur ! Désolé mais mon destin m'appartient, maintenant. Rien qu'à moi. Ça fait trois mois maintenant que j'ai pas foutu les pieds au bahut. Même un peu plus, tiens. Et je continue à faire semblant. Pour toi. Pour vous tous. Je pars de la maison en même temps que toi tous les matins. Je quitte la rue à vélo et je vais exactement nulle part. Je me sens libre, pendant ces quelques minutes arrachées à ma conscience. Je suis en suspension entre selle et ciel. J'ouvre la bouche et l'air froid emballe mes poumons. Je tousse. Je me dis à chaque fois que je devrais arrêter de cloper. Parce que oui, en plus, je fume. Tu le sens pas ? Vraiment, tu le sens pas, sur mes fringues, mes mains, dans mes cheveux ? Les animaux passent leur temps à se renifler le cul, les poils, le cuir. Ils se reconnaissent comme ça. Tu crois que tu me reconnaîtrais, par le nez ? Par le cœur ? Je fume et t'en sais rien. Je vais plus en cours depuis plus de trois mois et t'en sais rien. Et puis je suis amoureux. Pour de vrai. Pour la première fois de ma vie, je crois – et t'en sais rien. C'est ça, ma vie, maintenant, Maman. Je tourne en ville. Une heure. Deux, grand max. Je passe par le marché, j'avale les odeurs du centre encore ensuqué et titubant. À grosses bouchées. Et puis je reviens ici. À la maison. »*

Mais au lieu de ça, je le lui retourne, son sourire. Et il devient mon sourire. On a le même, il paraît. Peut-être que c'est vrai.

– Je vais être à la bourre. Mes potes m'attendent.

C'est pas vraiment mentir, ça. D'ailleurs, mon téléphone provoque plusieurs petits séismes réguliers contre ma cuisse. Ça doit être Charles. Encore. Mon « meilleur ami », qui me textote des kilotonnes de chiasse numérique par heure. Qui me « connaît » depuis la sixième. Qui sait rien de moi, en vrai. Il y a des amis qu'on s'inflige. Charles Bélèque, c'est un peu le cancer de l'anus diagnostiqué chez un nonagénaire. C'est une très mauvaise nouvelle, certes, mais comme le remède est aussi redoutable que le mal, on se résigne à passer le peu de temps restant avec.

Bélèque m'adore. Je lui manque, depuis novembre. Il a du mal à supporter ma chaise vide à côté de la sienne. Ses vannes et ses coups de coude doivent se perdre dans l'air. Mes côtes ne le regrettent pas. Mais moi, je lui manque. Et il me le dit, me le montre, chaque fois qu'on se retrouve au centre-ville ou au parc. Je suis son « bro ». Il m'embrasse la tempe, me claque les fesses. Il me flatte et me gratte comme si j'étais son labrador. Mais j'oublie pas que quand il hait, c'est pareil. Charles ne méprise pas en amateur. Avec lui, on peut vite passer d'allié à cible, de frère à ennemi, sans trop savoir pourquoi ni comment.

Et faut croire que c'est contagieux. Quand je suis avec lui, je deviens une sous-merde. Par ricochet, éclaboussure. Je le laisse harceler Moineau, par exemple. Moineau, c'est David Moinel. Un mec si fin, si délicat et « féminin » que Charles s'est dépêché de le rebaptiser. Il se trouve drôle. Sauf que c'est beau, un moineau.

C'est gracieux. Ça a l'élégance de s'envoler lorsque le vent tourne et que l'orage menace. Ça prend de la hauteur quand ça se fait traiter de pédé. À chaque fois, ça me secoue. Par ricochet, éclaboussure.

J'aurais dû faire quelque chose. Dire à Charles qu'on est en 2021, bordel. Qu'il est tellement con qu'il devrait être offert à la science, là, tout de suite, sans attendre sa mort. Parce que la cause est trop importante, trop urgente. Il faut à tout prix le disséquer. Histoire de découvrir, enfin, où se loge toute cette connerie. Histoire de savoir quelle partie du corps on doit amputer pour rendre les humains humains.

Mais je suis toujours resté faussement impassible, salement complice. Parce que j'avais pas l'énergie de devenir une cible ou un ennemi. Et je continue. Oui, je continue, parce que je veux que Charles garde mon secret au chaud. Qu'il lui prenne pas l'envie de balancer mon décrochage aux parents.

Alors quand l'occasion se présente – et elle se présente toujours, celle-là –, je me fous de Moineau. Et je me fous des filles. Celles qui me veulent. Et y en a. Y en a pas mal, je les vois. Leurs bouches entrouvertes me tétanisent. Leurs petits seins frileux m'affolent – mais pas comme ils devraient. Et ça me rend cynique, goujat. Je me fais laid et je me fais honte.

Nan, vraiment, j'ai pas envie de sortir mon téléphone pour scroller les débilités de Charles. Je retourne pas au lycée. J'aurai pas mon bac.

– Harold, tu connais la blague du zéro ? Elle est nulle !

## Liste de 21 odeurs réconfortantes

La mousse à raser de Papa
L'odeur de lessive et de lavande quand j'ouvre mon armoire
Le pain au chocolat encore tiède et gras dans son sac en papier
L'encens de Mamie M-C
Les salles de cinéma
La drôle d'odeur du garage
L'herbe coupée
Les graines de Gigi l'amoroso
Les crayons de couleur
Le papier à lettres des courriers de Tante Del
Le piano de la salle de musique
La tarte au citron de mon frère
Les vieux livres de la bibliothèque municipale
Les matins de neige
La crème pour les mains de Maman
Les feux de bois
Les churros tout chauds de la fête foraine
Les petits flacons d'eau bénite de Mamie K
Les cahiers neufs
Les figues mûres
Les cheveux d'Annie

## 7
## Velma

Ce matin, le prof d'histoire nous emmène voir une expo itinérante.
Sur les grands peintres flamands.
Van Eyck, Bosch, Rubens, Memling, Metsys, Patinier, Brueghel…
Dans le bus, il énumère les noms comme les prières d'un missel.

« M'sieur, juste, ça a quoi à voir avec le programme, en fait ?! »
Saphia prépare le bac depuis le CM2. Tout, en elle, est nerveux.
M. Sorène la regarde. Grimace franchement. Secoue la tête.
« Ça a à voir avec la curiosité, mademoiselle Berraho.
Vous savez, ce truc qui donne envie d'apprendre et de voyager ?
De sortir le nez de son petit univers étriqué et de TikTok ? »

Saphia se tasse sur sa place, battue par K.-O. Certains soupirent.
Ils consentent mais ne disent mot.
Le reste du trajet se passe dans un calme de pacotille.
Merci aux écouteurs Bluetooth.
Djalil et Lou mêlent leurs ADN, leurs langues bruissent, brassent.
Elle le laisse glisser sa main sous son pull. Elle ondule.
Je prends en pleine face leur intimité un peu dégueulasse.
Sorène les repère. Lève les yeux au ciel. Tousse.
« Merci d'arrêter de vous dévorer le museau comme des pitbulls. »

Alix, à côté de moi, lit *Closer*. Kanye devient fou, Kim a grossi.
Elle se lisse une mèche châtain en scrutant le cul de Ratajkowski.

Soudain, elle demande : « Tu crois que je serais mieux en rousse ? »
Je bredouille : « Je sais pas… T'es bien comme t'es… »
Elle enfonce au marteau ses yeux dans les miens.
Et elle chuchote : « Mais justement : je suis rien. »
J'aurais pu dire cette phrase. La même, à la douleur près.

Je me tourne vers la vitre, je croise Anna dans mon reflet.
J'ai envie de lui parler mais une comète brune trouble son image.
Un type grand et bouclé pédale comme si sa vie en dépendait.
Harold ! Qu'est-ce qu'il fiche là, à cette heure-ci ?
Comme s'il entendait mes pensées, il lève une seconde son visage.
Nos regards se croisent. Il s'arrête. La distance se creuse.

Si j'étais une sœur normale, je lui enverrais un texto.
Je le fliquerais. Je le traquerais. Je jouerais ma chieuse.
Je lui ferais subir un interrogatoire digne de la Gestapo.
Mais je laisse les roues du bus écraser cette idée comme un chat.
De toute façon, je ne suis même pas sûre d'avoir son numéro.

Harold est revenu changé de son stage BAFA.
Insaisissable et mystérieux. Parce qu'il a rencontré Camille.
Camille, Camille, Camille, Camille, Camille, Camille, Camille.
Mes parents en parlent parfois entre eux. Et sourient.
Camille, Camille, Camille, Camille, Camille, Camille, Camille.
Ils ne la connaissent même pas.
Camille, Camille, Camille, Camille, Camille, Camille, Camille.
Le cœur battant d'Harold fait sûrement ce bruit.
Je ne peux pas coller mon oreille à sa poitrine pour vérifier.
Je lui en veux un peu d'être ailleurs, distant et distrait.
Monopolisé par quelqu'un d'autre que mes parents, ma sœur.
Ou moi.
Je suis remisée dans un pli de son poignet ou derrière son tibia.
Beaucoup trop loin de son myocarde qui tape un prénom de fille.
Mais ni « Velma » ni « Annie ». Au fond, j'ai horreur de ça.

L'air est saturé. Le véhicule tangue.
Je ferme les yeux jusqu'à destination.
Je descends du bus sagement, entre deux moutons.
L'expo m'intéresse plus que je le voudrais.
Je pourrais passer une journée dans chaque tableau.
On s'arrête devant les triptyques religieux. Je suis sous le choc.
On escalade des yeux une tour de Babel.
Tellement grande, tellement belle, qu'elle a énervé Dieu.
La guide nous farcit les oreilles de sa voix irritante.
Sa prose blanchie, fanée, manque de vernis et de pigments.

Je m'éloigne un peu, attirée par des « visions de l'au-delà ».
Le côté droit de la toile représente le paradis.
Le gauche, l'enfer.
Rien au milieu.
Les bonnes âmes flottent vers un trou de lumière.
Qu'est-ce qu'il y a derrière ? Qu'est-ce qu'il y a après ?
Un bruit de papier froissé derrière moi me ramène sur Terre.
Dolorès ouvre la bouche sur une sucette.
Elle fait tourner le bâton entre ses dents, observe les damnés.
« C'est moi ou les démons sont les plus stylés ? »

Elle a parlé fort. La guide s'interrompt, coupée net.
« Mademoiselle, ça, c'est interdit ! »
Un silence s'installe. Comme au saloon, avant qu'on tire une balle.
Il faut faire diversion. Se mettre au piano, servir un bourbon.
« À ses noces, la deuxième épouse de Rubens avait seize ans.
Bosch est décrit comme un fou mystique, presque possédé.
Brueghel adorait rire, se déguiser, raconter des "diableries".
Aucun ne serait offensé par une jeune fille en train de sucer. »

Je ne sais pas ce qui m'a pris. C'est sorti tout seul. Vraiment.
Je rougis comme une conne.

La guide, yeux ronds de poisson, reste aphone.
Sorène sourit. Je ne sais pas si je l'amuse ou s'il se moque.
Il peigne ses cheveux gris avec ses doigts. Avance d'un pas.
« Vous pensez quoi, vous, du Maître des demi-figures féminines ? »
La guide reporte sur lui son attention. Se lance dans des conjectures.
M. Sorène sait cueillir une rose sans se piquer à ses épines.

Dolorès secoue ses boucles noires. Elle rit deux petits « ha ! ».
« Je commençais à croire que j'étais le môme dans *Sixième sens*.
Que j'étais la seule à pouvoir te voir. Que t'étais un fantôme.
Je suis soulagée, je te jure ! »
Elle m'offre un clin d'œil. L'éclipse solaire entre deux paupières.
L'idée d'exister pour Dolorès me donne de l'assurance.
Je murmure :
« On est tous le fantôme de quelqu'un, tu crois pas ? »
Dolorès me regarde et réfléchit vraiment. Elle prend le temps.
Et puis, au bout d'un moment qui me semble infini, elle sourit.
« Ouais, c'est possible. T'as raison. »
Elle remet sa sucette en bouche et s'en va. J'espérais quoi ?
Qu'elle devienne tout à coup ma meilleure amie pour la vie ?
Qu'elle vienne dormir dans ma chambre trois nuits par semaine ?
Qu'on mélange nos sangs en poinçonnant nos veines ?
Si je suis honnête : oui.

« Hé, t'as vu le gars, on dirait trop un mongol, c'est ouf ! »
Enzo et son rire/appel-au-meurtre allument une lumière sale en moi.
Un truc verdâtre, fumeux. J'ai envie de lui javelliser les iris.
De lui arracher les cheveux, petite touffe par petite touffe.
De le démembrer comme un bonhomme en pain d'épices.
De jeter ses organes génitaux aux rats.
Tout ça parce qu'il a dit : « mongol ».
Mongol, c'est comme pédé, gouine, bougnoule ou négro.
Des mots en acide sulfurique, jetés pour défigurer le beau.

Et la guide ne le reprend pas. Bien au contraire : elle se réjouit.
« Oui ! Cette *Adoration de l'enfant Jésus* est exceptionnelle !
Elle est l'œuvre d'un élève de Jan Joest de Kalkar et date de 1515.
La trisomie 21 est reconnaissable sur le visage de l'ange, devant.
Mais aussi sur celui d'un berger, derrière ! Venez, approchez !
C'est un des plus anciens témoignages de la trisomie dans l'art ! »
Et ils se pressent pour mieux observer. Quelle bande de connards.
Oh, les yeux écartés et bridés ! Et les faces rondes et aplaties !
Han ! Les joues rebondies, le front large, les oreilles molles !
Et la bouche qui peine à retenir la langue dans sa cage de dents !
Comme c'est rigolo ! Vraiment fascinant !
Putain. Ils se croient au zoo ?

Je reste en arrière, avec Dolorès et son air de se foutre de tout.
J'ai l'impression qu'Annie me suit. Qu'elle est toujours sur moi.
Comme un millier de fourmis.
J'ai beau remuer, je ne m'en débarrasse pas.
Je ne la note sur aucune fiche de renseignements, à la rentrée.
Elle n'existe pas dans ce monde-ci ; elle reste hors vie scolaire.
Mais je la retrouve partout. De Babel à ici.
Et derrière chaque trou de lumière.

# 8
# Annie

La rue avant le Little Asia Mini Market, je suis déjà contente. Ça me fait des guili-guili dans mon ventre. En plus, le vendredi après-midi, Hui finit son école à trois heures. Et on est vendredi aujourd'hui et il est deux heures. Deux heures jusqu'à trois heures, ça fait une heure. Juste une heure sans Hui !

Ça va passer vite parce que je vais travailler beaucoup comme une petite fourmi avec Ja. J'aime Ja. J'aime plus Hui mais j'aime Ja quand même.

Je vais travailler et remuer mes pattes et mon popotin et tout bien faire comme Madame Chowa elle veut.

Et ensuite, Hui arrive. Dans une heure. C'est pas long, une heure.

La porte du Little Asia Mini Market fait *ding ding* quand j'entre. Et mon cœur aussi fait *ding ding* quand j'entre. Ça sent l'encens et le baume du tigre. Papa a dit : « Ça s'appelle comme ça parce que c'est fabriqué avec de la bave de vrai tigre de Malaisie. » Mais après il a rigolé et il a dit : « C'est une blague, Annie ! Le baume du tigre, c'est fait avec… avèqueeeee… de la menthe. Sûrement. Et un machin camphré. Je sais pas, tu demanderas. » Mais j'ai pas demandé parce que je m'en fiche. J'aime mieux croire l'histoire de la bave de vrai tigre. « Ça en jette », comme elle dit Mamie Marie-Claire.

Il y a de la musique dans le magasin. Ja choisit les CD et c'est toujours les quatre mêmes. Je les connais par cœur. Ou plutôt : je les connais par oreille ! Hihihi ! J'adore j'adore la musique du Little Asia Mini Market. Ja m'a dit plein de fois les noms des instruments mais j'arrive jamais à me souvenir.

Ja est une bonne professeuse. Elle a des lunettes carrées et elle a l'air sévère comme Madame Chowa mais elle est pas du tout sévère, en vrai.

« Je suis juste dépressive », elle a dit une fois.

Mais je savais pas c'est quoi « dépressive ».

« Dépressive, ça veut dire *maladivement lucide*, Annie », Ja a expliqué.

J'ai pas compris mais j'ai demandé : « Pourquoi t'es lucide, Ja ? »

Ja a aspiré beaucoup d'air et puis elle a dit :

« Parce que j'ai vingt-huit ans, que je suis coréenne, myope, intolérante au glutamate et que mon IMC m'indique que je suis trop petite pour mon poids. En plus, j'ai une peau à la fois trop sèche et trop grasse : mon nez est donc une sorte de forêt amazonienne qui pousserait au milieu du Sahara. Je suis célibataire, j'habite toujours chez mes parents, à qui je fais perpétuellement honte. J'ai un Master 2 en génie civil et je suis caissière au Little Asia Mini Market de Couronne. Et la seule chose qui me rend heureuse chaque matin – alors que ça ne devrait pas, mais pas du tout –, c'est qu'à force d'usure, mon siège porte les empreintes de mes fesses plates et molles. Ce qui le rend parfaitement confortable et adapté à ma morphologie de bouteille d'Orangina. »

Ça, ça fait beaucoup trop de mots dans ma tête. Alors je mets mon front dessus son épaule et je dis : « Tu es merveilleuse, Ja. Tu es belle. La plus belle chose tombée du ciel depuis l'enfant Jésus. »

Mamie Kathy me disait toujours ça mais elle est morte alors je l'entends plus que dans ma bouche à moi, si je le dis à Ja ou à Velma ou à Gigi l'amoroso.

Aujourd'hui quand j'entre, je dois pas embêter Ja parce que elle est occupée avec un client. Il demande : « Ces pousses de bambou braisées en conserve, c'est Monsanto ou pas ? »

Ja soupire et elle regarde le client et elle répond : « Le monde est Monsanto. L'air qu'on respire est Monsanto. Vos organes internes sont Monsanto, monsieur. »

Je passe et ils me regardent alors je souris et je fais coucou. C'est la politesse.

Après, je vais tout droit tout au fond pour voir Madame Chowa. Je passe en dessous des lanternes en papier rouge. C'est trop beau. Tout est rouge, ici. Et un peu doré.

« Le rouge est symbole de bonne fortune. C'est bon pour les affaires. Les clients ont besoin que tout soit très asiatique dans un magasin asiatique. Alors on ne lésine pas sur le folklore ! » elle dit souvent Madame Chowa. Et après, elle s'énerve parce que Ja fait pas la poussière sur les *maneki-neko*, les *cǎomào* empilés comme des crêpes et les ombrelles de toutes les couleurs, ouvertes en exo… en esposition.

Madame Chowa me dit je suis en retard. Je regarde ma montre tête de chien bleu. Y a pas des aiguilles.

Les aiguilles, ça bouge vite comme des asticots et ça m'inquiète. Les chiffres, c'est mieux. Je vois *14:04*. Je suis en retard. Quatre minutes. Je demande pardon.

Madame Chowa dit : « Oui, oui, passons. Tu vas ranger les canettes Foco dans le rayon. Tu fais des belles rangées, par arômes. Toutes les façades du produit dans le même sens, comme ça. Tu as compris ? » Je dis oui et c'est vrai, j'ai compris. Je sais faire.

« Tu mets les canettes cabossées de côté. Tu auras le droit de les rapporter à la maison. Mais souviens-toi : interdiction de cabosser exprès. C'est comme du vol. Et c'est très mal, le vol. Je le saurai, Annie. »

Je dis oui. Madame Chowa, je l'aime mais elle me fait peur, comme le Père Noël et Jésus.

Je m'assois par terre devant les rayonnages. J'ai le droit. Au début, Madame Chowa dit : « Une employée exemplaire doit toujours être en mouvement ! » Après, elle soupire chaque fois elle me voit. Et maintenant, elle me donne une serviette pour mettre sous mes fesses.

Dalida trouve ça merveilleux. Elle me susurre dans mon oreille : « Regarde comme c'est beau, Annie, quelqu'un qui s'adapte. » Et après, elle chante *Bambino* pendant je range les canettes.

Il y a quatorze arômes. Je fais quatorze colonnes. Je mets l'image et l'écriture bien en face, pour ça donne soif et envie d'acheter. J'ai un chiffon et avec le chiffon, j'essuie bien les canettes pour ça brille. C'est un détail mais c'est très important, les détails, Madame Chowa dit.

Je m'applique, je travaille bien.

J'adore les canettes Foco. J'ai déjà tout goûté. J'ai mes préférées : au mangoustan, au corossol et au coco grillé. Hui dit je suis une experte en gastronomie asiatique, maintenant.

*Ding ding*, les clients entrent, *ding ding*, les clients sortent. Et entre les *ding ding*, juste la musique. Pendant longtemps, parfois. Plusieurs minutes.

*Ding ding*, des garçons arrivent. Ils parlent fort, ils rigolent bien. J'ai envie de rigoler avec eux.

« Non, Annie : ce sont des clients, pas des amis. Continue de travailler, ma chérie », me chuchote Dalida.

Les garçons sont un, deux, trois, quatre. Quatre garçons. Ils se promènent dans les rayons comme dans le grand hall du cinéma. Je vais au cinéma avec Maman et Papa, parfois. On aime bien se balader entre les affiches des films qu'on va pas regarder parce que ils sont « pas super pour moi » ou « pas super tout court ». Quand y a des affiches belles, Maman elle me prend en photo devant, avec son téléphone. C'est extra.

Un garçon prend un *câomào* et le met sur sa tête et un autre garçon fait des photos de lui et ils rigolent toujours. « Hahahaha ! T'as vraiment l'air d'un con, avec ton chapeau chinetoque ! »

Ils arrivent dans le rayon des boissons et les yeux du garçon avec le *căomào* voient mes yeux.

Mes yeux, c'est le problème. Avant quand j'étais petite petite, Papa et moi on se promenait dehors et il me mettait des petites lunettes de soleil marguerites belles. Il disait : « Làààà, c'est parfait. J'ai pas honte de toi, ma puce. C'est juste qu'on est plus tranquilles comme ça. » Il souriait et il disait : « C'est ça, le bonheur : la tranquillité. » Mais Papa, on dirait pas qu'il avait du bonheur, quand même.

Moi, le bonheur, c'est voir tout clair sans rien entre le soleil et mes yeux.

Mes yeux, ils empêchent la tranquillité. C'est comme ça.

« C'est parce que c'est toi, le soleil, Annie », Dalida dit dans mon oreille. « Tu éblouis les gens ! C'est pour ça qu'ils ont du mal à te regarder en face. »

Le garçon regarde ses chaussures et enlève le chapeau et il donne un petit coup dans le ventre de son copain. Et après, ils me regardent tous les quatre vite vite, pas trop longtemps parce que je suis le soleil. Alors je souris et je fais coucou.

Y en a un il me fait coucou aussi et les autres, ça les fait rire.

« Eh bah dis donc, elle te plaît, la triso ou quoi ? »

« C'est une occasion inespérée de te serrer une meuf ! »

« Franchement, ça se tente, mec. Au pire, tu lui mets un sac sur la tête quand tu seras au pieu avec elle ! »

Je comprends pas mais ils rigolent vraiment fort, tous, alors je rigole aussi parce que j'aime bien les gens heureux. Les gens heureux, ça me rend heureuse.

« Tu vois : elle est chaude à mort, mongolita ! »

« Mon-go-li-ta ». Je comprends presque, parce que ça ressemble à « mongole ».

Mongole, c'est pas gentil. Mongole, c'est pour se moquer de moi. Ça je sais, ça. Ça me rend pas heureuse. Du tout du tout. Ça me fait de l'orage dans mon soleil et je me fâche et j'ai envie de pleurer alors je pleure et c'est fort et c'est grand ! Ça prend toute la place dans mon nez, dans ma bouche et dans mes oreilles, comme de la fumée invisible.

Dalida veut me calmer mais je la vois plus et tout est noir et rouge alors je ferme les yeux et je les serre fort comme des poings et des dents et je crie. Je crie parce que j'ai du feu dans moi et il faut que il sort ! Sinon je brûle et je deviens morte !

J'ai mal à la voix mais je crie. Et d'un coup je suis toute collée au par terre et mes pieds tapent et mes mains claquent le linoléum blanc. Et ma tête, *boum boum boum boum boum*. La peau derrière mes cheveux pleure mais j'écoute pas, j'écoute rien. Je suis triste, moi. Si triste je veux plus exister.

Les garçons rigolent plus. Ils ont peur. Je fais la crise, et la crise d'Annie, ça fait peur à tout le monde. Même à Ja et à Madame Chowa. Les garçons disent :

« Putain, c'est une dingue… »

« Hé, mongolita, calme-toi, là ! »

Et je tape et je claque et *boum boum boum boum boum* encore plus fort.

Et puis *ding ding*, des pas courent vers moi. Une main touche ma main. Une main touche mon front.

« Hé, Annie, c'est moi. Salut, je suis là. Tout va bien. »

Hui ? Hui est là ?

J'ouvre les yeux et le noir se fait gober par la lumière du plafond et le rouge repart dans les lampions. Je vois Hui et sa gentille tête pleine de sourires et ça va mieux dans moi, je sens.

Et puis Hui chasse les garçons comme si ils sont des petites guêpes méchantes. Il est tout doux et il est très fort, Hui.

« Allez, viens : je te raccompagne chez toi, Annie. »

Il me remet debout et il enlève mes cheveux de ma figure mouillée et il me prend ma main. Mais Hui, c'est pas mon mec. Hui, c'est mon ami.

# 9
## Harold

Ne rien faire, c'est plus compliqué qu'on le croit. J'ai du mal à rester immobile, sur mon lit, dans cette maison attentive. Les fenêtres braquées sur moi m'observent. Les murs et leurs oreilles m'ont mis sur écoute. Je deviens parano.

Je pense à Camille. À l'odeur de Camille. Ses cheveux, ses mains, ses genoux. Et ses yeux noirs, brillants, doux, qui me font frissonner, du bas de la colonne vertébrale jusqu'à la base de ma nuque, lorsqu'ils se posent sur moi comme une première neige. Allongé, je me figure la moitié de son corps sur la moitié du mien. Le lit en diagramme de Venn. Notre silhouette comme une créature mythologique. Je me sens en manque perpétuel de Camille. Je me fais violence, une telle violence, pour le cacher. Le refouler. Je me malmène et me maltraite. Me persécute.

Comment font les gens, tous ces gens, qui se disent amoureux et qui n'ont pas du tout l'air aussi cramés que moi ?

Qui n'ont pas du tout l'air de se consumer, de la prostate à la glotte, le bas-ventre chauffé à blanc et la langue brûlante ?

Comment ils font pour marcher, travailler, rire, conduire, respirer, sans s'embraser sur une pensée pour l'autre ? À la simple idée des bras à peine quittés, du corps encore humide, du grain de peau de l'autre, toujours là, en filigrane sur la pulpe des doigts ?

Je n'imagine pas avoir un autre métier qu'aimer Camille. C'est déjà trop de boulot. Trop de passion, de sang, de muscle. Il ne me reste rien.

Là, tout de suite, je m'empêche d'y penser. D'un mouvement nerveux, j'efface la place que j'avais faite pour son hologramme.

Mon portable vibre. Charles, bien sûr. Si je ne réponds pas, il va rappeler. Une fois, dix, trente. Il m'aura à l'usure, quoi qu'il arrive.

Je bâille un « Salut, mec ». Il demande où je suis, ce que je fous. Il a zappé la philo pour aller faire du skate.

*– J'ai pas besoin de disserter sur la raison et le réel pour prescrire des antibios !*

Charles est en S. Il veut faire médecine. Il s'y croit déjà.

– Personne au monde a plus besoin de raison et de réel que toi, Charlie.

*– Hahaha ! Va te faire mettre, bro. Tu viens ou pas ?*

Je dis nan. Que j'ai pas le temps, que je suis sur un plan, pour un boulot. Que je me suis tordu la cheville, pour rien arranger. Bref: je dis n'importe quoi. Puis je laisse flotter le silence, quelques secondes, avec tous ses petits bateaux de non-dits dessus. Je voudrais qu'il réalise que quand j'ai lâché les cours, je l'ai lâché avec. Qu'il était compris dans le lot. Mais je peux pas lui balancer ça comme ça, dans un sursaut de courage méchant.

Au bout d'un moment bien trop long, il souffle « *OK* ». J'ai l'impression qu'il a compris, mais je suis sûr qu'il rappellera quand même. Il raccroche et je me sens minable. Je m'assois au bord du lit, au bord du gouffre, avec l'allant d'un mec en Ehpad. Je suis crevé de n'avoir rien foutu. J'ai la dalle par ennui.

Cuisiner. Je vais cuisiner. J'adore ça. Les couleurs, les odeurs, les textures, les sons de la nourriture : mon pays préféré.

Je descends, courbant la tête dans l'escalier par habitude. Ça m'a fait tout drôle, la première fois que j'ai senti mes cheveux frôler le plafond. Ça ne m'aurait pas fait plus bizarre si je m'étais cogné à la voûte céleste, je pense. Je me suis senti soudain trop grand pour la maison de mes parents.

Elle est quand même cool, cette baraque. Elle sent la famille, l'amour, la joie. Et l'enfance, encore un peu, dans les coins, comme des feuilles mortes qui ont échappé au râteau. Y a des photos des petits nous, partout, dans des cadres bricolés de coquillages ou de pâte à sel, peinturlurés à la gouache. C'est tellement moche. Faut avoir sacrifié son utérus pour accepter une déco pareille.

Y a des photos des parents, aussi. D'une époque où leur amour faisait fondre la pellicule.

C'est Maman qui a le plus changé, je trouve.

Sur les images, elle a un air sauvage. Libre et sensuel. Ses longs cheveux bruns coulent sur ses épaules pointues. Elle est plus mince. Elle a encore les hanches d'avant vingt-sept mois de stockage de bébés. À l'époque, elle permettait qu'on l'immortalise au milieu d'un rire, molaires apparentes, renversée de bonheur.

Cette inconnue intimidante me perturbe deux secondes. Quand est-ce que la jeune fille en feu a topé dans la main de ma mère pour lui passer le relais ? Quelque part entre Annie et Velma, sûrement. En tout cas, ce n'est pas moi qui ai abîmé Maman.

C'est pas ma faute si elle est devenue si parfaite. Un vrai modèle à suivre. Il suffit de jeter un œil à la cuisine pour s'en rendre compte. Propre, chaleureuse, conviviale.

Le frigo est toujours plein. Des légumes laids, très bio. Des œufs blancs comme des fausses dents. Des yaourts faits maison. Des pièces de viande qui ne sentent pas la charogne. Le menu de la semaine est épinglé sur le mur, près de la machine à café. Une petite photo du plat accompagne chaque énoncé. C'est pour Annie. Elle ne sait pas toujours déchiffrer les recettes. Maman pense à tout. Elle sait où est chaque chose, ici. Elle a prévu une place pour tout. Y compris pour nous. Et pour elle aussi.

Avant, elle était architecte. Elle dessinait des immeubles, des salles polyvalentes, des centres sportifs. Maintenant, son boulot, c'est de faire en sorte que notre foyer tienne debout. C'est vraiment de ça qu'elle rêvait pour elle ?

Je suis à peu près sûr que non. Elle a sans doute eu d'autres amours, avant Papa. Et elle se demande peut-être à quoi ressemblerait sa vie, si elle avait choisi un autre mec. Si elle avait eu d'autres gosses.

Moi, à sa place, je me poserais tout le temps la question.

Bon. Qu'est-ce qu'il y a au programme... Hachis parmentier. Ça marche. Je commence à éplucher les pommes de terre. Maman sera contente que le repas soit prêt quand elle rentrera de... de je sais pas où, en fait. Dentiste, préfecture, banque, pressing, boucher. Amant ? Je ricane méchamment et je m'en veux tout de suite. Pourquoi elle en aurait un ? Pourquoi elle en aurait pas un ? Ça me regarde pas.

« Tant qu'elle est heureuse », c'est la formule consacrée, non ? Le truc qu'on voudrait tous entendre de la bouche de ceux qu'on aime. « *Tant que tu es heureux, Harold, tu peux bien arrêter le lycée, glander toute la journée à la maison, aimer Camille, peler les légumes. Prendre le temps de te chercher. De te trouver. Moi, ça me va.* »

J'aimerais que ce soit aussi simple.

Le bruit de la clef dans la serrure de l'entrée tranche net le fil de mes pensées. Ça fouille, ça cherche, ça tourne et ça bute.

J'essuie mes mains sur mes cuisses et je vais ouvrir. Annie penchée en avant, la clef en collier, se débat. Entre ses cheveux qui la gênent, la longueur de la chaîne et la poignée de porte, elle ne s'en sort pas. Je souris.

– Annie-bunny, ce serait plus facile si tu enlevais d'abord la clef de ton cou, non ?

Je chatouille le sommet de son crâne.

– Salut, Harold.

Je sursaute. Putain il m'a fait peur, lui. À la gauche d'Annie, planqué dans l'angle mort, un mec asiatique, grand, mince. Mon âge, à peu près.

– Salut…

J'ai l'impression de l'avoir déjà vu. Au bahut, sûrement.

– Hui, il complète pour moi.

– Oui, Hui !

Et comme un abruti, je peux pas m'empêcher de rigoler un peu.

– Je… Tu connais Annie ?

– Bah ouais : c'est ma sœur.

Il cligne des yeux. Deux fois de suite. J'ai l'impression de lui avoir avoué un truc, là.

– Ah bon ? Je savais pas…

Il sourit gentiment. On dirait presque qu'il me juge pas.

– Hui est mon ami ! s'écrie Annie.

Et elle prend la main du gars, comme en maternelle.

– On travaille ensemble au Little Asia Mini Market. Il y a eu un incident, tout à l'heure.

– Ah, merde. Elle a fait une crise, c'est ça ? Qu'est-ce qui s'est passé ?

– Des garçons ont dit je suis mongolita.

Annie grimace. Elle va pleurer, c'est sûr.

– C'est des sous-merdes. T'inquiète, puceron.

Je caresse sa joue molle et douce.

– Merci de l'avoir ramenée, en tout cas. C'est vraiment cool.

– Avec plaisir. Ta sœur est vraiment super. Tu as de la chance.

Il a l'air de le penser vraiment.

– Je sais.

Faux. Je sais pas.

– Aloreuh… à plus ?

– Oui, à plus. Au lycée ? Ça fait un moment que tu n'es plus venu…

Merde mais comment il sait ça, lui ?!

– Je suis dans ta classe depuis la quatrième.

Ah ouais, quand même. Je baragouine :

– Ouais, je sais. Bien sûr. Bah, écouteuh, en fait j'ai…

Je dois trouver quelque chose. Quelque chose de suffisamment grave pour me retenir loin du bahut. Mais quelque chose de perso, d'intime, qu'il aura pas envie d'aller raconter à droite et à gauche. Et puis quelque chose qui soit assez embarrassant pour qu'il creuse pas. Pour qu'il se casse après mon point final. Vite, vi…

– … j'ai un cancer. Des testicules. Je suis en traitement.

Putain, mais qu'est-ce que je fous ?! PAUVRE CON ! Dis que tu plaisantes ! Allez !

Hui perd ses couleurs. Son sourire. Bouche ouverte, son regard déborde d'empathie et de chagrin.

Je suis une merde.

Annie ne pige rien. Elle fait faire des loopings à sa clef, sur sa chaîne. Elle chantonne un peu.

Je vis la situation la plus bizarre de toute ma vie, je crois bien. Et je laisse le malaise s'installer, incapable de l'attraper par la peau du dos et de le jeter par-dessus la haie.

– Oh… c'est horrible. Je suis vraiment désolé, je s…

– J'ai pas envie d'en parler. Je le coupe.

Et je souris. Pourquoi je souris ? Un mec avec un cancer des boules ne sourirait pas, là, si ? ABRUTI ! PERVERS ! DÉGÉNÉRÉ !

– C'est quoi les téticules ?

Annie et ses questions. Elle pige rien mais elle entend tout… Je vais devoir lui faire un schéma…

Hui abrège finalement mes souffrances.

– Je dois retourner au magasin. Mme Chowa va déduire chaque seconde d'absence de ma paye… À très vite, Annie ! Bon courage, Harold.

Ouf, il part.

Merde, il revient !

– Tiens, Annie, j'oubliais : j'avais un petit cadeau pour toi.

Et il donne à ma sœur vraiment super une toute petite pochette en papier, dodue et froissée. Il n'attend pas qu'elle l'ouvre pour tourner les talons et disparaître derrière la haie de hêtres, devant la maison. Il est gentil, ce mec.

Il est dans ma classe depuis la quatrième et c'est aujourd'hui que je le vois pour la première fois.

Sérieux, qu'est-ce que ça dit de moi, ça, à part que je suis un sacré connard ?

## Liste de 21 couleurs indescriptibles

Les scarabées
Les aurores boréales
Le mercure liquide
La pollia condensata
Le papillon morpho
La cathédrale Saint-Basile-le-Bienheureux
La montagne Vinicunca
Les poissons-perroquets
L'arc circumhorizontal
Syvach, en Crimée
Le relief Danxia
Une bulle
Les méduses
Les dents de la CPE
Le rollier à longs brins
Le crabe Halloween
Les vitraux de la Sagrada Familia
La chrysocolle
Pluton
L'iris regis-uzziae
Les yeux d'Annie

## 10
## Velma

Aujourd'hui, j'ai un peu existé.
Quand je rentre à la maison, j'ai l'impression que ça se verra.
Comme un piercing ou une nouvelle coupe de cheveux.
Un truc qui crève les yeux.

Harold est dans la cuisine. Son dos me lance : « Salut ! »
Il me fixe de ses omoplates, sous son pull.
Je pose mon sac dans l'entrée, j'enlève mon manteau.
La cuisine sent chaud. Le four a la bouche pleine.
L'emmenthal sur le hachis grille et fait des bulles.
Mon frère remue du chocolat sirupeux sur fond de Bon Iver.
Il annonce : « Fondant choco-crème de marrons au dessert ! »

Annie est assise par terre, devant le tiroir à casseroles.
Elle joue avec un Rubik's Cube minuscule.
« C'est un porte-clefs ! C'est un cadeau ! Tu le trouves beau ? »
Je dis : « Très », et ce simple mot étire un peu plus sa joie.
J'aime quand on est tous les trois, comme ça.
Dans ces odeurs de manger, cette chaleur de laine.
Je m'assois contre Annie et pose ma tête sur son épaule.
Dans ces moments-là, chacune reprend son rôle.
Elle redevient la cadette et moi la benjamine.
L'ombre de nos deux têtes dessine un chameau au sol.

Sur le plan de travail, le portable d'Harold vibre et clignote.
Sans arrêt. Pour nous rappeler que mon frère a un ailleurs.
Il est majeur.
Il peut partir demain. Quitter la maison et monter dans un train.
Qu'est-ce qui le retient ?
Ma sœur, bien sûr. C'est Annie qui fait famille.

« Qui veut lécher la spatule ? C'est maintenant ou jamais !
Dans deux secondes, ça part au lave-vaisselle, mesdemoiselles ! »
Annie se tend, s'étend, lève une main. « Je voudrais bien…
Mais Maman sera pas contente. Je dois faire attention. »

C'est vrai, la vie d'Annie est remplie de risques de complications.
Maladies cardiaques. Maladies cœliaques.
Hypothyroïdie, diabète, apnée du sommeil, constipation chronique.
Comme si ce n'était pas assez compliqué. Pas assez laid.
À sa place, j'en aurais ma claque, de vivre sur la pointe des pieds.
Comme si elle pouvait éternellement éviter de mourir.
Je refuse d'y penser. L'idée de la mort d'Annie me troue, me fend.
M'attrape par le collet, m'attache à un réverbère et me pend.

« Maman sera d'accord pour que tu prennes une petite part au dessert. »
Je dis : « J'en suis sûre. » Et je me serre contre ma sœur.
Elle renonce à la spatule, embrasse mes cheveux, chasse mes peurs.
On regarde son Rubik's Cube. « C'est celui-là que je préfère ! »

Elle dit ça à chaque fois. Chaque Rubik's Cube chasse le précédent.
Harold a gagné le premier, il y a mille ans, à une kermesse.
Depuis, Annie les collectionne. Ça la fascine, la passionne.
Je ne sais pas ce qui lui plaît autant. La forme ou la matière.
Ou les couleurs, la brillance, les mouvements de rotation.
Et les petits sons qu'ils font. *Tac tac tac.* Moi, ça me stresse.

Quand je lui demande ce qu'elle trouve à ces trucs, elle répond :
« Parce c'est la perfection ! Tout est mélangé et joli ! »
J'acquiesce, sans comprendre pour autant.
« Mais c'est un casse-tête, tu sais. Tu es censée le résoudre.
Le bidouiller pour que les couleurs soient toutes regroupées.
Par familles. »
Annie fait la grimace. Elle n'est pas du tout d'accord.
« C'est pas bien, "regroupé". Tout emmêlé, c'est mieux.
Le rouge et le orange, le vert et le jaune, le blanc et le bleu. »

Un soir, Harold a réussi à rendre chaque face monochrome.
Il était super fier de lui. Annie a hurlé à pleins poumons.
« Tu as tout gâché, Harold !!! Tu as TOUT GÂCHÉ !!! »
C'est la seule fois où mon frère a traité ma sœur de tarée.
Il a claqué la porte pour aller se calmer dehors.
Le genre de moment où mon cœur se désagrège en pelures de gomme.

Mamie Marie-Claire était là, café à la main, clope à la bouche.
Elle avait regardé ma sœur en soupirant des ronds de fumée.
« Nan mais, avouez que la gamine a les fils qui se touchent. »
J'ai vu la mâchoire de Maman se contracter.
« Annie aime les choses telles qu'elles sont.
Elle ne cherche pas à tout prix à les changer ou les améliorer.
Elle les accepte, tout simplement.
Mais je ne suis pas étonnée que tu ne comprennes pas.
Tu es incapable d'aimer comme ça. Pour de bon. Pour de vrai.
Alors garde tes remarques pour toi, Maman. »

Mamie a levé les yeux au ciel, à peine frôlée par la pique.
« Et voilà ! Ô mélodrame, ô tragédiiiie !
Un Rubiks' Cube sert autant à Annie que des ailes à un poisson.
Elle est nulle, pour ça, c'est tout ce que je dis ! »
Maman a débarrassé la table, sans pour autant jeter l'éponge.
« On ne devrait pas faire les choses parce qu'on est bon.

Pour réussir, gagner. Être le meilleur, encore et encore.
On peut aussi faire les choses parce qu'on en a envie ou besoin.
Ou jute parce que ça nous rend profondément heureux !
Si on ne faisait que ce en quoi on excelle, tu ne serais pas mère. »

Puis elle a jeté les assiettes dans l'évier. Vacarme fantastique.
Elle avait dit ce qu'elle avait sur le cœur.
D'habitude, ça la ronge.
Elle retient tout, s'empêche, s'annule. Et enrage.
Pendant des jours, des semaines, du crépuscule à l'aurore.
Je le sais parce que dans ces cas-là, elle frotte, elle astique.
Au réveil, on trouve la maison irréprochable.
Blanche comme un appartement témoin qu'on visite avant l'emprunt.
Donc, j'évalue la détresse de Maman à la qualité du nettoyage.

Je les avais laissés étaler les vieux dossiers sur la table.
Faire solde de tout compte.
J'étais retournée dans ma chambre, les poumons en sable.
J'avais un dessin à finir pour mon cours, je me souviens.
Un autoportrait à rendre le lendemain.
Je me suis observée dans le miroir, calculant mes proportions.
*« On pourrait te fendre en deux en partant du sommet de ton crâne.*
*La lame progresserait, jusqu'au pubis, et tout serait blanc.*
*Dans le plan de coupe, tout serait blanc.*
*Une tranche d'iceberg, avant la fonte. »*
Anna avait raison.
Et je me suis dessinée, visage anguleux, paupières gelées.
Les cils raides de givre, le nez déjà sous l'eau.
Les organes et les os immergés. La noyade, bientôt.

« Je vais aux majorettes ce soir, Velma ! C'est super super ! »
Je souris à Annie lorsque la clef gigote dans la porte d'entrée.
Maman est là.
« Coucou, les canards ! Vous avez passé une bonne journée ?

Ça sent bon le sucré ! C'est quoi ? J'ai super faim ! »
Elle sourit, se déchausse, ne nous laisse répondre à rien.
Elle pose un baiser sur la tempe d'Annie. Un bisou avec bruit.
Ventouse et pépiements d'oiseaux à la fois.
Elle ébouriffe mes cheveux en passant.
« Ne reste pas par terre ! »
Elle chatouille la nuque d'Harold, penchée sur le moule à manqué.
« Et toi, mon grand : quoi de neuf au lycée ?
– Bah, pas grand-chose. Les profs, les potes, les filles. »
Maman sourit et son sourire est sans soupçon. Sans crainte.
Je l'aime tellement, tout à coup. D'un amour de nonne, de sainte.
Je voudrais lui dire qu'elle a raison, tout le temps.
Qu'Annie est belle de savoir aimer les choses, les gens, en bordel.
Et qu'il existe des poissons volants.

# 11
# Annie

Mon justaucorps est bleu et il brille comme les écailles d'un poisson. Les lumières du gymnase jouent au ping-pong avec mes manches. C'est beau. J'en prends plein dans mes yeux ! Maman dit le tissu est « chatoyant ». Moi, une fois j'ai dit le tissu est « miaouyayant » parce que j'avais pas compris et Maman elle a rigolé alors maintenant on dit « miaouyayant » tout le temps et on rigole toujours !

Élodie l'entraîneuse dit : « Annie, le justaucorps, c'est pour les défilés officiels, les compétitions, tout ça. Pas pour les entraînements ! » Alors, je dis : « Oui, je sais mais j'aime trop trop ! » Élodie, elle va dire encore quelque chose, mais Dounia elle lui coupe les mots :

« Fous-lui la paix, Élo. Pour une fois que quelqu'un se donne à fond dans tes conneries de majorettes, là, savoure… »

Dounia est vraiment pas forte en majorette et elle aime pas ça. Elle vient en jogging noir et noir. On dirait un cambrioleur dans les films.

« Pardon mais moi aussi, ça me soûle de voir Annie en slip toutes les semaines. C'est malaisant. »

Hélène-la-star elle dit ça parce que elle m'aime pas en slip. Mais moi, j'aime Hélène-la-star. Et j'aime mon slip, et mon slip en plus, c'est pas un slip, c'est un justaucorps !

« Ah ! » elle dit Élodie l'entraîneuse. « On n'a qu'à faire un vote à main levée ! » elle dit encore, mais Dounia elle se fâche, je sais pas trop pourquoi, et elle met sa figure presque dans la figure de Élodie et elle dit : « Arrête tout de suite. » Et elle a pas l'air de rigoler, Dounia.

« Chuchuchuchu, Doun. Va faire deux tours de terrain pour te calmer. En plus, ça te fera du bien : t'as pris du cul, c'est immonde. »

Élodie, elle chuchute Dounia tout le temps.

Mais Dounia, elle lève le doigt du milieu vers l'entraîneuse et elle va s'asseoir dans les gros matelas en caoutchouc et elle regarde une vidéo de coq qui se promène sur un chien sur son téléphone. (Moi aussi, j'ai un téléphone mais pas un avec des vidéos. Un qui sert à téléphoner et à recevoir des messages. Et à envoyer des messages aussi. Mais j'aime pas trop écrire et je sais pas beaucoup beaucoup lire alors j'envoie plus des cœurs et des smileys. Smiley, c'est anglais et ça veut dire « sourire ». J'envoie des sourires !)

« Allez, on se remue, on répète la première partie avec un seul mot en tête : la *co-or-di-na-tion des mouvements* ! »

Élodie, elle crie un peu.

« Ça fait quatre mots, ça », Dounia dit. Élodie fait des yeux méchants pour Dounia et elle appuie sur la télécommande dans sa main et ça fait *boum tchi boum boum, boum tchi tchi boum* et Taylor Swift elle chante « chékitof ».

Toutes les filles les meilleures se mettent tout tout devant et moi je suis tout tout derrière. Lison et

Charlène les moyennes-bof me cachent et Hafida et Chloé-Pomme, les moyennes aussi, elles cachent Dounia et c'est bien, ça veut dire on est bien « co-or-do-nnées » !

Au début, promis, je fais attention et je concentre et je regarde bien les bras et les jambes et la tête alouette d'Élodie l'entraîneuse. Mais après, la musique elle m'attrape. Comme si elle joue à chat avec moi ! Et je peux pas empêcher mon popotin de swinguer, comme il dit Papa. Et après je ferme les yeux et je tourne et je saute et je rigole fort parce que je m'amuse comme une folle ! Et quand j'ouvre les yeux, y a Dounia elle me regarde et elle rigole et je prends ses mains et on tourne et on saute et on swingue toutes les deux et c'est super super !

Mais Élodie, elle éteint la musique. Comme ça, tout à coup, zoup. Moi, j'entends pas tout de suite parce que la musique continue de chanter dans mon corps et dans ma tête.

Élodie, elle est fâchée et elle pète un putain de câble, comme il disait Harold quand il avait cassé ses os du pied en mille morceaux et qu'on les avait mis dans un plâtre. Il était coincé à la maison et il lavait plus ses fesses et ses habits et il regardait la télé en grognant : « Je vais devenir fou. Je vais péter un putain de câble. »

Quand on pète un putain de câble, on devient tout rouge, on crie des hurlements et on est méchant. Parfois même, on se fâche tellement bien qu'on pleure la colère. Comme Élodie, presque.

« C'est plus possible, là ! Vous faites n'importe quoi ! Et je parle pas juste d'Annie, parce que bon… c'est Annie, quoi ! Mais les autres, vous faites toutes de la crotte !! Toutes ! Je sais pas si vous réalisez que le défilé du Printemps de Couronne aura lieu dans moins d'un mois ! MOINS D'UN MOIS ! C'est la première fois que les Joyaux ont le droit d'y participer ! Y aura les meilleures majo de la région ! Et on va se ri-di-cu-li-ser ! Toi, Dounia, on n'en parle même pas, parce que l… »

Dounia elle lui coupe encore les mots :

« Ah, attention, je sens que tu vas en parler quand même, fais gaffe. »

Elle se moque Dounia, je crois.

Mais Élodie elle s'en fiche et elle continue comme si rien et elle crachouille un peu mais c'est pas rigolo. J'ai envie lui faire un gros câlin parce que je sens dans mon cœur Élodie est très triste et fâchée et inquiète et angoissée.

« *L'angoisse, c'est trop l'angoisse* », il dit souvent Ouissam. Ouissam c'est mon mec, je voudrais. Il est pas comme moi. Il est pas trisomique mais il est « handicapé mental ». Ça veut dire son cerveau est comme dans un fauteuil roulant : il avance pas vite et il peut pas monter les trottoirs des idées. Tout ça à cause de l'angoisse, c'est trop l'angoisse, de sa maman, quand elle avait Ouissam dans son ventre. Elle buvait beaucoup de l'alcool et elle mangeait des médicaments ils font dormir.

« L'alcool, c'est pour les adultes en bonne santé », Maman dit. C'est fort, c'est pas bon dans la bouche et parfois ça donne mal au ventre, ça fait vomir et tourner la tête, elle m'a expliqué.

« Si on t'en propose, Annie, tu dis non. Toujours non et non. Tu ne goûtes même pas, ne serait-ce qu'une goutte. Tu as compris ? » Et moi je dis : « Oui, j'ai compris, je goûte pas une goutte. Ploc. » Et ça fait rigoler Maman.

« Mais quand même, je suis sérieuse, Annie ! »
Et j'ai dit : « Oui, moi aussi, je suis sérieuse. Ploc ploc. »

J'ai envie de raconter la blague ploc ploc à Élodie, mais même si je crie très fort, elle m'entendra pas.

« Lison, t'es molle ! Chloé-Pomme, t'es toujours, TOUJOURS, à contretemps ! Comment c'est possible, bon sang ?! Ça fait trois ans que t'es inscrite ! Trois ans que tu démarres trop tard et que tu fous ton équipe dans le caca ! Pas la peine de ricaner, Ophély : t'es à la ramasse, comme les autres ! C'est bien simple : si Hélène n'était pas là, je prendrais mes cliques et mes claques et adios la compagnie ! »

Y a des filles, elles regardent Hélène-la-star avec des yeux en haine. Je comprends pas. Elle est super, Hélène-la-star ! Elle est un peu méchante mais je crois c'est parce que elle a pas beaucoup d'amis ou parce que elle aime pas la vie. Moi j'ai beaucoup d'amis et j'aime la vie c'est pour ça je danse comme une folle quand j'entends « chékitof, chékitof ».

Je voudrais danser comme une folle en tenant la main de Hélène-la-star, alors je vais vers elle et je prends sa main dans ma main et je swingue mon popotin et je rigole. Mais Hélène fait la grimace, comme si mes doigts sont des limaces et ma figure, une figure de limace. Ça me rend triste.

« Putain, mais c'est pas vrai ! Je suis pas là pour faire du social, moi ! Je paie ma cotis, je me tue à l'entraînement, tout ça pour concourir avec… *ça* ?! »

Hélène-la-star elle râle. Et Dounia, elle va mettre sa figure dans la figure de Hélène mais Hélène elle a pas du tout peur et elle dit juste : « T'en as pas marre de jouer à la racaille, toi ? » Et puis elle ramasse son pull sur le banc et elle s'en va sans dire rien du tout.

Élodie l'entraîneuse, elle en a marre. Elle dit : « J'en ai marre. C'est bon. Faites ce que vous voulez. » Et elle s'en va aux vécés, je crois.

Et là, Dounia elle crie « youhouuuuu ! » et elle bondit bondit et elle pique la télécommande ! Elle met « chékitof » et on danse toutes ensemble et on saute et on rigole et on swingue ! Dounia, elle crie « Alleeeeez, alleeeeeez ! Mets le feu, Annie ! » et ça me fait peur, le feu, mais elle explique : « Nan, ça veut dire "Mets une ambiance de folie", tu comprends ? » et je comprends et je mets le feu.

***

Une heure, ça passe vite. Maman arrive et mon justaucorps me colle comme un pot de colle et y a des endroits foncés-mouillés : sous mes bras et sous mes nénés et entre les bosses de mon ventre et au milieu des fesses et ça me fait rigoler ! Je cours vers Maman.

« Eh bah ! Tu t'es bien dépensée aujourd'hui, on dirait ! » et je dis non, j'ai rien dépensé : j'ai fait du sport !

Maman rigole et elle me donne ma robe de chambre rose *Hello Kitty* toute douce pour je prends pas froid quand je sors dans la nuit. Je mets la capuche et je suis comme dans un nid et je crie : « Salut Dounia ! Salut tout le monde ! À vendredi prochain ! »

Après, je prends la main de Maman et on va dans la voiture.

Maman met le chauffage à fond. Ça souffle chaud chaud sur mes joues et dans mes yeux et les endroits foncés-mouillés de mon justaucorps deviennent de plus en plus clairs.

Après, Maman veut reculer mais Élodie l'entraîneuse court vers la voiture ! Elle fait toc toc à la vitre et elle demande : « Madame Desrochelles, je peux vous dire un mot, en privé ? »

« Je reviens, Annie », Maman elle me dit.

Et elle enlève sa ceinture et la voiture dit *« ding ding ding »*, parce que c'est dangereux d'enlever la ceinture mais là, on roule pas encore sur la route alors je dis rien.

Maman sort et elle ferme la porte de la voiture et j'entends pas, mais Élodie elle parle et Maman secoue la tête et dit des trucs et Élodie aussi dit des trucs et elle fait des gestes avec ses bras et l'angoisse, c'est trop l'angoisse. Elles font des nuages blancs dans l'air froid avec leurs mots. C'est beau mais ça dure pas. Ça disparaît en montant dans le ciel.

Et puis tout à coup, Maman se retourne et je vois sa figure très fâchée et j'ai peur j'ai fait une bêtise peut-être. J'ai envie de pleurer. Maman revient et elle s'assoit et elle tourne le volant et la voiture part en arrière.

Élodie est encore là et elle bouge pas.

Après, Maman sort du parking, mais elle dit tout d'un coup : « Et puis merde ! » et elle tourne le volant pour revenir au gymnase.

Élodie est encore là comme une statue et Maman arrête la voiture à côté d'elle et puis elle appuie sur le bouton pour que la vitre, *ziiiiiiiiim*, elle descend. Et Maman dit fort :

« Élodie, avant d'oublier : si vous ne l'avez pas déjà, je vous souhaite un herpès génital avec démangeaisons, brûlures et écoulements malodorants. Au revoir. Salope. »

## 12
## Harold

Le vendredi soir, comme tous les vendredis soir depuis quatre ans, on dîne tôt, à cause de l'entraînement d'Annie. Et comme tous les vendredis soir depuis encore plus longtemps, ma grand-mère Marie-Claire tape l'incruste, en déboulant après vingt heures et en se plaignant que tout le monde soit barré à gauche et à droite. Que sa présence ne soit plus un événement.

– Franchement, dans cette famille, vous vous foutez des rituels.

Appuyée à l'évier, elle tape du pied en regardant l'assiette que je lui ai mise de côté tourner dans le micro-ondes. Elle boude comme une petite fille chiante.

– Pour qu'un rituel soit familial, il faut qu'il ait été décidé par toute la famille, Mamiche.

Elle me donne une petite claque sur le cul en passant, balance son assiette sur la table, s'allume une cigarette. Ça fait longtemps qu'elle a remplacé le pain par le tabac. Résultat, elle tousse tellement que Papa la surnomme « Marie-Glaire ».

– Qu'est-ce que tu fais là ? elle me demande en engloutissant une bouchée de hachis parmentier. Hmmm… la purée est encore froide.

Elle se lève, rouvre le four. Nouveau tour de tourniquet. Elle fixe l'appareil des yeux, comme si son dîner risquait de se volatiliser entre deux ondes.

– Bah, je finis de nettoyer la cuisine. Normal.

– « Normal » ? Tu as dix-huit ans, Haro. Moi, quand j'avais dix-huit ans, je buvais de l'absinthe à Prague et j'avais de fabuleux délires érotiques autour du *Narcisse* du Caravage en écoutant Ravi Shankar. Alors que toi, tu gardes une assiette de hachis parmentier pour ta mamie avant de nettoyer la cuisine en trouvant ça, en plus, *normal*. Vraiment, Haro, ce n'est pas comme ça que je ne t'ai pas élevé.

Je sais que je ne devrais pas, mais j'adore ma grand-mère M-C. Elle est libre. Un peu cinglée. Elle se fout des convenances, des codes sociaux, des règles. Je sais pas comment c'est possible qu'une femme comme elle ait une fille comme Maman. Elles n'ont rien à voir l'une avec l'autre. Un cercle qui aurait accouché d'un carré. Mamie porte des vêtements colorés, vaporeux, exotiques. Des bijoux lourds et mystérieux, incrustés de pierres naturelles aux vertus pseudo-magiques. Elle fait de l'art-thérapie, des thèmes astraux, de l'écriture automatique. Elle publie des vidéos de méditation guidée sur YouTube, sous le nom de « Marie-Clairvoyante ». Elle tire les cartes, nettoie les auras, révèle leurs vies antérieures à ceux qui ont dix balles à sacrifier. Donc, pas à mes parents – ou, de son vivant, à ma grand-mère Kathy. Entre elles deux, c'était un choc culturel constant, avec barrière de la langue et mal du pays.

– Ça va, ton père ? Il a su vivre avec joie le passage au niveau supérieur de Kathy ?

– Son « passage » ? Tu veux dire, son enterrement ?

Elle arrête le micro-ondes, attrape l'assiette, se brûle, évente inutilement ses doigts. Je lui lance un torchon. Elle s'en sert pour sortir le hachis comme s'il était au plutonium.

– Enterrement, oui. C'est vrai qu'on appelle ça comme ça chez les cathos.

– C'est comme ça qu'on dit chez tous ceux qui mettent les morts dans la terre au lieu de les rouler dans du papier OCB pour les fumer, je dis en ricanant. Et, euh, c'était pas très joyeux, nan. T'avais qu'à venir. T'aurais pas à poser la question.

Mamie goûte la viande du bout de la langue. Elle souffle en aspirant. Trop chaud. Elle avale fastidieusement puis articule.

– Non merci. À partir d'un certain âge, on a l'impression d'assister à la bande-annonce de sa propre fin quand on se rend à des funérailles. Ton père sait que je l'aimais. Et il sait que je l'aime, lui. Ça suffit.

Je soupire :

– Si tu le dis, Mamie.

– Et puis, tu sais bien, je trouvais Kathy un peu… comment dire…

– Classique ? Conventionnelle ? Vieux jeu ? Je propose, pour l'aider.

– Chiante.

– Sérieux, Mam's, c'est pas cool de dire ça.

– Haro, elle portait des robes-tabliers ! C'est si déprimant.

Il y a ces instants, si fugaces qu'ils comptent presque pour du beurre, durant lesquels je trouve que Marie-Claire fait son âge. Et là, juste là, c'est le cas. Je découvre une petite vieille ridiculement loufoque, terrifiée par le temps qui passe. Ça me plaît pas. Parce que le jour où elle mourra à son tour, les suivants officiels seront mes parents.

– On lui a mis une jolie robe. Dans son cercueil, je souffle.

– Bonne initiative, mais c'était avant qu'il aurait fallu qu'elle la porte.

Je souris. Elle a pas tort.

Maman dit que sa mère souffre de « véritéïte aiguë ». Qu'elle peut pas s'empêcher de dire tout haut tout ce qui lui passe par la tête. Perso, je trouve ça très rafraîchissant. À part Annie, je connais personne d'autre qui soit capable de ça. Mais les pensées de ma sœur sont beaucoup moins crades que celles de M-C.

– Tu es heureux, Haro ? elle me demande tout à coup.

– « Tu es heureux, Haro ? », je l'imite.

C'est une réaction débile, mais sa question me paraît si saugrenue et enfantine…

– N'élude pas. C'est un truc de faible et de lâche, ça.

Je m'adosse à ma chaise, m'étire, me craque l'os d'une épaule. *Clac*. Je cogite deux secondes.

– Est-ce que je suis heureux ? Hmmm. Non. Pas vraiment. Pas encore. Je sais pas.

Mamie me scrute, les yeux-bistouris. Elle sourit en coin.

– C'est parce que tu es Vierge double. À la fois douce et folle. Et tu es ascendant Gémeaux, en plus. Mercure rétrograde en ce moment. Ne prends aucune décision, sinon, je te raconte pas.

– Oh non, ne me raconte pas !…, je gémis pour de faux.

Et si c'était moi qui lui racontais, pour cette fois ? Si je lui disais tout ? Que je vidais mon sac à côté de son assiette ? Que je posais près de son couteau tout ce qui me fend le crâne, me dissèque le cœur, me tranche les cordes vocales ?

M-C peut comprendre. Elle a eu une vie riche, bousculée.

Non, en fait, elle a eu plusieurs vies riches et bousculées. Elle a fait ses filles, Solange et Delphine, toute seule.

« À l'époque où le don de sperme se pratiquait en dehors des labos, si tu vois ce que je veux dire, Haro… »

Du peu qu'elles en savent, Maman et tante Del n'ont pas le même père. Ça n'a pas empêché Mamie de leur filer les prénoms des jumelles des *Demoiselles de Rochefort*.

Je crois que M-C voit vraiment la vie comme une comédie musicale. À savoir, une sorte de mascarade chantante, un bonheur chorégraphié un peu relou, avec des tas de bons sentiments, des énigmes à tiroirs et des fringues coordonnées.

Ma mère a grandi dans des ashrams et des communautés hippies, parmi des gens qui cultivaient des légumes racines à poil et peignaient avec leurs menstrues pour unique gouache. Une fois adulte, curieusement, elle a décidé de ne pas garder grand-chose de l'éducation de sa mère… Elle n'a hérité d'elle que ses yeux, son caractère buté et une certaine passion des comédies musicales. D'où « Harold », « Annie », « Velma ». Des prénoms chantants tirés de *The Music Man*, *Annie* et *Chicago*. Soit les seules traces d'une époque où mes parents partaient en voyage sur un coup de tête, profitant d'un passage à Londres pour aller au théâtre, boire et danser. S'aimer.

Ma mère avait peut-être plus de choses en commun avec M-C, avant. Sauf qu'elle a grandi, mûri. Alors que Mamie, non.

Mon portable vibre. Je jette un œil. Message de Camille. Mon cœur se retourne comme un sablier. Je compte les secondes avant de pouvoir le lire. Je diffère la joie.

– C'est qui ? elle demande sur un ton rigolard.

– Tu es bien curieuse.

J'ai envie de lui en parler. De lui dire Camille. De lui montrer ses photos, ses mots, ses émojis. De lui faire écouter sa voix, archivée dans ma boîte vocale devenue boîte à bijoux. Mais elle se moquerait sûrement de tout cet amour flambant neuf, exagéré, elle qui a toujours voulu vivre seule avec ses filles. Pas de mari, pas de père, elle seule pour unique repère. Quel pari ! Elle qui n'a pas pour autant sacrifié sa vie de femme à sa vie de mère. Qu'est-ce qu'elle pourrait comprendre à cette attache, moins émotion que véritable agrafe, clou dans la paume, colle sur la peau ? Elle trouverait ça dangereux, sordide. Ou pire : idiot.

– Dis-moi, il reste un peu de vin quelque part ? Allez, Haro : trinque avec ta grand-mère.

Je vide un fond de bouteille dans deux verres ballon.

M-C sourit.

– Ça, ça doit devenir notre rituel, à toi et à moi. T'en penses quoi ?

Je suis sur le point de répondre : « Que du bien, Mam's », lorsque la porte d'entrée s'ouvre en grand, comme dégondée par une tempête.

Maman surgit, furie, dragon immense. La voir comme ça me fait horriblement plaisir : il se passe quelque chose en elle. Elle a l'air sauvage, renversée de colère.

Avant que j'aie le temps de poser la moindre question, Annie vient me faire un câlin et chuchote :

– Ça veut dire quoi, « herpès génial » ?

## Liste de 21 trucs qui me font souffrir

Les miroirs
Les gens qui se fouillent le nez en public
Saigner une fois par mois
La laideur du mobilier urbain
Les arbres qu'on taille carrés
La chasse
Croquer dans un aliment et s'apercevoir trop tard que c'est immonde
Le mot « mongol », sauf pour les habitants de la Mongolie
Les contacts physiques non sollicités
Les humiliations ordinaires
Les étapes de la décomposition d'un corps humain
Les mains poilues du dentiste
La fonte des glaces
Penser au cannibalisme
La télévision
Les chaussures neuves
La « semaine du goût » à la cantine
L'idée des milliards de choses qui vont mal dans le monde
Les magazines féminins
La chaîne NRJ 12
Me dire qu'Annie mourra un jour

## 13
## Velma

Quelque chose se passe, en bas. Maman est énervée.
Je descends sans bruit, comme toujours.
Je m'origamise sur la dernière marche, genoux à la gorge.
En sourdine.
Je ne sais pas encore si c'est mieux de rester là ou de me montrer.
Je les vois tous tandis qu'eux ne me devinent pas.
Mamie Marie-Claire, Harold, Maman et Annie.
On dirait presque un petit théâtre, vu d'ici.
Chut. Ça va commencer…

Papa rentre par le jardin et rejoint les autres, dans la cuisine.
Demande : « Mais qu'est-ce qui s'est passé, exactement ? »
Maman fulmine.
« On y est ! La présence d'*A-deux N-I-E* n'est plus souhaitée !
Tout ça à cause de ce défilé du Printemps à la con !
Les Joyaux ont l'honneur, le privilège, d'y participer cette année…
Et *A-deux N-I-E* n'est pas au niveau, pas raccord. Trop T-R-I-S-O. »

Maman fait toujours ça. Elle épelle pour épargner Annie.
Pour lui taire les vérités qui peuvent taper sur son cœur-tambour.
Je ne suis pas sûre que ça fonctionne toujours.

Mamie se gargarise au vin. Le dégoût me déclenche un frisson.
Marathon thermique, de la cime de mes cheveux jusqu'à mes talons.
« Elle est vraiment nase, c'est un fait.
– Comment tu le sais, Maman ? T'as jamais vu É-L-O-D-I-E !
– Je parle d'Annie. Pardon : A-deux N-I-E. »
Maman se fige, durcit. La colère la rend pâle comme un lavabo.
« Mais bordel de merde, c'est pas le problème, t'es conne ou quoi ?
Elle était *heureuse*. Le genre de bonheur parfait qui n'existe pas.
Pas dans la vraie vie, pas pour les gens comme toi et moi !
Annie, elle a accès à a d'autres choses. Un autre niveau de joie.
Un autre niveau de chagrin et un autre niveau d'amour !
Tu ne ressentiras jamais le quart de ses émotions, à elle.
Tu ne comprendras jamais l'intensité, la force, de ses passions.
Nous, à côté, on est tous creux, décolorés, quelconques… »

Je sais que je ne devrais pas, mais je le prends pour moi.
Je ne suis pas Wonder Annie. Je n'ai aucun pouvoir surnaturel.
Je suis trop susceptible. Je regarde Harold, qui reste impassible.
Il passe ses écouteurs à Annie, fouille son iPhone une seconde.
J'entends une chanson lointaine et joyeuse. Ma sœur sourit.
Elle chantonne, bat des mains, secoue en rythme sa tête blonde.

Mamie ne s'émeut pas. Elle inspire sa centième clope du jour.
« Et donc ? »
Et elle attend, impatiemment, la suite du feuilleton.
« Donc tout ce covoiturage, ces cakes salés, ces tartes aux fruits,
ces tombolas, ces stands de gâteaux à tenir sous la pluie !
Toutes ces nuits perdues à cirer les bottes, repriser les costumes,
à réparer les chapeaux, coller des strass, des perles, des plumes.
Toutes ces heures de BaByliss à faire des anglaises molles !
Sur des têtes qui n'étaient même pas sorties de mon corps !
Toute cette laque payée de ma poche, vaporisée sous mon nez !
Ça ne compte pas ?! J'ai le droit d'être en colère ou j'ai tort ?
Quatre ans de l'autre pouffe ! *"Hop, synchro comme des abeilles !*

*On n'oublie pas le smile ! On gaine, les girlz !*" Pauvre folle…
Et ces chansons de connasse, non-stop, à en saigner des oreilles !
Ça ne vaut rien ? Nan mais dites-moi, allez-y : ça ne vaut rien ? »

Personne n'ose dire que non, en effet, ça ne vaut pas grand-chose.
Mais Papa sourit.
« Ça me rassure tellement d'apprendre que t'en pouvais plus !
Je te voyais tellement à fond… Hyper investie…
Franchement, je croyais que je t'avais perdue ! »
Et il éclate de rire.
Et l'agacement de Maman empire.
« Je suis sérieuse, Jérôme !
J'ai quand même traité cette pauvre fille de salope !
Je lui ai souhaité un herpès génital ! Tu te rends compte ?! »
À cette pensée, ses joues deviennent rouge griotte de honte.

Je n'ai jamais vu Maman dans cet état. Là, elle est juste Solange.
Une femme imprévisible et bourrée de névroses.
Cette personne ressemble à ma mère, mais elle ne l'est pas.
Pas exactement. Et c'est si étrange.
Comme si, en cassant un œuf, on trouvait un chat.

« Bon, mais c'est de la merde, les majorettes. On s'en fout ! »
Mamie hausse les épaules, bouche dédaigneuse et cœur myope.
Maman se laisse tomber sur une chaise, lourde, fatiguée, à bout.
De forces.
Elle a l'air de ne plus en pouvoir, de nous tenir tous, à bout.
De bras.
On exige tout d'elle. On fait nos griffes sur son écorce.
C'était quand la dernière fois que je lui ai demandé : « Ça va ? »
Et pas juste avec cette politesse un peu flétrie.
Un peu jaunie. Un peu passée.

« Bien sûr. Bien sûr que c'est de la merde, les majorettes.
Mais je fais quoi, moi, maintenant ?
Je dis à Annie qu'elle est grosse, très nulle et vraiment débile ?
Au point d'être prise pour une merde par ces merdes de majorettes ?
Je lui explique que c'est pas elle, que c'est pas personnel ?
Enfin si, un peu, mais au fond pas vraiment et blablabla ? »

Papa pose sa main sur son épaule, la presse avec tendresse.
Il fait le minimum et s'en sort toujours bien. Je trouve ça cruel.
On ne lui reproche rien mais on l'aime sûrement un peu moins.
Et un jour, sur le canapé du psy, on dira : « Maman était mon île.
Papa ? Le petit bateau qui passe au loin sans voir mon S.O.S. »

Harold se gratte la tête, nonchalant mais concerné. Il est beau.
« Euh, juste, c'est légal de virer quelqu'un comme ça ? »
Maman ricane. Elle cherche ses mots. Et un yaourt dans le frigo.
« Bien sûr que non. Mais franchement, on n'a pas trop le choix.
On peut lancer une procédure pour imposer Annie en terrain miné.
Et elle se sentira exclue, méprisée et anormale.
Ou on laisse tomber. On dit à Annie que les Joyaux, c'est terminé.
Et elle se sentira exclue, méprisée et anormale. »

Maman défait son chignon, tente de tirer son épingle du jeu.
Elle presse ses tempes, frotte ses paupières, bute sur mes yeux.
Enfin.
« Coucou, toi ! Ça va, mon chou ? »
Je lui souris, déplie mon corps et les rejoins tous sans un mot.
Annie demande en criant si elle peut aller voir Gigi l'amoroso.
Harold reprend ses écouteurs et coupe le son.
Elle sort.
Annie se fout, au fond, d'être en dehors de cette conversation.

Je regarde sa silhouette unique en son genre s'éloigner.
Sa drôle de démarche, gauche et dansante, me rend ramollo.

Elle déclenche en moi le même truc que la vue des bébés animaux.
J'ai envie de la rattraper, de la serrer, de la salir de bisous.

Mamie tousse et écrase sa cigarette sur le bord de son assiette.
« Tu vas trouver une solution, Solange. Tu es une mère parfaite. »
Et cette phrase a la chaleur insupportable du second degré.
« Peut-être qu'il faudrait chercher un autre club. Plus tolérant.
Une équipe Rubik's Cube, en quelque sorte… Vous voyez l'idée ?
Un endroit où on se fiche que les carrés soient bien alignés.
Où on accepte que tout ne soit pas parfait tout le temps. »
J'ai lancé ça du bout de la voix, comme une ligne sans appât.
Papa soupire.
« Chaton, je doute qu'une telle équipe existe. »

Mamie sourit en coin. « Bah il suffit de la créer. »
On se regarde tous, amusés quoique perplexes, mais elle insiste :
« Nan mais réfléchissez-y une seconde : c'est pas si con… »

## 14
## Annie

Tout le monde est bizarre et pas comme d'habitude. Déjà, Maman, elle a rien dit dans la voiture après que elle a parlé avec Élodie l'entraîneuse de l'herpès génial. Elle avait les doigts tout serrés sur le volant comme les aigles sur le mouton dans le reportage à la télé. Et ça m'a fait peur, le reportage. J'aime les moutons. J'aime aussi les aigles, mais moins.

Je crois j'aurais pas dû faire la zozote aux majorettes. Maintenant, Maman a l'air fâchée et elle parle pas. Elle fait les lettres une par une et moi je comprends rien. Et je sais elle fait ça pour que je comprends rien. Et ça me rend triste un peu.

Ma famille elle croit je m'en fiche. Elle croit je sais rien à rien. Mais c'est pas vrai. J'ai des pensées. Plein de pensées, même si on dirait pas. C'est à cause de ma langue. Elle est grosse. Ça fait comme la pomme dans la bouche du petit cochon rôti chez Mamie Kathy à Noël. Ma langue, elle empêche je raconte mes pensées. C'est trop difficile. Alors souvent, je dis rien. Ou je dis un peu. Et c'est pour ça on croit j'ai rien dans la tête. Ça me met la colère, parfois ! Et quand je boude, ils disent : « Oh, Annie… tu es un personnage ! » Je comprends pas : je suis pas un personnage, moi. Je suis une personne.

Mais je les aime quand même, les gens. Quand ils sont tristes, ça serre mon cœur. Même si ils disent rien du tout, je devine, comme quand il pleut pas encore mais ça sent déjà la pluie, dehors, partout.

Les gens, c'est pareil : je ferme les yeux et je devine et ça sent déjà les larmes, dedans, partout.

Harold a mis sa musique dans mes oreilles. J'aime trop ! J'entends plus Maman et Papa et Harold et ma mamie. Quand ils ouvrent la bouche, c'est la chanson qui sort. Ça fait rigolo. Ça fait joli. Ça fait bizarre aussi, un peu, parce que c'est un monsieur il chante et Maman, c'est une dame. Maman, elle a une jolie voix. Elle chante juste quand elle croit elle est toute seule. Quand elle plie des habits propres ou elle enlève des draps chauds de nos lits.

Là, Maman a pas envie de chanter, je pense. Ses sourcils gigotent et sa bouche remue et je vois l'angoisse, c'est trop l'angoisse. Et Papa veut lui faire un petit câlin mais Maman a l'air pas d'accord et Mamie boit du vin et elle dit pas beaucoup de mots. Juste trois ou quatre, je crois, mais ça énerve encore plus Maman. Et Harold, il est embêté à côté de moi. Il me regarde parfois et il me sourit et y a du triste dans son sourire. Ça me fait du chagrin.

Alors je mets ma tête sur son bras à lui. Je ferme mes yeux. Le monsieur chante dans mes oreilles et il joue de la guitare aussi et la mélodie devient doux-poussin et bleu marine, et ça me donne envie de pleurer. Parce que ça parle droit à mon cœur. C'est la musique de Harold alors ça parle droit à son cœur, aussi, je suis sûre. Je sais pas si mon grand frère a envie de pleurer, parfois. Je sais pas si c'est possible, il pleure. Mais j'aimerais pas.

Je coince son bras dans mes bras, comme si je suis un koala et Harold est une branche très solide. Il est fort. Il me laisse m'accrocher à lui serré serré. Il caresse mes cheveux un peu et il me regarde pas, parce que il écoute Maman. Je les regarde tous et ils sont tous dans la chanson triste. Ça m'inquiète. Mais Harold sent bon alors ça me calme. Il sent le garçon et le chewing-gum et la forêt. Il a des musles. Muscles. Les muscles, c'est de la force en viande et y en a dans tous les bouts de corps, comme la langue et le ventre et les jambes écétéra écétéra.

Moi, mes muscles sont mous, comme si y a que de la confiture et du chamallow dedans. Harold, ses muscles sont pleins de cailloux. C'est pas douillet douillet quand je fais un câlin. Papa est plus douillet que Harold, parce que ses muscles sont mi-confiture mi-cailloux. Il est beau, Papa. Il est confort.

Mais les câlins avec Harold sont les plus mieux des câlins, parce que je suis toute petite, toute fleur, toute oiseau avec lui. J'ai jamais peur et j'ai jamais froid. Harold, c'est mon nid et ma cabane dans l'arbre et mon parapluie. Le dimanche quand je regarde des dessins animés, Harold me tient contre lui et il joue avec mon oreille. Au début ça m'embête, et après ça me fait rigoler, et encore après ça m'endort.

Harold m'aime, c'est sûr certain. Tout le monde m'aime ici, mais avec des amours pas réglés pareil. Comme sur le radiateur où Maman peut tourner le bidule pour c'est chaud, un peu chaud-tiède-bof, très chaud, ouille ouille ça brûle. Mamie Marie-Claire, je crois c'est un peu chaud-tiède-bof.

Et aux majorettes, y a Hélène-la-star qui m'aime froid. Et puis y a Élodie l'entraîneuse elle a éteint le radiateur, je sens. Mais c'est important pour moi, les majorettes !

Quand je mets mon costume de Joyaux, je suis pas Annie Desrochelles. Je suis pas dodue et petite et rigolote et gentille et mongolita. Je suis pas la travailleuse du Little Asia Mini Market et la fille du groupe de l'UAT et l'amoureuse secrète chut il faut pas le dire de Ouissam et rien du tout de comme ça. Je suis pas la trisomie 21. Je suis une majorette au milieu des autres majorettes. C'est les seules fois où je suis pas moi et j'adore, parfois. Pas tout le temps, pas beaucoup. Juste parfois. Parce que comme ça, quand je suis re-moi, je suis très contente de me retrouver, comme quand je retrouve Plouplipioup mon doudou éléphant perdu pour de faux sous mon lit ou un Smarties un peu vieux mais quand même bon dans ma poche ou Tata Del. Parce que vraiment, c'est pas souvent, surtout pour Tata Del.

Mais elle va bientôt venir, parce que sa voix a dit dans le téléphone : « J'arrive, Anninounette ! Je serai là pile pour ton beau défilé de la fête du Printemps ! Je ne louperai ça pour rien au monde ! »

À chaque fois je pense àTata Del, ça allume le radiateur dans mon cœur. A fond à fond.

Bon, je m'ennuie, moi ! Les machins dans mes oreilles qui chantent la musique me font un peu mal dans les trous. J'en ai marre. Je demande si je peux aller voir Gigi l'amoroso et Papa dit oui et je suis bien contente parce que Gigi, elle me respète. Respecte. Elle sait je suis une personne et pas un personnage. Elle voit je suis bientôt une femme. Les autres filles de tout bientôt dix-sept ans, on leur parle pas comme des petites filles. On leur demande elles veulent faire quoi comme métier plus tard. On leur dit : « Faut se décider : les choses sérieuses commencent… »

Moi, les choses sérieuses commencent jamais. C'est pas juste. Je suis la plus grande. Velma est plus petite. Tous les Joyaux sont plus petites. Elles sont grandes en corps mais dans l'âge, elles sont plus petites !

Avant, chez les Joyaux, y avait Josie. Elle était rigolote et elle venait à l'entraînement avec du cake au citron et Élodie était pas contente à cause des « capitons », de la « cellulite » et de je sais plus quoi d'autre. Elle disait : « Josie, t'es mignonne, mais c'est pas comme si la moitié des filles ici n'étaient pas déjà en surcharge pondérale ! »

Dounia, elle avait fait comme des becs de canards avec ses mains et elle avait dit avec des voix rigolotes :

*« Hé, salut, la grossophobie, comment tu vas ? La forme ?*

*– Oh, écoute, ça va su-per tranquille, posée ! Tant qu'y aura des bouffonnes superficielles et sans cœur, tout ira bien pour moi !*

*– Hahahaha ! Tu m'étonnes, Simone !* »

Josie avait un peu rigolé et moi aussi, parce que les voix et les becs de canards étaient très très rigolos. Mais Élodie elle avait pas aimé. L'année dernière, le fils à Josie il a eu un bébé et Josie elle devait s'en occuper parce que les nounous, « C'est cher et ça colle les moutards devant la télé et ça secoue les bébés » et après y a des trucs ils se cassent dans leurs petites têtes fragiles comme des boules de Noël.

Elle était contente d'être une grand-mère, Josie, même si elle a dit : « Je suis un peu jeune pour être mamie mais bon, j'ai pas choisi… Hé, Chloé-Pomme, tiens le petit une seconde : je vais vous montrer que je suis encore capable de faire la roue, moi ! »

Chloé-Pomme, elle a treize ans et elle a le droit de tenir le bébé mais pas moi. Moi, on veut jamais. Je sais très bien tenir les choses ! Je tiens plein de choses !

Je tiens Gigi l'amoroso. C'est mon amie. Je lui apporte une tartine de beurre. Gigi aime les tartines. Elle les attaque en plein milieu et elle fait un trou avec son bec et le trou devient de plus en plus grand et ensuite il reste que les bords. Et à la fin, elle mange les bords. Les gens mangent les bords d'abord. Hihi « les bords d'abord ». Moi et Gigi l'amoroso, on est pareilles : on fait rien comme les gens.

Je la prends dans mes mains et elle se laisse faire parce que c'est ma poule à moi. Et parce que mes doigts sentent le beurre et elle croit je vais lui donner encore une tartine. Je caresse sa crête toute penchée. C'est rigolo. Ça ressemble à rien d'autre que je connais par les doigts. C'est pas doux mais c'est pas piquant. C'est bizarre. Mais moi aussi, on dit je suis bizarre.

Quand j'ai demandé pour avoir une poule, Maman a rigolé et puis elle a compris j'étais sérieuse pour de vrai et elle a dit : « Je vais réfléchir. » Et puis elle a réfléchi et elle a dit oui et j'étais très contente ! On est allées dans une ferme, Papa et moi, et y avait plein de poules et le fermier souriait et il a dit : « Tu peux choisir celle que tu veux, jeune fille ! »

J'ai bien aimé il dit « jeune fille ». Papa a dit : « C'est gentil de votre part. Ma fille en rêvait. On sait pas trop pourquoi… C'est pas super intéressant, une poule. »

Le fermier a froncé les sourcils et il avait une figure un peu fâchée. Il a dit : « Détrompez-vous ! Les poules savent compter, évaluer des quantités… Quand il s'agit de picorer, chacune retrouve sa place dans la hiérarchie au sein du groupe. Et puis elles s'observent, elles apprennent les unes des autres, elles font des déductions. Elles savent à quelle heure je viens leur donner mes épluchures de légumes ou ramasser les œufs ! Elles m'attendent ! Et si je suis pas ponctuel, elles gloussent fort, je vous le garantis ! Elles ont vingt-quatre vocalises différentes, vous vous rendez compte ? Elles font pas le même cri devant un danger que pour bavarder, hein ! Et puis elles ont peur, elles sont contentes, elles sont empathiques… Elles ont chacune leur personnalité : la blanche, là, elle est toute calme, elle se fait un peu marcher dessus. Alors que la grosse rousse, elle, c'est une maligne. Elle est un peu machiavélique. C'est loin d'être bête, une poule ! Croyez-moi… »

Papa avait l'air étonné. Et moi, j'ai vu tout derrière le poulailler une petite poule noire très mignonne et j'ai dit : « Je veux celle-là, là ! »

Le fermier a couru longtemps pour arriver à l'attraper et c'était rigolo. Il l'a mise dans un carton avec des trous pour respirer et il a dit : « Tiens, ma grande : c'est une coquine, hein ! Tu vas l'appeler comment ? »

J'ai réfléchi pour de faux parce que j'avais déjà réfléchi et j'ai souri et j'ai dit : « Gigi l'amoroso ! »

Dans la voiture, j'ai dit tout tout bas : « On est pareilles, Gigi : on est loin d'être bêtes. »

## 15
## Harold

Voilà. Une seconde entière est passée et on n'a pas besoin de plus pour conclure que si, l'idée de M-C est débile. Papa glousse, Maman lève les yeux au ciel, Velma fronce les sourcils.

On reste là, les yeux dans le vide, à réfléchir à la façon la plus digeste et onctueuse de présenter son exclusion à Annie.

– Bon, je sais que vous me prenez pour la farfelue de la bande, mais je ne vois pas pourquoi ma suggestion vous paraît si rapidement balayable !

– Mais Maman, enfin, aucun de nous n'a les compétences requises pour fonder une troupe de majorettes *handicap-friendly* ! Tu veux que Jérôme fasse les chorégraphies, qu'Harold les coache, qu'Annie recrute ses partenaires au sein de l'UAT ?

Maman est évidemment poncée par les dingueries de ma grand-mère. Elle est déjà passée à une autre idée, dans le catalogue mental qu'elle feuillette à la recherche de la solution parfaite. Sauf qu'à part coincer Annie dans une boule pour hamster émotionnelle afin de la protéger de la laideur humaine, je vois pas ce qu'elle peut trouver.

– Ah, mais ce n'est pas ce que j'ai dit, attention : quand je parlais de créer votre équipe, je pensais à vous ! Enfin, à nous. On serait l'équipe. *Team* Annie !

Moment de flottement. Le temps que les mots plongent dans les huit conduits auditifs et nagent un crawl courageux jusqu'à nos quatre cerveaux.

Velma est la première à réagir, par un rire nerveux.

– Attends : tu veux qu'on fasse les majorettes ? C'est ça ? Nous ? Je veux dire : Papa, Maman, Harold, toi et moi ?

Elle préfère vérifier, c'est normal. On a tous besoin que M-C confirme, souligne, en gras.

– Bah oui ! Et Annie, bien sûr ! Ce serait super, comme projet familial ! Et quel souvenir commun, vous vous rendez compte ? Ça, on ne l'oubliera jamais…

– Bien sûr qu'on ne l'oubliera jamais. Ça s'appelle un « traumatisme ». Et il faudra beaucoup de temps, beaucoup d'alcool et sûrement quelques séances d'hypnose pour laisser ça derrière nous…

Ah. Vraisemblablement, Papa n'est pas emballé.

Mamie s'impatiente, s'irrite. Elle grimace avant de lâcher.

– Vous êtes une belle bande de faux-derches, dites donc ! « *Pauvre Annie, tout ça va lui briser le cœur ! Oh, je donnerais tout pour lui éviter ce chagrin immense, insondable, cruel ! Cette Élodie, quelle sordide poufiasse caca boudin : penser à son ego, son image, sa réputation, avant de songer au bien-être de notre cher ange ?! Vraiment, elle n'a pas d'âme ! Venez, on lui souhaite un herpès génital, abracadabra !* »

– Mais… mais ça n'a rien à voir ! gémit Maman, sous le choc.

– Bien sûr que si ! Ça a tout à voir ! Comment espérer de la société quelque chose que nous ne sommes pas prêts à faire nous-mêmes ? Le monde sera toujours violent envers Annie mais, si on se tient à ses côtés, on encaissera quelques coups à sa place. Et ce sera déjà ça. La famille, c'est le meilleur des gilets pare-balles.

La vache. Elle est douée pour les slogans. Je sais pas pour les autres, mais moi, je me sens un peu comme une merde. Je fais craquer les os de mes doigts. Tic nerveux. Papa grogne : il a horreur de ça. L'atmosphère est plombée.

– Non. Non ! Je suis désolé, je m'y vois pas ! Défiler devant tout Couronne en bottines et en jupette ?! Hé, j'ai un métier, moi ! Je suis maître d'œuvre, j'ai des gars à diriger, des chantiers importants pour des clients sérieux : je peux pas me permettre de passer pour un con dans toute la ville, devant tous mes amis !

– Devant tous tes amis ? s'étonne Mamie. Parce que tu en as ?!

Papa vacille un peu.

– C'est quoi cette question ? Bien sûr que j'en ai ! Des tas !

Mamie ricane et nous prend à partie, ma sœur et moi.

– Haro, Velma, vous connaissez les amis de votre père ?

Je regarde Velma. Je vois ses yeux qui fouillent l'intérieur de son propre crâne, pour poser l'iris sur un souvenir, même vague, même flou. Je vais lui épargner des efforts inutiles :

– Nan. On n'en connaît aucun.

– Voilà ! Mais à votre mariage, il y avait plein de copains. Des collègues, des amis d'enfance, des voisins... Et tes trois potes, là : Philippe, Laurent et Émilien. Vous faisiez du tennis ensemble. Des barbecues, des week-ends au ski. Je m'en souviens très bien. Et puis Annie est née et tout s'est arrêté. Comme ça.

Elle fait claquer ses doigts. Et sur ce « tac », Papa s'assoit enfin. Sa chaise fait un petit crac. Ma pomme d'Adam aussi. C'est toujours pénible de voir les gens qu'on aime tomber en ruine. Ça me fait penser au drame de Gênes, il y a trois ans. J'ai peur que les ponts entre nous s'effondrent aussi.

Velma souffre fort. On dirait qu'elle est maquillée au désespoir, du chagrin plein les cils, la bouche sanguine à force d'être mordue par ses propres dents.

– Maman, mais qu'est-ce que tu veux entendre, en fait ? Que la naissance d'Annie a tout changé ? Qu'elle nous a coupés du reste du monde pendant un petit moment ? Qu'on a eu du mal à s'adapter, à surmonter ? T'as vraiment besoin qu'on te confirme tout ça ? Moi aussi, j'ai perdu la moitié de mes copines en cours de route !

– Je ne te parle pas, Solange, je m'adresse à mon gendre ! Il se trouve que j'ai croisé la mère d'Émilien plusieurs fois : elle faisait du qi gong avec moi. Eh bien, elle est tombée des nues en apprenant qu'Annie était trisomique ! Tu n'as rien dit. Tu n'en as parlé à personne. Tu as préféré une rupture nette avec tes meilleurs copains plutôt que leur présenter ta fille. En gros, tu as eu honte d'elle.

– Maman, comment tu peux dire ça ?!… C'est ignoble, même venant de toi.

Ma mère tremble de colère et de chagrin. La « véritéïte aiguë » de Mam's a encore frappé. Un truc moche en moi est soulagé : je ne suis toujours pas celui qui abîme Maman.

Papa, lui, ne dit rien. Il encaisse le plus dignement possible l'uppercut dans l'estomac. Il essaie d'apaiser sa respiration. Les ailes de son nez battent fort. Encore un peu et il s'envolerait, comme dans cette comptine irritante qu'Annie aime tant. *Pirouette cacahouète.*

C'est le cœur de Papa qu'il faudra raccommoder avec du joli fil doré, après tout ça.

– Je n'ai pas honte d'Annie, il murmure. C'est juste que, parfois, je voudrais que ce ne soit pas un sujet. Je voudrais ne pas avoir à en parler, tout le temps, ne pas risquer d'être interrogé par la boulangère ou le mec qui vient relever le compteur d'eau. J'aimerais qu'on passe inaperçus, qu'on soit une famille…

Maman ne le regarde pas. Elle plie ses doigts sous son nez – pour faire barrage à la moutarde en train d'y monter.

– Normale ? propose Mamie. Tu peux le dire. Je ne te jugerai pas. Moi aussi, Annie me fout la honte : elle mange comme un bouledogue, elle pète en public, elle rit fort… Mais si je suis honnête, je dois dire que, de temps en temps, j'ai honte de vous tous, globalement et individuellement. Et ça ne m'empêche pas de vous aimer ! Et je sais – oh oui, je sais très bien, croyez-moi – que vous avez honte de moi, plus souvent et plus intensément que je ne le voudrais. Mais on pourrait peut-être décider d'avoir honte tous ensemble, pour dépasser ça et statuer sur le fait que la honte, c'est vraiment un truc dégueulasse et nocif et inutile qu'on refuse de trimballer éternellement ! Qu'est-ce qu'on en a à foutre, au fond ? On aura chaud aux joues cinq minutes, mais on sera plus proches que jamais. Et à jamais.

Elle nous regarde, tour à tour. Elle évalue ses capacités de persuasion, sûrement. Et puis elle darde vers mon père.

– Jérôme, il est temps de faire ton coming out.

– Pardon ?! sursaute Papa.

*Pardon ?!* je sursaute en dedans, empêtré dans mes organes internes.

– Enfin, ton Annie out, tu vois l'idée.

M-C coince une cigarette entre ses lèvres, cherche l'allume-gaz. Il fait un cri-cri de grillon lorsqu'elle l'actionne. Une flamme beaucoup trop longue jaillit, manque de peu le bout de son nez. Mamie grince « la vache… » et tire sa première bouffée.

Bordel, ma dernière clope remonte à quand, déjà ? L'odeur me fait presque saliver. Mam's nous lance à tous un regard circulaire, analyse nos visages, sonde nos réactions. Elle note au passage mon œil envieux. Me tend la cigarette.

– On partage ?

En entendant ça, Maman bat la table de ses paumes. BAM. Elle est outrée. Papa aussi, mais moins. Pour le principe. Par solidarité avec elle, j'imagine.

– Nan mais maintenant, ça *suffit* ! C'est rigolo cinq minutes, le numéro de la mémé baba cool, mais tu commences à me chier dans les bottes !

M-C glousse et secoue la tête.

– Calme-toi, Sol. Ton grand bébé de dix-huit ans fume depuis des mois : il sent la cigarette à plein nez. Et puis, essaie de garder le sens des proportions, ma chérie, enfin : je ne lui ai pas proposé du crack ! J'en ai plus…

Et là-dessus, elle me jette un clin d'œil. Maman est stupéfaite. Sa chique, coupée. J'hésite quelques instants et puis je prends la cigarette offerte. Tire dessus. C'est nullissime à quel point ça me fait du bien.

Mamie se lève, enfile son manteau chamarré. Un patchwork indien.

– Bon, les petits lapins, je vais rentrer : je suis fou-tue ! Mais avant, dites-moi : ce défilé de barjos, on le fait ou on le fait ?

**Liste de 21 sons merveilleux**

Maman qui fredonne en pliant le linge
Le pop-corn qui éclate dans le micro-ondes
La clef dans la serrure quand on attend Papa pour dîner
Les bottes qui croustillent dans la neige
Le chant des vagues
Les boîtes à musique à manivelle
Le pot de confiture qu'on ouvre pour la première fois
Les grelots accrochés au sapin de Noël
L'orage
Le bruit de papier froissé d'un fichier supprimé sur l'ordi
Le clac de l'obturateur de l'appareil photo de Tante Del
Le chant des oiseaux, à l'aube
La pièce dans la tirelire
Le crayon qu'on taille
Le caramel qui bulle dans la casserole
Les coques de pistaches qu'on jette au fur et à mesure dans un bol
Le bruit des glaçons qui se fendillent dans la grenadine
La pluie très forte sur les trottoirs
Les feux d'artifice
Les pas sur un tapis de feuilles mortes
Le rire d'Annie

## 16
## Velma

Silence polaire.
J'imagine que personne ne veut être le premier à dire non.
On reste là, à se taire. On évite de se croiser du regard.
Aucun ne se décide à être le porte-parole des pétochards.
On a crié sur tous les toits qu'on aime Annie « plus que tout ».
Mais à haute voix, le petit astérisque ne s'entend pas.
Celui qui renvoie à une ligne, taille de police deux, tout en bas.
* *À l'exception de la dignité, de la réputation.*
*Et uniquement entre les murs de cette maison.*

Papa ouvre le bal. « C'est pas aussi simple que ça.
Il faut réfléchir à la suite, avant de dire oui. »
Mamie lève les yeux au plafond.
« Vas-y, Jérôme, réfléchis. Fais-toi une entorse au cerveau !
Trouve-toi mille raisons de dire non. Il y en a des tas !
Alors qu'il n'y en a qu'une seule pour foncer. Annie. »

Je suis partagée.
J'ai envie de soutenir Mamie. Je trouve son idée parfaite.
Drôle, folle, brillante. Époustouflante.
Ça révélerait ce qu'il y a en nous de plus beau, de plus fort.
Je serais la fan numéro un de quiconque ferait ça par amour.
Du moment que ce quiconque n'est pas moi.
Du moment que je n'ai pas à exposer mon corps.

À être forcée à montrer tout ce que je cache de lui.
Je ne veux pas. Je ne peux pas devenir une *majorette* !
Même pour une journée ! Même pour un seul défilé.
Je ne peux pas quitter mon invisibilité cotonneuse comme ça.
Pour bondir dans la lumière répugnante.
Et être résumée à jamais à « sœur de la triso ».
Je me sentirais nue. Épluchée, derme après derme, jusqu'aux os.
Je suis partagée.
Écartelée, honteuse, par moi-même humiliée.
Mais la peur l'emporte, comme toujours. Je passe mon tour.
Pardon.

« Je comprends même pas pourquoi on fait semblant de l'envisager :
Les majorettes, c'est un peu de boulot, même si c'est à chier !
Un minimum d'entraînement pour pas être totalement ridicule !
On n'y connaît rien ! »
Harold secoue ses cheveux bruns, incrédule.
Son téléphone vibre dans la poche de son pull.
Comme synchronisé avec son hypothalamus. En wi-fi.

« J'ai soif ! »
Annie est de retour. Elle demande du jus de pommes. Siteplaît.
Maman lui répond : « Non, je suis désolée ma chérie. »
Mamie soupire. « Tu pourrais lui en donner un fond, non ? »
Maman est assignée au mauvais rôle. « Non, je ne peux pas.
Je ne le lui refuse pas par plaisir. Elle doit suivre un régime strict.
C'est pour son bien. Pour sa santé. Ne t'en mêle pas. »
Ma mère est à deux doigts. De l'implosion. D'Hiroshima.
Elle n'imaginait sûrement pas s'énerver un jour pour *ça*.
Avant, elle devait avoir d'autres préoccupations. D'autres débats.

Elle est architecte, à la base. Passionnante, cultivée.
Elle adorait voyager. Elle connaît tellement d'histoires.
Tellement d'Histoire.

Elle m'a raconté un jour que Kyoto aussi aurait dû être détruite.
En même temps qu'Hiroshima.
Mais le secrétaire à la Guerre américain s'y est opposé.
Il avait passé sa lune de miel là-bas, trente ans plus tôt.
Et s'il était parti en voyage de noces aux Seychelles ou à Hawaï ?
Sans ce détail, la ville aux mille temples aurait été soufflée.
Il y a toujours quelqu'un, quelque part, à qui profite la faille.

Maman dessinait. Elle concevait des plans, elle bâtissait.
Maintenant, elle est mère au foyer. Et taxi. Diététicienne.
Auxiliaire de vie sept jours par semaine.
Elle lave plus blanc que blanc, repasse devant *M6 Boutique*.
Elle est parfois tentée par le Compact Cook ou le Vibro Shaper.
Dans le garage dorment une balance BodyFat et un vélo elliptique.
Elle regarde les photos avant et après des produits amincissants.
Sauf que pour elle, l'avant est toujours le maintenant.

« Un régime strict ?! Un régime nazi, oui ! » Le ton est moqueur.
Mamie a dit qu'elle partait, non ? Pitié, qu'elle s'en aille.
Je déteste quand elle fait ça. Quand elle pince, pique, pousse.
Maman est sur le point de rétorquer, mais Papa lui sourit.
Il replace une mèche derrière son oreille, lui caresse la joue.
Du bout du pouce.
Ils se parlent en morse, en battant des cils. S'aiment devant nous.
Leur amour dure depuis longtemps. Ils se sont connus au travail.
Autour d'un projet, penchés sur le même dessin, d'accord sur rien.
Ils ont mis leurs vies en chantier.
Au nom de cet amour béton, murs porteurs, toiture saine.
Qui a résisté aux fuites, aux infiltrations, aux mites.
Aux dégâts des eaux, aux dégâts des eux. Et à nous trois.
Aux « surprises de la Vie ».
Comme disent les cathos pour désigner la trisomie.
Leur couple est devenu le mythe de notre famille.
Notre « il était une fois ».

Maman sait pourtant que sa vie n'a rien d'un conte.
Que les coups de foudre ne survivent pas au quotidien.
Ils enflamment la nuit et crèvent dès le petit matin.
Flingués par la mauvaise haleine et le linge sale.
Mais elle a une passion pathologique pour les fins heureuses.
Elle mérite la sienne, je trouve.

« Bon, on se fait une deuxième tournée de fondant ? »
Harold propose. Maman ne s'oppose pas mais désapprouve.
Annie et Papa sont partants. Mamie se rassoit. Le silence se tait.
Muselé par les cliquetis des petites cuillères joyeuses.
Les assiettes se prennent encore des raclées.
Annie lèche les dernières traces. Elle en a plein le menton.
Elle sourit de ses dents marron. « Harold, t'es un chef ! »
Mon frère rosit de plaisir, passe le visage d'Annie au torchon.
Elle rit à gorge déballée, oreilles rouges, yeux fermés.
Mamie opine. « C'est vrai, Haro : tu es sacrément doué !
À ta place, je quitterais le lycée pour en faire mon métier ! »

Harold remue sur sa chaise, se lève pour débarrasser.
Le couvert.
On dirait qu'il a envie de débarrasser.
Le plancher.
Il n'est pas à l'aise. Personne ne s'en aperçoit.
Puis Papa froisse l'idée d'un fils cuisinier et la jette au feu.
« Super conseil, Marie-Claire, mais Harold a d'autres projets !
D'autres ambitions ! Et puis, avant tout, il a le bac à passer.
Cuistot, c'est un beau métier mais c'est un travail de chien.
On trime jusque tard dans la nuit, on se lève aux aurores le matin.
Il y a tellement de concurrence, tellement de pression…
Un salaire de misère et des problèmes de santé en bonus.
Harold peut espérer largement mieux. »

La nuque d'Harold, devant l'évier, est en tension.
Son profil est dur, sa mâchoire crispée. Il remplit l'évier d'eau.
Je ne peux pas le laisser se noyer. Je me fais bouée.
Gilet de sauvetage, sirène, radeau.
« Mais c'est passionnant, aussi. Cuisiner, c'est une forme d'art.
Marier les goûts et les arômes. Les rendre généreux, bavards !
Les accorder, les harmoniser, comme des instruments…
Transformer deux ou trois ingrédients en orchestre philharmonique.
Ce n'est pas à la portée de tout le monde ! C'est un peu magique.
Je ne vois pas ce qu'on peut espérer de plus… »

Harold sursaute. Pivote vers moi comme un tournesol.
On partage une seconde de connexion absolue. Infinie.
Qui fait clignoter toutes mes terminaisons nerveuses en vert.
Ça arrive rarement. « À chaque mort d'évêque », disait Mamie Kathy.
Papa fait la moue, nul ne surenchérit. Le silence reprend la parole.
On est chacun derrière un mur, on essaie de communiquer à travers.
Si on ne se voit pas, comment danser sur le même air ?
Comment synchroniser nos pas ?
Nous six, on serait la pire équipe de majorettes de l'univers.

## 17
## Annie

Aujourd'hui, c'était une journée nulle, sauf pour le Rubik's Cube porte-clefs de Hui.

Des garçons ont dit « mongolita » au Little Asia Mini Market, et après j'ai fait la crise et Madame Chowa est sûrement très fâchée. Alors je vais devoir me faire toute petite-petite lundi, comme une gomme, pour pas être remarquée. Mais c'est difficile pour moi parce que même si je dis rien, même si je bouge comme une statue, les gens me remarquent toujours.

J'aurais dû faire la gomme aux majorettes, aussi. Harold il a dit : « T'as un peu déconné, Annie. Souviens-toi, je t'avais expliqué : dans ta tête, tu dessines un rond autour de tes pieds, et tu dois essayer d'en sortir le moins souvent possible. C'est hyper important : les gens ordinaires, les chiants, quoi, ils ont besoin que tu te tiennes tranquille. Ça les rassure. »

J'ai dessiné le rond autour de mes pieds mais il m'empêchait pas du tout de bouger, comme une corde ou une grosse chaîne comme les Dalton ils ont, attachée. Moi, mon rond, il me suit partout et il danse avec moi. C'est un problème.

Ça fatigue ma tête quand je pense à tout ça. Je veux aller dans ma chambre et dans mon lit et faire le hot dog. Faire le hot dog, c'est quand on a fini l'histoire du soir et que Maman éteint ma petite lampe avec les tulipes jaunes dessus. Là, elle dit : « Allez ! On met la saucisse dans le pain ! » Et elle serre, serre la couette sous le matelas et je suis bien comme dans des bras très forts mais très doux aussi. Parfois, quand j'étais petite et Velma encore plus petite, elle venait dormir dans mon lit et Maman disait : « Double hot dog ce soir, les filles ! »

Elle demandait : « Moutarde ? Ketchup ? » On criait « ouiiiii ! » et alors elle nous chatouille-papouillait, c'était super ! On pleurait de rire et parfois je pétais parce que le corps oublie de faire attention quand il rigole et Maman disait : « Hmmm... Je vois qu'on a un supplément chili au menu...! » et on comprenait pas mais on aimait bien le mot « chili » alors on pleurait encore plus de rire !

Après, on dormait avec Plouplipoup, Madame Petit-Pot-de-Beurre, Josiane, Cra-Cra et Fernando les doudous. Ça faisait beaucoup de frimousses rigolotes dans mon lit !

Velma fait plus le hot dog avec moi. Parfois, j'aimerais bien, alors je demande à Maman d'aller la chercher, avec la moutarde, le ketchup et le supplément chili. Mais Velma veut jamais. Maman dit : « Ta sœur a grandi, tu sais... »

Non je sais pas. Enfin si, je sais, un peu. « Moi aussi j'ai grandi ! » je dis. Maman sourit toujours et elle caresse mon front pour ranger mes cheveux sur les côtés comme si c'est des rideaux et mes yeux des fenêtres. Et elle dit : « C'est vrai, mon Annie. Mais disons que les goûts changent, avec le temps. Et Velma aime moins les hot dogs, maintenant. »

Ça m'étonnerait bien. On aime les chatouilles-papouilles toute la vie.
Moi, en tout cas, j'aimerai toujours ça.

J'ai un peu froid parce que je suis dehors et c'est la nuit d'hiver. Gigi l'amoroso s'est endormie dans mes bras. Elle a mis sa tête sous son aile. C'est très rigolo ! Parfois, j'essaie de faire pareil mais ça me fait mal dans mon cou.
Je vais la ranger dans son poulailler, tout doucement. Il y a un œuf. Il est petit et blanc et tiède. C'est un beau cadeau ! Gigi me fait un œuf-cadeau tous les jours ! Je lui dis : « Merci, Gigi l'amoroso ! » et je cherche dans ma poche s'il y a encore des miettes de tartine ou de gâteau. Mais y a rien. « Je te donnerai un truc bon demain ! Bonne nuit, Gigi ! »
Je prends l'œuf et je fais bien attention parce que c'est fragile comme tout. Souvent je détruis l'œuf parce que je serre les doigts un tout petit peu fort. Ça me rend très triste. Et souvent, aussi, je serre pas du tout les doigts et l'œuf roule, roule, il glisse et crac, il tombe par terre. Ça me rend très triste aussi, mais là Gigi vient manger son œuf par terre et je dis : « J'ai fait exprès pour toi. Bon appétit, Gigi ! »

Avec mon œuf dans les deux mains, je marche à petits pas d'escargot. Ça fatigue mes bras. Je vais mettre du temps. Et puis je sais pas comment ça se fait mais mon pied il voit pas le bord de la terrasse, et je trébuche comme une autruche et je veux me rattraper avec mes mains mais y a l'œuf dedans ! Je dois lâcher l'œuf et crac, il dégringole et il meurt. J'ai envie de pleurer. C'était une journée nulle.

« Ce n'est pas grave, Annie. Ce n'est qu'un petit œuf. Il y en aura un tout blanc, tout beau, demain. Ce sera le même ! » Dalida dit dans mon oreille.

Ses cheveux tombent sur ses bras comme la nuit sur ma maison. Elle a du rouge à bouche, des yeux de chat et une robe bleue et transparente comme un papier de bonbon.

Mais je suis toujours triste.

« Gigi l'amoroso aussi était un petit œuf, et maintenant c'est ma meilleure amie ! Et y a pas deux œufs pareils. Et y a pas deux Gigi ! »

Je crie un peu mais pas trop. Je veux pas fâcher Dalida. Après, elle viendra plus. Comme Mamie Kathy.

« Tu as raison. Il y a des choses qu'on peut réparer, mais pas celle-là. C'est bien pour ça que c'est inutile de pleurer sur un œuf. On ne peut pas remettre le jaune et le blanc dans la coquille, une fois qu'elle est brisée. Même si tu le souhaites de tout ton cœur. Quand c'est cassé, c'est cassé pour toujours. »

Elle soupire. Elle a l'air triste aussi, Dalida. Elle regarde l'intérieur de ma maison et le salon vide avec la lumière allumée. Le canapé dodu attend des fesses. Dalida entre presque jamais.

« Tu es belle, Dalida », je lui dis et elle me sourit et elle touche ses cheveux. Elle frissonne et elle chante doucement :

*« C'était le temps des fleurs,*
*on ignorait la peur,*
*les lendemains avaient un goût de miel.*
*Ton bras prenait mon bras,*
*ta voix suivait ma voix,*
*on était jeunes et l'on croyait au ciel… »*

Et puis elle dit : « Bonne nuit, ma chérie » et elle m'envoie un bisou, comme Maman fait quand je vais à l'UAT et je me retourne une dernière fois pour lui dire coucou. Et Dalida disparaît.

Je rentre dans la cuisine et tout le monde arrête de papoter comme des potes. Je sais pas quoi dire, alors je demande du jus de pommes mais j'ai même pas soif. Je voudrais raconter pour l'œuf, mais j'ai honte. J'ai fait trop de bêtises, déjà, aujourd'hui. L'œuf va être la goutte d'eau, comme elle dit Maman quand tout va de traviole et les factures et la machine à laver en panne et un clou dans la roue de la voiture. Le dernier problème, c'est toujours la goutte d'eau, même s'il est rikiki.

Maman veut pas je bois du jus de pommes parce que c'est trop sucré et c'est pas bon pour mon cœur, je sais bien. Mamie l'embête et je suis fâchée avec moi. Je savais pas le jus de pommes peut mettre le bazar comme ça… Je dois dessiner une croix sur ma bouche dans ma tête, peut-être ? C'est beaucoup de travail de penser à tout ça. Déjà, je réfléchis pour pas bouger et pas faire la crise. Et je réfléchis pour pas oublier de rentrer ma langue et fermer ma bouche. Ma langue dépasse comme le T-shirt sous mon pull quand je le coince pas dans mon pantalon. Au Little Asia Mini Market et à l'UAT et aux majorettes, je me concentre dur, mais à la maison, ma langue sort quand je pense à Ouissam ou quand je regarde la télé parce que je suis fatiguée de réfléchir et de faire attention. Je bâille, et je me souviens je dois mettre ma main pour cacher mon trou de bouche mais c'est trop tard et Maman dit : « La main, Annie. »

Oui, oui, je sais.

Maintenant, je m'ennuie alors je mets ma tête sur Velma. Et le temps dure longtemps. Heureusement, Harold redonne du gâteau délicieux à tout le monde, même si Maman fait un peu la tête.

Le gâteau est délicieux. Exi… esquis. Après, Mamie dit : « Allez, je file ! Je vous laisse réfléchir, mais comptez sur moi pour revenir à la charge : je ne lâche rien ! »

Et puis elle s'en va. Mamie Marie-Claire habite dans un appartement et elle a pas de télé et elle fait brûler des trucs. « L'encens », ça s'appelle. Ça met de la cendre partout et après on a la tête qui tourne. On va pas souvent chez elle, c'est surtout elle qui vient.

Quand la porte est fermée, Maman va tourner la clef deux fois. *Cric crac*. Elle fait comme dans l'histoire avec la chèvre et les sept bébés chèvres quand le loup il vient toquer à la porte pour les manger : *cric crac*.

Et puis, elle dit à Papa : « Il était temps. »

Je sais pas ce ça veut dire vraiment, mais je crois Maman et Mamie sont pas copines/chéries comme Maman et moi. Mamie fait pas des bisous et des câlins à Maman. Elle lui dit pas tout le temps : « Je suis fière de toi » et « Tu es belle » et « Tu es essentielle » comme Maman me dit. Elles se racontent pas des secrets dans les oreilles et elles rigolent pas toutes les deux quand elles vont au cinéma entre filles. Parce que elles vont jamais au cinéma entre filles, comme Maman et moi, avec Velma parfois. Et quand Mamie vient au restau avec nous, elle sait pas le repas préféré de Maman.

(Moi, c'est steak haché-frites, avec une feuille de salade et un rond de tomate posé dessus pour décorer. Et Maman le sait. Et le plat préféré de Maman c'est une salade de chèvre chaud. Mais pas comme dans l'histoire avec la chèvre et les sept bébés chèvres quand le loup il vient toquer à la porte pour les manger : *cric crac*. Hihihi !)

« Allez Annie : au dodo ! » Maman elle me dit, et elle prend ma main et je rouspète : « Attends ! Je dois faire la ronde des bisous ! » Et je fais la ronde des bisous. D'abord Papa et puis Harold et puis Velma. Deux bisous pour chacun, mais sur la même joue. Ça pétille et ça les fait rigoler et moi aussi.

Après, dans ma tête, je dis : « Bisou-bisou, Mamie Kathy ! »

Oh, Mamie Marie-Claire est partie sans emmener ses bisous… C'est un peu triste.

Je mets mon pyjama toute seule. Il est jaune et doux. C'est un pyjapoussin, hihihi !

Et puis je rentre dans mon lit et c'est froid et ça me fait un frisson joli. Je fais la boule et je mets ma tête sur Plouplipoup, comme ça il part pas se promener quand je dors. Maman lit *La famille souris au clair de lune* et elle montre les pages, pour je vois les beaux dessins. Je les connais par cœur. Par yeux, hihihi ! Mais j'essaie toujours de voir un petit machin nouveau. Et quand je trouve un brin d'herbe, une étoile ou une petite fraise j'ai jamais vus, je suis heureuse comme tout.

Ce soir, Maman fait pas toutes les voix. Je sais pas pourquoi. Je dis rien parce que je suis fatiguée et mes pieds et mes mains dorment déjà. Maman éteint la lumière, elle me fait le hot dog et ses cheveux chatouillent ma figure. Je la respire : hmmmm ! Maman sent Maman.

Mes yeux se ferment comme des coquillages. Je demande juste : « Ça veut dire quoi, "herpès génial" ? » mais j'ai plus de force dans ma voix et je m'endors.

## 18
## Harold

Dimanche matin. Je me réveille après une nuit beige. J'ai dormi un peu, d'un œil, comme un crocodile. Hier soir, j'ai compris que j'étais pas le seul lâche de la maison. Ça a même l'air d'une tare congénitale, une maladie héréditaire... Ça devrait me consoler. Mais nan. Je me lève sans envie. Je m'aperçois dans le miroir, derrière la porte de ma chambre. Je suis moche. L'insomnie me fait les poches.

Maman est dans la cuisine, voûtée sur une feuille, un stylo et sa tablette. Elle réfléchit au menu de la semaine. Papa sort tout juste de la douche: ses cheveux courts brillent d'humidité. Il porte le T-shirt *Passion from'ton* du dimanche. Celui qu'Annie lui a offert pour la dernière fête des Pères. Moi, je lui ai acheté une casquette rouge *Bubba Gump Shrimp co.*

Parce qu'on a regardé le film *Forrest Gump* ensemble, un jour. Rien que tous les deux. Et on avait ri aux mêmes moments. Et on s'était fait harponner par les mêmes émotions Et, je sais pas, ç'avait été comme trois points de suspension dans un roman entier d'incompréhension mutuelle. Ce cadeau, c'était pour lui rappeler ça. Qu'on pouvait s'entendre et s'aimer comme Forrest et Bubba.

Papa met jamais cette casquette.

Velma dessine juste à côté, sur le canapé, les jambes ramassées et entortillées sous ses fesses. Elle prend pas beaucoup de place, cette sœur-là. Elle fait pas beaucoup de bruit. J'ai failli pas la voir, entre deux coussins. Annie dort encore, je suis sûr. Il est encore tôt.

C'est le moment idéal. Je vais le dire tout de suite. Maintenant. C'est décidé.

Comme ça, comme un cri primal. Allez !

J'y ai pensé un milliard de fois. Je sais quoi dire. Et comment le dire.

Bon, dans mes plans, Annie était toujours là. Elle peut être sacrément utile, dans des cas comme ça. Parce qu'elle pose des questions et ça dilue la tension. Ça fait diversion. Je devrais peut-être attendre Annie…

Rhâ, je suis encore en train de me trouver une excuse, bordel ! C'est inimaginable, d'être aussi minable.

Je vais le faire. Ils sont là, ils sont tranquilles, reposés, frais. La maison est calme. Papa a bu la moitié de sa tasse de café, ça devrait suffire.

Je vais commencer doucement, en leur disant que je suis amoureux de Camille. Que c'est vrai, c'est sérieux. Que j'en dors plus, que j'en oublie de respirer, une fois sur deux.

Là, logiquement, ils vont sourire. Peut-être se regarder, entre eux. Et ils diront que c'est très bien. Que c'est normal. Que c'est comme ça, l'amour à mon âge.

Et Maman demandera : « *Quand est-ce que tu nous la présentes, alors ?* »

Et c'est là. C'est là que je dirai que c'est pas « la ». C'est « le ». Camille, c'est « le ». C'est « lui ». C'est « il ».

Et j'ai peur. Putain, j'ai tellement peur. Qu'ils restent là, assommés, l'air un peu débile. On sait jamais. On croit connaître les gens, mais on sait jamais.

Je suis terrifié à l'idée de pas être celui qu'ils pensaient. Et je suis terrifié à l'idée qu'ils soient pas ceux que j'espérais. On sait jamais. On croit connaître les gens, mais on sait jamais.

Mes parents vont passer un examen et ils le savent pas. Ils sont détendus, légers. Inconscients. Ils n'ont rien préparé. Moi, je suis paralysé par le trac. J'ai le bide en vrac. J'ai l'impression de foirer mon bac. Encore une fois.

Et si Papa se met à gueuler ? S'il me montre du doigt, qu'il me menace, qu'il me maudit sur douze générations ? S'il me jette de la maison et, plus globalement, de sa vie, je ferai quoi ? On sait jamais. On croit connaître les gens, on croit se connaître soi, mais on sait jamais.

Et si Maman se prend la tête dans les mains, qu'elle me supplie : « *Pas ça, pitié… On a déjà une fille trisomique, on va pas, en plus, avoir un fils homo ?! On a déjà notre quota, notre lot, en tant que parents, tu crois pas ?…* »

Ce serait la fin de tout.

Je crois que je serais capable de rétropédaler. De dire que je plaisantais. Que j'avais juste envie de les faire marrer entre deux tartines, puisque Annie dort encore. Et j'avais que cette farce un peu nase sous le coude.

« Tu connais la blague du mec qui dit qu'il est gay ? Elle est pas gaie. »

Pfff… J'y arriverai jamais.

Ou alors, je leur annonce que j'ai un cancer. Des testicules. Et dès qu'ils sont bien blancs, bien blêmes, je leur dis que c'est pas vrai. Que je suis juste pédé. Et que c'est une très bonne nouvelle parce que ça, c'est pas une maladie. On n'en meurt pas. Enfin…

Y a des gens qui en crèvent, pourtant. Partout. Ils avalent des médocs, ils se balancent sous des trains ou au bout d'une corde, tout ça pour des histoires d'amour. Des histoires de manque d'amour.

Est-ce que je serai tenté d'y passer, moi aussi, après ? Dans une heure, dans deux minutes… Le temps de sortir ces quelques phrases si longues, si lentes à venir.

Est-ce qu'ils m'aimeront encore ? Est-ce qu'ils m'aimeront toujours, après s'être imaginé, en secret, la façon dont Camille et moi on fait l'amour ?

OK. Je vais leur dire. C'est sûr. Il le faut. J'ai trop mal. La vérité gonfle dans ma poitrine, fracture mes os, ratatine mes organes. Elle commence à me déchirer la peau. Elle a besoin d'éclater.

Je vais leur dire. Pour Camille.

Pour le lycée aussi. C'est facile : il suffit d'expliquer que je comprends rien à ce qu'il se passe là-bas, à ce qu'on attend de moi. Que ça n'a aucun sens, ça. Que je préférerais qu'on m'ouvre le ventre au couteau plutôt que retourner au lycée une seule journée, une dernière heure. J'abuse pas : j'en suis vraiment là.

Je vais leur dire que j'ai essayé. De tout mon cœur, de toute la force de mes pensées. Et c'est le principal, ça : essayer. C'est ce qu'ils m'ont appris, après tout : quand quelque chose ne marche pas, ce n'est pas grave. On apprend sur soi, on se découvre. C'est ça, grandir. Ou alors, ils m'ont menti.

Je vais leur demander pardon et je vais leur accorder le mien : ils m'ont fabriqué comme ça, avec des pièces en moins. C'est pas ma faute si je me sens à côté. À côté de mes pompes, à côté de mon ombre. Je veux être en place. Et à ma place.

Mais je vais leur dire aussi que c'est pas une fin en soi, tout ça. C'est que le début. Un renouveau. Je veux travailler avec mes mains, avec mes cinq sens. Et le sixième, aussi. Je veux faire des choses concrètes, au-dessus du feu ! Je veux goûter, tester, bouffer la vie au lieu de déguster, comme je le fais depuis des années.

Voilà. Je vais dire tout ça et ça va bien se passer.

Papa a vidé sa tasse de café. Il est temps.

– Je peux vous parler deux minutes ?

Ma voix tremble même pas.

La tête de Papa se relève à peine, ses yeux restent collés au journal. Il fait : « Hmmmm ? »

Maman me sourit. Son visage est comme une main dans mon dos. Ça me donne de l'élan.

Velma vient à côté de moi, les coudes appuyés sur l'îlot de la cuisine, le menton dans les doigts.

– Euh… alors voilà : je…

Ma poche vibre. J'ai le réflexe de regarder mon portable. Charles m'a envoyé une photo. Un montage éclaté : la tête de Moineau sur le corps de Ru Paul. Il a écrit :

*La queen de Couronne !*

Ça me coupe le souffle. Et l'herbe sous le pied. Je suis tétanisé. Mes parents aiment beaucoup Charles. Ils le trouvent poli, gentil. « Bien comme il faut. » Si c'est ça qu'il leur faut, je suis foutu.

– On t'écoute, chéri : quelque chose ne va pas ?

Maman s'inquiète déjà. Son visage se trouble, il est moins lisse, moins doux qu'il y a deux minutes. Il y a comme une ombre sur son front. Et cette ride verticale qui part de la racine des cheveux pour finir entre ses sourcils. Comme une épisiotomie tardive.

Je me hurle dessus, dans ma tête : « *Dis-leur, Harold. Tu peux torcher ça en une phrase et après, la vie redeviendra belle ! T'iras te doucher, courir en forêt avec ton père, inviter ton mec à déjeuner ! Crache-le ! C'est tout simple : "Je suis homo et je veux devenir cuisinier et je vous aime." Tu vois : ça n'a rien de compliqué !* »

Et au final, ça sort comme ça :

– Mam's a raison : l'équipe d'Annie, c'est nous. Ça l'a toujours été. Il faut qu'on fasse ce défilé avec elle. Pour elle. On n'a pas le choix.

Je me suis dégonflé. J'étais pas loin, cette fois.

La prochaine sera la bonne.

Velma ouvre la bouche, mais mon revirement la laisse muette. Elle comprend pas – et je la comprends. Papa rit un peu.

– Tu vas pas t'y mettre ?! C'est n'importe quoi…

Quant à Maman… Maman ne dit rien. Elle me regarde, troublée, troublante. Est-ce qu'elle sait ? Est-ce qu'elle sent que je me suis défilé ?

– Alors, Tammi : est-ce que c'est vrai qu'il n'existe aucune montagne assez haute, aucune vallée assez profonde, aucune rivière assez large et blablabla ?

Maman pouffe et redevient lisse et douce. Ensoleillée. Exactement comme la Maman qui me soulevait pour me poser sur la table de la cuisine, histoire que je sois à sa hauteur, et qui chantait *Ain't No Mountain High Enough* dans une cuillère en bois.

Elle disait que cette chanson avait été écrite spécialement pour elle et moi.

Elle inspire fort avant de confirmer :

– Non, Marvin : il n'en existe vraiment aucune.

Putain, je veux tellement que ce soit vrai.

**Liste de 21 trucs que je ne ferai probablement jamais alors que ce serait sûrement chouette**

Devenir brune
Apprendre le mandarin
Jouer de la harpe
Me déguiser
Chanter ou danser en public
Me maquiller la bouche
Croire en Dieu
Embrasser quelqu'un sur la bouche, avec la langue
Me regarder dans un miroir toute nue
Faire du deltaplane
Porter des chaussures qui laissent voir mes orteils
Arrêter de dessiner tout le temps
M'inscrire sur les réseaux sociaux
Parler de la trisomie au lycée
Avoir un ami/une amie
Ne plus culpabiliser d'avoir créé Anna
Faire disparaître Anna
Arrêter d'avaler les chewing-gums quand ils n'ont plus de goût
Lire des livres écrits par des gens vivants
Montrer mes dessins à mes parents
Quitter Annie

## 19
## Velma

Non. Tout en moi hurle non.
Mais mes lèvres restent collées. Ma bouche, cousue.
J'ai les jambes qui tremblent, l'estomac en essoreuse.
« Vous pouvez m'oublier. Je ne le ferai pas. »
Je le dis. Enfin, je le bégaie.
Personne ne m'écoute mais il faudra bien, cette fois.
Ça ne ressemble pas du tout à ça, une fin heureuse.

J'ai la tête qui tourne. Elle est remplie d'abeilles.
Elles vrombissent derrière mes yeux, se cognent et ricochent.
Cherchent une sortie. Les oreilles, peut-être.
Puisque les lèvres sont collées, la bouche cousue.
Et que ma langue reste dans ma poche.
Je me sens mal. Je m'assois, me fais une barbe de doigts.
Je tiens le bas de mon visage pour qu'il ne tombe pas sur la table.
Comme un bébé d'une fenêtre.
Je manque de coffre, je manque de cris.
Je pourrais dire cent fois : « Sans moi » de ma voix de souris.
Ça ne changerait rien : je sais que je ne serai pas entendue.

Mamie Marie-Claire débarque. Sans sonner, comme d'hab.
Elle brandit au-dessus de sa tête un sac en papier brun et parfumé.

« Coucou ! Je vous ai pris des chouquettes ! Vous avez bien dormi ?
Moi, j'ai à peine fermé l'œil ! Je suis dans un état… d'euphorie !
Comme si je m'étais fait lifter et liposucer ! Je me sens légère !
J'ai l'impression d'avoir trente ans de moins qu'hier ! »
Moi, j'ai l'impression d'avoir trente ans de plus, ça tombe bien.
On pourrait se donner rendez-vous autour de la quarantaine.
Discuter de tout ce qui nous rassemble enfin.
Mais là, je n'ai pas envie. Ma colère fait palpiter mes veines.
Mamie m'emmerde.
Rien ne m'oblige, rien ne me force, après tout !
Si tous veulent la suivre, tant pis. Qu'ils se perdent.

Elle ouvre pour nous le sachet gourmand. Bruit de froufrous.
Je plisse le nez, singe le dégoût.
Les autres mâchent et postillonnent leurs idées pleines de miettes.
« Il faut trouver des costumes coordonnés. Et des accessoires.
Des chapeaux ou des bibis. Des pompons ou des bâtons.
Oh, et des bottines à talons ! »
Maman, regard vague, feuillette un catalogue imaginaire.
« Bon courage pour trouver des talons en 47 », souffle mon père.
Et c'est tout. Il ne s'oppose pas. Il se laisse faire.
Il mange sa chouquette en attendant que ça se passe.
Dis quelque chose, bordel, Papa ! Vite !
Toi et moi, on compte aussi. On n'est pas que des figurants muets.
On a une voix. On fait partie de cette famille, à part entière.
Laisse éclater une de tes fameuses colères !
C'est le moment d'être cinglant, sanguin.
La table attend que tu la tapes du poing !
Pour une fois, ce serait sensé. Bien pensé. Ça tomberait bien.

Mais il ne dit rien. Il reste mou… alors je cherche mes mots.
« Moi, je ne veux pas le faire. Je ne participerai pas. Désolée. »
« Bon, le truc, c'est que c'est cher, les costumes. Super cher.
Déjà, avec la réduction spéciale des Joyaux, on galérait…

Vraiment, avant de s'enflammer, faut budgétiser. »
Maman est plus que lancée. Elle plane en orbite.
Elle avait franchi la stratosphère avant mon premier guillemet.

« Hmmm… et pourquoi tu demandes pas aux petits Chinois d'Annie ?
Ces gens savent tout faire ! » s'exclame Marie-Claire.
« C'est raciste », je dis. « Et vraiment, ne comptez pas sur moi. »
J'essaie d'attraper les yeux de Maman. Je n'y arrive pas.
« Hmmm… je peux toujours poser la question à Mme Chowa…
Mais pour les accessoires, on n'aura sûrement pas le choix.
On devra les acheter dans une boutique spécialisée.
Et il faut monter une association, pour valider notre inscription.
Sans quoi, on pourra sûrement pas participer au défilé.
Franchement, en trois petites semaines, je doute qu'on y arrive. »
« On n'y arrivera pas. En tout cas, moi, c'est sûr », je glisse.
Mais Mamie bloque l'interstice :
« Je m'en occupe ! Je suis médium et thérapeute reiki…
Je suis habituée aux démarches administratives peu orthodoxes.
Et puis, je tire l'oracle de Belline à trois adjoints du maire.
Je vais vous impressionner, cette fois, mes chéris… »

Elle nous impressionnerait si elle décidait de se taire.
Papa se gratte le poignet gauche. Sa menotte invisible le démange ?
Lui et moi, on faisait partie des enfants taiseux, un peu étranges.
Ceux qui ne disent rien mais qui ont des poussées d'eczéma.
Au moindre changement de rituel, à chaque rupture dans le schéma.
Ça suffit. J'ai grandi.
« Vous avez tous bien enregistré que je reste en dehors du truc ? »
« Il nous faut une musique rythmée, aussi. Entraînante, efficace.
Et une choré avec figures imposées. Quelque chose de classe. »
Maman est folle. Elle a passé trop de temps parmi les Joyaux.
Pas la peine que je perde ma salive. Que j'y laisse tout mon suc.
« Ça je peux gérer. Sur YouTube, je trouverai sûrement des tutos. »
Je cligne des yeux, fais la mise au point sur mon flou de frère.

Il est suicidaire. Là, c'est certain.
Quand Charles *and co* le verront défiler, ce sera la fin !
Harold va devenir *persona non grata* au lycée.
Cette idée ne devrait même pas m'effleurer, je le sais.
Je devrais m'en foutre du qu'en-dira-t-on et de qui pensera quoi.
Mais je suis une adolescente de quinze ans. Pas le dalaï-lama.
Je n'ai pas encore atteint l'âge d'aimer être moi.

« Je ne sais pas danser. Je ne danse jamais ! » j'essaie.
Enfin, Mamie me regarde. Mais est-ce qu'elle me voit ? Mystère.
« Tout le monde sait danser ! Les arbres, les nuages, la mer.
C'est une question de lâcher-prise et d'énergie des fluides !
Ce joli corps ne demande qu'à onduler, exulter et s'exprimer ! »
Elle pose ses doigts sur mes épaules petites et bosselées.
Je n'aime pas qu'on me touche, qu'on me tienne, qu'on me serre.
Je me dégage de ses mains claires et de ses yeux limpides.
Les mêmes que ceux d'Annie. Et que les miens.
« Je vais tout gâcher », je promets.
Mais Mamie entend la peur à la place du serment.
« On ne le fait pas pour briller mais pour s'amuser, ma beauté !
Et pour permettre à Annie de défiler ! D'exister ! »

Maman sourit à sa mère. Je me dis que c'est joli, un instant.
Mais ça me met en rage. En cage.
Pourquoi est-ce que je devrais avoir mal pour qu'Annie existe ?
Pourquoi je devrais m'automutiler pour lui faire du bien ?!
C'est tellement injuste que j'ai envie de mordre les murs.
Il faut être enfant unique pour aimer sa sœur ou son frère.
Être orphelin, pour imaginer que la famille fait lien.
« Le hic, c'est qu'on n'est que six. Les Joyaux sont dix. »
La notion de consentement est donc à ce point vague pour ma mère ?!
« On peut compter Del. Elle voudra en être, j'en suis sûre.
Ça fera sept. Harold, tu penses que Camille participerait ? »

Mon frère rougit, toussote. Ça, il ne l'avait pas anticipé.
« Euh… pourquoi pas… Je vais lui en parler. »
Mamie bat des mains comme une fillette devant un dauphin.
« Et de huit ! Huit, ça commence à être pas mal, hein ? »
Dans le reflet du vaisselier, je vois Anna secouer la tête.
*« Mais stop ! Quand t'en as assez, juste avant le trop, dis "stop". Allez ! T'as le droit ! »*
« STOP ! Vous êtes tous tarés ou quoi ?! Ça va être un fiasco ! »

Tout le monde se tait. Se tend. Ils se regardent quelques instants. Et ils se mettent à rire. Sans moi. De moi. En même temps.
« Évidemment que ce sera un fiasco ! Mais ce sera génial, aussi ! »
Ma mère a l'air si sûre de ce qu'elle dit… Elle irradie.
Harold me fait une moue mi-tendre mi-cruelle.
« Allez, t'en fais pas, Velmouche : personne te remarquera. Quand Annie est quelque part, on ne voit qu'elle. »
Papa se gratte le menton, soupire plusieurs fois.
« Quoi qu'il arrive, je refuse de porter une jupe. C'est clair ? »
Ça y est. Il a lâché l'affaire. Maman lui offre un sourire solaire.
« Tu as tort : tu as de si jolies jambes, mon chéri… »
Et tandis que mes parents roucoulent, je coule.

## 20
## Annie

J'aime bien le dimanche. Le dimanche, c'est : dodo tard le matin, poulet rôti, câlin Gigi, cinéma ou promenade en vélo, bain avec de la mousse et dodo tôt le soir. Le dimanche, c'est doux et c'est chaud. C'est le jour des souvenirs et du temps long.

Quand je me réveille, Mamie Marie-Claire est là et elle fume des cigarettes dans la cuisine et elle continue ses secrets avec Maman et Papa, et avec Harold aussi, un petit peu.

Ça m'énerve. Je fais pas la crise mais je suis pas contente, alors je grogne. *Grrrr grrrr,* comme les petits chiens quand ils montrent leurs dents pointues.

Moi je préfère aller espionner Velma dans sa chambre. J'aime pas l'air dans la cuisine. Ça sent la cigarette et les chuchotis-chuchotas. C'est pas gentil.

J'aime bien espionner Velma. Velma est rigolote quand elle croit personne la regarde. Elle parle dans le miroir avec elle. Elle se dispute, même, parfois ! Ça me fait rire avec le petit bruit, comme un petit cochon. *Grouik grouik.* Alors Velma elle m'entend et elle dit : « Ah, t'es là… coucou Annie. »

Je monte les escaliers tout doucement. C'est pas facile, parce que les marches elles trouvent je suis dodue et ça leur fait mal quand je monte sur leur dos. Elles se plaignent. « *Hiiiin, hiiiin, hiiiin, hiiiin.* » Je leur dis : « Chuuuuuut ! Chut, l'escalier ! » mais il se tait jamais.

Si la porte de la chambre à Velma est ouverte, c'est fichu : je peux pas espionner. Mais là, elle est fermée. Alors je me mets à quatre pattes, comme un chat, et j'avance j'avance. J'ai envie de rigoler parce que je pense ce serait rigolo si j'ai une queue de chat et des oreilles de chat et aussi des moustaches. Alors je pince mon nez pour pas rigoler. Hihihi ! C'est pas facile.

Après, je suis devant la porte. Et je la pousse tout doucement et je dis :

« Miaou… »

« Tiens, tiens : un chat. C'est drôle, je ne savais pas qu'il y avait un matou dans cette maison… Je vais t'appeler Croquette. Ou Ficelle ou Pompon », Velma dit.

Je réponds : « Miaou miaou miaouuu », et je vais voir Velma pour elle caresse ma tête et elle me fait des gratouilles derrière l'oreille du chat-moi. Velma est forte pour faire semblant je suis un chat. Elle est forte pour faire semblant elle est Velma. On joue bien, le dimanche.

Parfois elle a des devoirs, alors elle peut pas jouer. Ça m'embête. J'aime pas ça. Velma a des livres et des cahiers et elle apprend des choses du monde. L'infirmière Sylvie de l'UAT, elle dit souvent : « Le monde est une soupe. Et toi, Annie, tu es une fourchette. C'est aussi simple que ça. » Ça veut dire on va pas ensemble, le monde et moi. Velma, c'est une grande cuillère et Maman, c'est carrément une louche. Parfois ça me rend triste, parfois ça va.

Une fois j'ai demandé à Velma : « Quand tu seras une adulte, tu vas aller où ? » Velma avait ses yeux dans son livre, alors elle faisait pas tellement attention et elle a dit : « Je ne sais pas encore. Ailleurs qu'ici, sûrement. » J'ai encore plus demandé : « Mais c'est où "ailleurs", exactement ? Si je sais pas c'est où ailleurs, je pourrai pas te trouver et venir te voir. » Velma a souri et elle a fermé son livre. « Ailleurs, c'est partout où on n'est pas. Quand je ne suis pas avec toi, je suis ailleurs. Tu comprends ? » J'ai secoué la tête pour dire non. Je pouvais pas dire non avec ma voix parce que j'avais envie de pleurer même si je savais pas trop pourquoi. Velma a vu ça. Elle est venue se coller dans mon dos et me serrer serrer en faisant un nœud avec ses mains sur mon bidon et elle a dit tout doux : « Je ferai en sorte qu'on ait toujours le même ailleurs, d'accord ? Allez, ne t'inquiète pas. Pour l'instant, cet ailleurs n'existe pas. »

Moi, j'ai pas d'ailleurs. Je vais rester avec Maman et Papa. Je le sais, ça. Mamie Kathy a expliqué ça à moi, un autre dimanche. Elle était venue pour le goûter avec une tarte aux pommes avec de la cannelle dessus. Beaucoup de cannelle, parce que j'aime très très fort ça. Je me souviens les pommes étaient chaudes encore un peu. Et c'était délicieux et j'ai demandé : « Pourquoi Papa il est pas resté habiter avec toi et ta tarte aux pommes délicieuse pendant toute sa vie ? »

Mamie a rigolé. « Parce que ton père a grandi. Il est devenu un adolescent, et puis un homme, et puis il est tombé amoureux de ta maman… alors il est parti. Il l'aimait plus que ma tarte aux pommes. Et un jour, tu sais, Harold partira à son tour. Il se mariera avec une gentille fille et ils auront leur propre maison. Velma aussi, un peu plus tard. Ainsi va la vie, ma chérie. On est tous passés par là. Mais toi, toi tu pourras rester avec tes parents. Parce que tu es spéciale, mon amour. Extraordinaire. »

Mais Mamie Kathy elle s'est trompée, comme quand je me trompe de pied dans mes chaussures. Parce que Harold il va pas se marier avec une gentille fille : Harold il est amoureux d'un garçon.

Je sais parce que une fois, Harold il était dans la douche. *Chhhhhh-chhhh !* J'entendais l'eau elle tombait sur sa tête et sur les carreaux bleu et rose et Harold il chantait fort et pas très beau. Et le téléphone de Harold, dans sa chambre, *brrrrrrr brrrrrrr* il tremblait sur le bureau. Ça faisait du raffut. Alors j'ai pris le téléphone dans ma main et zip, j'ai fait glisser mon doigt comme Harold il m'a montré si y a l'accident de voiture ou la crise cradiaque. « Attention Annie, concentre-toi, c'est important », il a dit.

Alors zip, j'ai fait glisser mon doigt et j'ai dit : « Allô bonjour c'est Annie Desrochelles mais y a pas l'accident de voiture ou la crise cradiaque. T'es qui ? »

Au début, j'ai entendu rien et après : « Euuuuh… Je… C'est Camille… Bonjour, Annie. Harold m'a beaucoup parlé de toi… »

J'ai souri dans le téléphone parce que j'aime quand on parle de moi. Ça me fait plaisir. C'est parce que je suis importante. J'ai dit à Camille : « Harold m'aime. Et il aime Camille. C'est toi Camille, alors. Harold se lave. Tu veux je crie pour il vient ? » Camille a rigolé dans le téléphone et j'aimais bien son rire. Il a dit : « Non, tu es gentille. Je le rappellerai plus tard. C'était un plaisir de faire ta connaissance, Annie Desrochelles. À bientôt ? » et j'ai dit : « À bientôt », et j'ai appuyé sur le rond rouge et tout s'est arrêté.

Juste après, Maman a crié dans l'escalier : « Annie, le film commence : tu viens ? » et j'ai dit : « Ouiiiii ! » et j'ai couru et c'était *Charlie et la chocolaterie*, alors j'ai oublié Camille dans le téléphone. Parfois je me souviens tout à coup, mais souvent je re-oublie tout à coup aussi. C'est pas grave. Ça arrive, le dimanche c'est pas la vraie vie.

Le lundi est sérieux et il arrive tout de suite après. Il est pressé. Il y a plein de trucs à faire le lundi. Il faut se déshabiller du dimanche et c'est pas facile parce que c'est chaud-coton comme mon pyjama. Le lundi est froid et dur et hop hop hop ! Mais j'aime bien, parce que la vraie vie recommence et c'est beau, la vraie vie du lundi, aussi. Et puis le midi, je vais au restau avec Maman. Juste toutes les deux, en tête-tête.

Aujourd'hui, on va pas à la pizzeria de d'habitude parce que c'est fermé. Congé ex… éceptionnel. Alors on va dans un restau nouveau, avec de la musique sans « amoré amoréééé » dedans.

Ici, tout le monde me regarde, comme si on voit juste moi. Dans les magasins ou dans la rue ou au parc, c'est souvent comme ça. Et au Little Asia Mini Market aussi.

Maman dit c'est parce que je suis belle et mes habits sont beaux et c'est vrai. Je suis belle.

Maman demande ce que j'ai envie de manger et je dis : « De la viande avec une sauce beige et des patates sautantes ! » Maman rigole. Elle dit : « Des patates sautées, Annie ! » et je rigole parce que je vois des patates-moutons dans ma tête.

J'ai un peu d'argile dans mes ongles. On a touché de l'argile à l'UAT pour faire des su… sculptures. Enfin, des animaux ou des têtes rigolotes. J'ai fait un nuage parce que mon chien s'est cassé et après j'étais fâchée et j'avais plus de courage.

L'argile dans les ongles, c'est tout sec et embêtant. Ça me dérange, alors Maman m'emmène me laver les mains dans les toilettes du restau et les gens me regardent et chuchotent quand je passe. Ça me dérange aussi et j'ai envie de crier.

Maman mouille ses mains dans le lavabo et elle met ses mains mouillées sur mes yeux fermés et ça me calme. Elle dit : « On est seules au monde, Annie. Imagine ça : rien que toi et moi. » Je dis d'accord et je m'imagine et c'est bien, seules au monde avec Maman.

Après, elle reçoit son esa... escalope-spaghettis et elle a l'air contente. Elle enroule les pâtes autour de sa fourchette et elle avale la pelote. Elle salit son menton et elle rigole. J'aime bien quand Maman rigole. Et j'aime mes patates-moutons délicieuses. Mais tout à coup, Maman dit : « J'ai quelque chose de difficile à te dire, Annie. »

Et elle explique je suis plus un Joyau.

Je demande : « C'est parce que je suis nulle ? Parce que mon popotin il est gros ? » Maman dit : « Non ! Ça n'a rien à voir avec toi. Avec ce que tu es. Ou qui tu es. Toi, tu es parfaite, ma chérie. C'est juste que... Élodie ne vient pas de la même planète que nous, je crois. »

Je comprends pas. On habite tous sur La-Terre.

La-Terre est une boule bleue. Des autres boules de toutes les couleurs flottent dans le ciel, autour de La-Terre. Y a le Soleil, la Lune, Mars et Ça-tourne. Non. Saturne. Hihihi. On sait pas si y a des gens sur les autres boules. C'est Harold il a expliqué tout ça. J'ai bien écouté. Il a dit : « C'est possible. Certaines personnes y croient vraiment et d'autres, pas du tout. C'est comme Dieu ou le communisme ou les vegans.

Ça s'appelle “des convictions”. Les gens qui ont trop de convictions font flipper. Et ceux qui en ont aucune, aussi. »

J'ai pas compris ça non plus, mais ça me fâche pas tellement.

Et puis j'ai pas le temps de penser trop à La-Terre, parce que Maman elle dit très vite : « Mais tu défileras quand même. Ne t'inquiète pas, on a un plan. On va le faire tous ensemble. Papa, Harold, Velma, Mamie, toi et moi… On va s'éclater, tu verras ! »

« Éclater », ça fait BOUM et ça fait peur. C'est les bombes et les pétards et les ballons ils éclatent. Maman rigole et elle dit : « Nan, cet “éclater” est bon ! Très bon ! C'est le même que dans “éclater de rire” et “éclater de joie” ! »

Je mange tout dans mon assiette et les gens me regardent encore et y a plein d'idées dans ma tête. *Bong bong*, elles se cognent et se recognent. Mais Maman est là et elle dit : « C'est normal que tu sois un peu perturbée, ma douce. Mais je suis là. Je ne te lâche pas. »

Et c'est vrai, elle me lâche pas. Elle tient ma main fort sur le chemin du Little Asia Mini Market et elle rentre avec moi pour discuter « en privé » avec Madame Chowa. Quand Maman dit elle veut discuter avec quelqu'un en privé, ça veut dire je suis privée d'écouter. J'entends juste à la fin Madame Chowa elle dit : « Très bien, je m'en occupe. »

Maman sourit à Madame Chowa. Avant de partir, elle me fait un bisou et elle caresse ma joue.

Quand je me retourne, je vois Hui il range les gros gros sacs de riz. Il me fait un coucou, alors je lui fais un câlin. Il demande : « Harold va bien ? » Je réfléchis et je dis : « Dans ses écouteurs, un monsieur chante des mélodies tristes, parfois. Ça m'inquiète. »

Hui secoue la tête en regardant rien. Et puis il respire fort et après il dit : « Tu m'étonnes… »

## 21
## Harold

Quand on se retrouve pour dîner, le soir, l'idée de mettre ma vérité au menu ne m'effleure même pas. Tous nos échanges s'articulent autour de ma sœur. On entame chaque discussion par « À propos d'Annie… ».

Moi y compris.

– À propos d'Annie, faut pas traîner : le défilé est dans vingt jours. J'ai réfléchi à la choré, et je me suis dit qu'on devrait la faire sur *Basique*, la chanson d'Orelsan.

Papa fronce les sourcils. Il racle les parois de sa mémoire à la spatule pour rassembler ses restes de souvenirs. Son visage dit : « C'est qui, Aurelsanne, déjà ?! »

Maman tique.

– Il n'est pas un peu violent, ce garçon ?

Je dis que nan, pas du tout. Et puis que c'est pas le sujet. Je sélectionne le titre dans ma playlist et pose mon portable gueulard entre nos verres. On écoute les premières notes dans un silence respectueux.

Maman crie inutilement pour couvrir le volume.

– Les paroles sont un peu violentes, quand même…

Papa bat la mesure du front, comme seuls les darons le font. Velma soupire. Fait celle qui n'est pas concernée. Prend un air détaché qui lui va si mal.

Annie, elle, est hyper heureuse – mais c'est normal, c'est Annie. Elle danse, secoue ses cheveux. Elle est à fond, sans échauffement. Elle a un sens immédiat de la fête. Je ne peux pas ne pas sourire. Personne ne peut. Même Velma se laisse attraper et étire un coin de sa bouche.

J'en profite pour vendre mon projet, tel un camelot sur un marché :

– C'est rythmé, carré, propre. Les paroles sont puissantes et…

– Et un peu vulgaires, objecte Maman. Il dit quand même qu'on est trop cons !

– Les majorettes aussi, c'est vulgaire. Et la vie en général. Tu veux qu'on défile sur quoi ? *L'hymne à l'amour* ? *Le pouvoir des fleurs* ? *Toi + moi* ?

Et je rigole méchamment. Maman me regarde, lève un sourcil : je ne l'ai pas habituée au cynisme. Et là, au lieu de le lui faire goûter petit bout par petit bout, je lui en ai servi une platée. Je me sens brièvement merdique.

– Ce que je veux dire, c'est qu'il faut qu'on fasse une proposition forte, qui change un peu des chansons de bouffonnes habituelles. On est en colère, quand même ! On doit exprimer ce sentiment de révolte. C'est aussi ça qui est à la base de notre démarche, non ?

– Oui… Si… C'est vrai…, consent Maman.

– Bon. *Basique* dure deux minutes et quarante-quatre secondes. C'est ça, l'objectif : tenir, ensemble, deux minutes et quarante-quatre secondes. On peut le faire. C'est rien.

– C'est rien ?!

Tiens, Velma se réveille, on dirait. Et de mauvaise humeur.

– C'est pas du tout « rien ». Essaie de retenir ta respiration deux minutes quarante-quatre. Fais-toi lapider pendant deux minutes quarante-quatre et tu verras si c'est rien. On peut avoir envie de mourir plus de deux-cent-quarante-quatre fois en deux minutes quarante-quatre.

Mais qu'est-ce qui lui arrive ?! On se tait tous, en attendant que la courbe de sa rage baisse et se régule d'elle-même. On laisse passer quelques anges et on reprend là où j'en étais resté.

– Deux minutes quarante-quatre secondes ? D'accord. Le numéro d'une otarie dure sûrement plus longtemps. On en est capables, je pense…

On sait jamais. On croit connaître les gens, mais on sait jamais.

– Voilààà. Ça, c'est mon papou !

Et pour le récompenser, je gratouille le sommet de son crâne. Il rit en virant ma main.

– Bon, comment on s'organise, concrètement ? On s'entraîne quand et où ? On n'a pas de local, pas de salle de sport…

Maman et son besoin de tout organiser, planifier, contrôler. La jeune fille en feu est repartie.

L'été dernier, j'étais ici, dans la cuisine, avec elle. Juste nous deux. On épluchait des légumes pour une ratatouille. Et je sais pas si c'est le fait de tenir une courgette dans sa main, mais elle s'était sentie obligée de me parler sexualité et contraception, tout à coup. Elle avait dit sur un ton blasé : « Sans parler des maladies, tu n'as sûrement pas envie de devenir père tout de suite… »

Si elle avait su. Si elle savait. J'avais pas pu m'empêcher de grincer un « T'inquiète, ça risque pas d'arriver, ça… ». Et elle avait ricané. « C'est toujours ce qu'on dit. Ce qu'on pense. Et puis ça arrive quand même et c'est la fin de tellement de choses. »

Mon ego avait pris un sacré coup de boule. J'avais lâché : « Wouah, sympa ! » et elle avait eu une moue penaude. Elle s'était glissée derrière moi pour chercher une poêle, avait embrassé mon omoplate au passage. Il y avait eu les bruits du tiroir coulissant, des casseroles qu'on soulève pour chercher celle à la bonne taille. Ni trop grande ni trop petite. Une quête à la Boucle d'Or qui lui laissait le temps de trouver les mots justes. Elle avait enfin extirpé la bonne poêle. L'habituelle. L'usée au point d'avoir toujours l'air sale.

Elle avait repris : « Les enfants, c'est la fin de l'insouciance, Harold. C'est prendre cent kilos d'un coup. Cent ans, sans s'en rendre compte tout de suite. C'est comprendre que tu ne sais rien et que tu ne peux pas grand-chose. Alors ce pas grand-chose-là, tu t'y accroches de toutes tes forces et tu deviens un peu ridicule. Un peu grotesque. Ce pas grand-chose, c'est l'homéopathie, les plan d'épargne-logement, les fenêtres sécurisées, les brassards à la piscine, les casques de vélo. Toutes ces protections de pacotille qui te donnent l'illusion que tu as un minimum de contrôle sur le destin. Et qui t'aident, un peu, à maîtriser la terreur. »

C'est pas rien comme mot, comme idée, la terreur. J'ai essayé de poser l'équation, vite fait. Ça doit revenir à de la peur puissance dix-mille. Sur le coup, j'avais simplement commenté : « La terreur, carrément. Ça fait envie. » Elle avait gloussé, comme une aspirante Miss France qui aurait répondu de travers à une question sur la guerre. Et elle avait donc déroulé, faussement légère : « Mais c'est vrai, mon chat : c'est terrifiant de donner la vie ! Quelle responsabilité… Il faut vraiment ne pas y penser, pour faire un enfant. Il faut se lancer sans réfléchir. Tu imagines : tu jettes quelqu'un qui n'a rien demandé dans ce monde fou, tordu, violent… Tu l'obliges à vivre des émotions compliquées, des peines de cœur. Et s'il déteste ça ? S'il n'est pas de taille ? Tu risques de passer le reste de ton existence à te demander si tu as bien fait de lui donner la sienne. C'est comme pousser un type hors d'un avion, en pleine altitude, sans être sûr qu'il ait un parachute. »

Je savais pas si elle parlait d'Annie ou de Velma et de moi. J'aurais pu poser la question, mais j'avais pas envie de savoir. Alors j'avais juste passé mon bras autour de son cou tendre avant de lui embrasser bruyamment la tempe. Elle avait l'air petite, à côté de moi. Si petite que je comprenais bien qu'elle puisse se sentir terrifiée par des tas de pensées plus grandes qu'elle. « T'en fais pas : je mettrai des capotes. Des tas de capotes. Et des bien épaisses, en plus, genre trousse en cuir. » Maman avait levé les yeux au ciel. « Ah, voilà tout ce qu'une mère rêve d'entendre de la bouche de son fils… »

Depuis, j'arrête pas de me demander ce que ma mère rêve d'entendre de ma bouche, en vrai. Ce serait si facile si je savais. J'aurais qu'à réciter le texte à voix haute pour effacer la terreur. Je le ferais aussi souvent que nécessaire, pour la rassurer. Tous les jours si besoin.

– Tous les jours, je martèle avec autorité. On va devoir s'entraîner tous les soirs, avant le dîner, pendant au moins une heure. On peut très bien faire ça dans le salon : il suffit de pousser le canapé et la table basse. Ce sera nickel.

– OK, je vais appeler Mamie… Ah, et t'as demandé à Camille, alors ? Elle est partante ?

Je renifle alors que je suis pas malade. Je tiens à ne pas laisser une demi-seconde de blanc décolorer l'instant.

– Ouais, oui, je lui ai demandé. Et… euh… super. Camille est à fond pour… Le truc, c'est que sa maison est à Barbezieux, alors ça fait un peu loin pour venir tous les soirs… Je vais nous filmer et lui envoyer les vidéos, pour lui montrer la choré, l'évolution des entraînements et lui permettre de se caler sur nous. En attendant qu'on puisse tous se… se réunir. En vrai.

– Super idée, ça ! Voilààà. Ça, c'est mon fiston !

Papa me gratouille le sommet du crâne, pour me récompenser. J'ai une bouffée d'amour terrible pour lui. Je voudrais le prendre dans mes bras. Refuser de le lâcher avant qu'il m'ait juré de m'aimer toujours comme il a l'air de le faire ici et maintenant. Mais je le regarde et rien ne vient. Rien ne sort. Et je me contente de rire en virant sa main.

– Tu pourras les envoyer à Del, aussi ?

– Bien sûr, M'man. Sans problème.

Velma souffle par le nez. Du mépris respiratoire. Elle a les bras croisés, noués, comme pour retenir l'éruption de son Stromboli cardiaque. Ses os vont bientôt craquer et fondre. Dans une minute, sa lave coulera le long de ses jambes, inondera le carrelage. Et on cramera tous, dans un petit crépitement clair. *Pshiiittt.*

– Vous oubliez le léger détail de la danse. Aucun de nous n'a le sens du rythme. On est désespérément nuls.

Je souris de toutes mes dents.

– Tu fais bien d'en parler, Velmouche : j'ai regardé quelques vidéos sur YouTube, et franchement, c'est plus galère que prévu, les chorés de majorettes… Du coup, je me suis dit qu'on devrait faire appel à une pro. Et y a cette fille, au lycée, qui fait de la danse depuis le berceau. Il paraît qu'elle est vraiment balèze. Tu la connais peut-être : elle est en seconde. Elle s'appelle Dolorès.

**Liste de 21 choses qu'on pense inutiles mais qui ne le sont pas**

Le petit orteil
Le dernier trou de la flûte
L'appendice
Une vis ou un écrou dans les kits Ikea
Les feux orange
L'air dans les paquets de chips
Les génériques de fin
La musique au supermarché
La bille dans les cartouches d'encre
Les nuages
Les carottes sculptées en fleur au restau indien
La Poste
La partie bleue des gommes
Les clous de girofle
La vésicule biliaire
Les poissons rouges
Les tatouages
Les gilets de sauvetage sur un vol Paris-Prague
Les règles de grammaire et de conjugaison
La douleur
Annie

## 22
## Velma

Ils ont décidé tous les trois. Quelques secondes et c'était plié.
Comme un bulletin de vote qu'on glisse dans l'urne.
Sans prendre le temps de me consulter. Sans s'assurer ma voix.
Je ne suis pas le Soleil. Je ne suis même pas Mars ou Saturne.
Je suis Pluton.
Depuis 2006, elle ne fait plus partie du système solaire.
Des scientifiques ont décrété qu'elle était une planète mineure.
Un satellite nain oubliable. Quantité négligeable parmi ses sœurs.
Je suis Pluton.
On ne me demande pas mon avis. On me charge juste d'une mission.

Celle d'exposer notre projet à Dolorès. Et de la convaincre.
Afin qu'elle consente à partager avec nous son violon d'Ingres.
Qu'elle ramène à la maison son talent, sa passion.
Et peu importe que ce soit trop tôt et trop vite, pour moi.
Je lui ai dit deux-trois mots et je dois me mettre toute nue, déjà.
Lui montrer mes bosses, mes plis. Étaler la cartographie du secret.
Tout dévoiler, comme à un gynéco, un flic ou un curé.

« Si tu ne le sens pas, je m'en occupe. Aucun problème, Velma ! »
Harold m'a dit ça en sachant que je ne le laisserais pas faire.
Il ne choisirait pas les bons mots. Il n'adoucirait pas sa voix.
« Non, ça ira. Autant que ce soit moi. Je préfère. »
Alors que je ne préfère rien. Ou juste me taire et me cacher.

Ici. Mais ce chez-moi devient moche et petit, à l'idée de Dolorès.
De sa respiration entre ces murs, de son regard sur ces pièces.
Et les membres de ma famille me semblent dérangeants, dérangés.
J'ai envie de les remplacer, un à un, comme des vieux outils.
Qu'on sort de la caisse, au fur et à l'usure. Qu'on jette un jour.
Sans gratitude pour le travail fourni et tout ce qui a été bâti.
Il y a des fois, comme ça, où je suis charogne et vautour.

Et puis,
Comment parler à Dolorès, lui dire Annie et les majorettes ?
Orelsan devient malgré moi la bande-son de ma pensée.
Ses mots me pourchassent toute la nuit, jusque dans mes rêves.
Je cauchemarde que je suis face à elle et que je reste muette.
Le chanteur m'ordonne de choisir des mots simples.
«*Pour dire des trucs simples. OK ? Simple, basique, basique, OK.*»
J'ai le cerveau sec, la langue tranchée, les mots en grève.
Je me réveille en sursaut, le cœur en chaos. J'ai le hoquet.
Je sens contre mon dos l'ombre lourde d'Anna.
Ses doigts grimpent à la corde de ma colonne. Elle se hisse.
Et, arrivée à hauteur de mon oreille, un soupir :
« *Je ne t'aurais pas donné ces soucis, c'est sûr. Allez, respire.* »
J'essaie. Je me concentre. Je fais de ma cage thoracique un temple.
J'inspire grand, j'inspire ample.
« C'est parce que tu n'existes pas.
On ne peut pas avoir de conflit avec une sœur imaginaire. »
Et j'essaie de la pousser hors de mon lit en chassant mon air.
« *C'est toi qui n'existes pas. Tu marches, tu manges, c'est tout.*
*L'existence, c'est autre chose. C'est être réel pour les autres.*
*En créant du lien. En fabriquant des souvenirs communs.*
*Pour l'instant, toi et moi, on n'est pas si différentes, Velma.* »
Je rejette ma couverture en arrière. Recouvre Anna tout entière.
Qu'elle reste ici, celle-là !
Qu'elle se cache, se prélasse, se vautre !

Le matin se glisse sous ma fenêtre. Il est tôt. Il est temps.
J'ai hâte de voir Dolorès. De lui vider mon sac.
Vite, vite, se débarrasser.

Je ne mange rien. Je bois deux gouttes. Je me sens patraque.
Ce n'est qu'une fois assise dans le bus que je m'apaise un peu.
J'attends son arrêt, le stress toujours là, en creux.
Dolorès monte. Enfin. Déjà. Elle avance, s'approche de moi.
« Salut, Velma… » et elle me dépasse, s'éloigne.
Il faut que je l'arrête. Que je la saisisse, que je l'empoigne.
Mais mes mains restent molles, alors je balance sans réfléchir :
« Ma sœur est trisomique ! »
Dolorès tique. Se retourne, me dévisage.
« D'accord. C'est… cool. »
Elle me sourit gentiment et je ne sais plus où me mettre.
Où me ranger, où me tasser, pour totalement disparaître.
Dolorès attend, debout dans l'allée, que je déglutisse ma boule.
Elle sait que ce n'est pas terminé. Que j'ai autre chose à dire.

« Je… Donc, ma sœur, Annie, elle adore les majorettes.
Elle faisait partie des Joyaux de Couronne et elle devait défiler.
Pour la fête du Printemps, je sais pas si tu connais. Mais…
Elle a plus ou moins été virée par Élodie, l'entraîneuse.
Pas parce qu'elle est trisomique. Enfin, pas officiellement.
Élodie a dit à ma mère que c'est parce qu'elle est un peu grosse.
Un peu grosse et vraiment nulle. Sauf qu'Annie l'a toujours été !
Et elle a fait de réels progrès depuis qu'elle a commencé.
Ma sœur est maladivement gentille. Et toujours joyeuse.
Alors c'est violent pour elle, d'être jetée, comme ça, à la fosse…
Et c'est là que ma grand-mère a eu une idée un peu bête.
Elle s'est dit qu'on pouvait former notre propre troupe. Nous.
Pour lui permettre de défiler, même sans Élodie.
Même sans les Joyaux. Juste notre famille, son petit noyau.
Et moi, je veux pas. C'est vrai, j'ai pas envie. Tu m'as regardée ?

J'ai rien d'une majorette. Mes jambes ont l'air de grands clous.
Mes bras sont mous. Je comprends rien à ce corps, étranger.
Je ne parle pas son langage. Je n'arrive pas à en faire un allié.
Je ne comprends pas pourquoi il tremble, se trempe ou frissonne.
Même quand il n'y a pas d'eau. Pas de pluie. Pas de vent.
Mais, au final, ce n'est pas important. Ce qui compte, c'est Annie.
Il paraît qu'on doit être son gilet pare-balles.
Il paraît que c'est normal, de se faire un peu de mal.
Pour les gens qu'on aime. Et je l'aime, elle, alors je vais le faire.
Même si ça me coûte.
Seulement, on voudrait limiter la casse. On sait que ce sera moyen.
Mais il faut que ce soit un joli moment, tu comprends ?
On veut une fin heureuse. On en a besoin.
Du coup, il nous faudrait quelqu'un pour nous apprendre à danser.
Pour nous enseigner les gestes, les pas. Une vraie chorégraphie.
Et mon frère Harold dit que tu es une excellente danseuse.
On a pensé que, peut-être, tu accepterais d'être notre entraîneuse…
Tu seras payée, bien sûr ! C'est vrai qu'on part tous de très loin.
Ce ne sera pas très amusant pour toi, je m'en doute bien.
Mais promis, on sera des élèves attentifs et ultra-motivés !
Parce que c'est le rêve d'Annie, ce défilé. Même si c'est bizarre.
Sans ça, je ne te le demanderais pas. Tu peux me croire. »

Je suis à bout de souffle. Il était temps de mettre un point final.
J'ai l'impression d'avoir débité tout un roman de Stendhal.
Dolorès se tait. Elle prend son temps.

« Je veux dix euros de l'heure. Chaque heure entamée sera payée.
Deux heures par jour, tous les jours, jusqu'au défilé.
Et après chaque entraînement, j'ai droit à un repas. »

Je pense : *Avec joie !*
Je dis : « Huit euros. Et en prime, on te reconduit chez toi.

– Hmmm… ça me va. Du coup, y a qui dans l'équipe, exactement ?
– Eh bah, Annie et moi, mes parents, ma grand-mère Marie-Claire.
Mon frère. Et sa copine, Camille. Et ma tante Delphine aussi.
Mais elles, elles s'entraîneront de leur côté.
Camille vit à Barbezieux et ma tante est en Grèce.
Elle fait un reportage sur les camps de réfugiés.
Elle sera de retour pile pour le défilé.
– Énorme… Bon, vous êtes huit. C'est pas mal. Ça fait sérieux.
– Non, non : on est neuf avec toi, Dolorès. »

Elle rit et l'odeur de son chewing-gum mentholé me saute au nez.
Cette fille est belle sans le faire exprès. Presque par erreur.

« Ah mais moi, je coache, c'est tout. Rêve pas !
– Tu dis ça parce que tu ne connais pas encore Annie.
Tu vas t'attacher à elle : elle est le Soleil, ma sœur…
– Le soleil c'est surfait, nan ? Allez, je tiens le pari ! »

## 23
## Annie

Ouuuuf ! Dolorès, la nouvelle entraîneuse, elle nous laisse se reposer.

Mais « trois minutes, pas plus, sinon on se refroidit ! Marchez, marchez, posez pas vos culs ! ». De toute façon, on peut pas poser nos culs parce que la table basse est couchée sur le canapé et le canapé est loin contre la fenêtre et Maman a roulé le beau tapis pour on se prend pas les pieds dans le tapis.

(« C'est un jeu de mots », elle a dit. Mais je comprends pas.)

Dolorès, elle rigole pas. Elle arrête pas de le dire. « Hé, les gens, chuis pas là pour rigoler ! »

Et les autres, du coup, ils rigolent pas non plus. Moi si, quand même, je rigole. Parce que j'aime bien. C'est comme dans les émissions avec des militaires ils s'occupent des adolescents sur M6, et les adolescents ils en ont trop marre. Et ils se font raser la tête et ils se font dresser.

Dolorès, elle pourra être militaire aussi. Elle a des yeux de faucon : elle voit tout tout tout ce qui va pas. Elle crie par-dessus la musique et « elle fait pas dans la dentelle », Mamie dit.

« C'était à chier. Et pourtant, on n'était que dans l'étirement ! Comment on peut foirer un étirement ?! Allez ! Jérôme, tu fais quoi, là ?! Lève-moi cette jambe ! Mais… Oh là là, Marie-Claire, t'as une prothèse de hanche pour être aussi raide ?! »

Dolorès elle dit « tu » à tout le monde. Comme moi. Et elle fait peur, comme moi aussi mais pas pareil. Elle est pas du tout du tout comme Élodie, mais je l'aime. Et puis elle est belle et elle danse super bien. Je voudrais danser comme Dolorès, moi, alors je me range près d'elle et je me concentre pour être son ombre et faire tout pareil. Je surveille, dans la télé éteinte qui fait un miroir noir.

Velma, elle est tout derrière et elle fait des gestes tout petits. Elle a le corps timide. On dirait elle veut se cacher derrière ses cheveux. Harold, il essaie de faire tout comme nous mais je pense il est trop grand. Il se cogne tout le temps à des choses comme le fauteuil ou les étagères et il dit : « Aïe, désolé… Merde… Putain, désolé, pardon. »

C'est pas facile se concentrer parce que les autres, ils râlent tout le temps en chuchotant.

Papa souffle on dirait il étouffe. Il fait de la peine. Si je le regarde trop, je vais pleurer. Il dit pas fort à Maman : « La vache… elle est impitoyable. Je suis prêt à payer le double pour qu'elle me tabasse directement !… Bordel, je vais crever… »

Mamie, elle a un bandeau en mousse sur le front et elle l'enlève pour le tordre comme une éponge. Elle est rigolotement habillée, pas comme nous on a mis les habits des dimanches, tout mous et pas classe. Mamie, elle a comme un maillot de bain « rose fouchia », elle appelle ça, tout luisant par-dessus son legging.

Moi, je mets pas des leggings. J'en ai essayé un, une fois, au magasin, et c'était un peu dur de rentrer dedans. Ça coinçait et ça serrait de partout et Maman elle tirait et dans le miroir c'était bizarre. À la fin, la vendeuse du magasin, elle a fait le soupir et elle a dit : « C'est sûr, ça flatte certaines morphologies plus que d'autres... »

Maman m'a demandé : « Ça te plaît, Annie ? Tu te sens bien, là-dedans ? » J'ai dit : « Non. » J'ai dit : « Mon popotin respire plus ! » Maman a rigolé et elle a dit : « Allez, on enlève cette horreur. » Et puis elle a demandé à la vendeuse : « Vous avez quelque chose pour des êtres humains de plus de douze ans et de plus de trente kilos, aussi ? ». Et la vendeuse elle a levé les yeux au ciel et elle a répondu : « Il y a des vêtements qui se méritent, madame ! » Et puis elle a regardé Maman des pieds à la tête et Maman est devenue toute rouge tomate.

Maman est complécée. Complexée. Elle aime pas être un peu nue et parfois elle s'assoit sur le rebord de la baignoire et elle pleure. Je sais elle pleure parce que j'entends tout, moi, et alors je rentre dans la salle de bains pour la voir. Et elle dit : « C'est rien. Tout va bien, Annie. Juste, tu sais, c'est pas facile de changer. J'étais pas comme ça, avant. J'étais jolie. Ferme de partout. Et puis, je sais pas ce qui s'est passé, je me suis réveillée un matin comme ça. Avec tout ça, là. » Et elle pince le tout ça, là.

Le tout ça, c'est le moelleux des cuisses et du bidon. Je sais ça s'appelle la cellulite. Moi, je trouve ça beau : ça ressemble à la peau de la Lune sur les photos du livre de Velma. Je lui dis : « T'es la Lune, Maman. T'es les étoiles, aussi ! » et après Maman sourit dans les larmes et je la serre, je la serre. Et elle se calme et elle fait des bisous dans mes cheveux.

Maintenant, j'ai envie de faire des bisous dans les cheveux de Mamie Marie-Claire parce que elle fait de la peine dans son legging mais ses cheveux sont tout mouillés alors non.

« Le Lycra, c'est sympa, mais je vous dis pas la fournaise, là-dedans… », elle râle. Et elle tire sur son maillot pour souffler entre ses nénés.

« Tu veux dire qu'en plus d'être ridicule, c'est pas pratique ? » Maman elle demande à Mamie. Et Mamie dit : « Comment ça, ridicule ?! C'est ravissant ! »

Et Dolorès, ça commence à la titiller, ces papotages.

« Dites, je vois que vous avez encore du souffle, les *fashionistas*. Vous êtes d'attaque, si je comprends bien ! Allez, on passe aux choses sérieuses, tas de saucisses ! Faut qu'on fasse des choix. »

Et le choix, c'est Dolorès elle le fait. Elle a décidé on fera des pompons.

« Bon ! Y a pas de façon mignonne de vous le dire : vous êtes minables. Bien plus nuls encore que ce que j'imaginais. Y a qu'Annie qui s'en sort bien parce qu'elle est investie. Elle se donne. »

Là, y a Mamie elle se plaint : « Hé ! Moi aussi je me donne, dis ! J'ai plus vingt… », mais Dolorès elle fait claquer ses doigts plusieurs fois jusqu'à Mamie se tait.

« Je disais donc qu'Annie, elle, elle se donne – mais que, globalement, c'est de la merde. Donc on va pas se lancer dans du bâton ou de la canne-major. On va se contenter des pompons. Les pompons, c'est facile, c'est joli et ça fait pas mal quand on se les prend sur la gueule. Et vu comme vous êtes dégourdis, croyez bien que vous allez les manger une paire de fois. Le temps qu'on s'en procure, on va faire sans. Vous ouvrez vos mains et vous les remuez, à la place ! Comme ça… voilà ! C'est bien, Annie ! »

Elle explique super, Dolorès.

« Je me suis renseignée : y a deux phases, dans un défilé. D'abord la marche, où on arrive en formation groupée et synchronisée. Et puis la statique, où on se déploie en quinconce. Annie sera devant et au milieu, parce qu'elle est capitaine. C'est là, dans la partie statique, qu'on exécutera notre petit numéro. Jusqu'ici, c'est clair ? »

Y a juste moi je crie : « C'est clair ! Je suis capitaine ! »

Les autres, ils disent rien. Ils écoutent et ils clignent plein de fois des yeux et ils se grattent la tête et ils croisent les bras. Dolorès, elle continue :

« N'importe quelle patate de majorette vous le dirait : l'important, c'est la coordination. La symétrie. La discipline. On va pas essayer des figures et des pirouettes, des portés et des pyramides. Vous êtes pas au niveau. Mais si on arrive à proposer trois minutes propres, bien exécutées, respectables, la mission sera accomplie. OK ? »

Elle attend jamais on dit OK pour continuer. Papa dit : « Euh, c'est deux minutes quarante-quatre, en l'occurrence », et Dolorès elle dit : « T'es sérieux, Jérôme ? Tu me coupes la parole pour dire ça ? » et Papa dit : « Ah pardon, je croyais que tu avais terminé ta phrase, et comme tu nous posais une question, j'ai pensé que c'était le moment de glisser une information… », mais petit à petit, sa voix elle s'éteint dans la phrase et on entend pas comment ça se finit.

Je me retourne et je vois Harold il rigole derrière ses doigts et Velma elle pince sa bouche pour pas sourire trop.

Dolorès, ensuite, elle nous montre plein de pas, et elle nous regarde comment on met les jambes et les mains. Elle tire un peu le bras de Papa en arrière et elle dit : « Faut bosser la souplesse, là. C'est coincé, tout ça. » Après, elle appuie sur Harold quand il est assis, les pattes écartées, et elle dit : « Plus bas, allez ! » Elle donne l'ordre à Maman de « gainer » et je sais pas ce que ça veut dire. Elle dit à Velma de prendre de l'amplitude et d'occuper l'espace et je crois ça veut dire « avoir le corps pas timide et pas se cacher derrière ses cheveux ».

Le temps passe vite, je trouve. On s'amuse bien ! Y a la musique et c'est chouette et tout à coup Dolorès dit : « On souffle, allez ! » et zoup, elle arrête la chanson.

Le silence il siffle dans mes oreilles, c'est rigolo.

Papa s'étale comme un tapis sur le par terre dans le salon. Il pousse des petits cris de chat écrabouillé et il dit avec une voix bizarre : « On n'y arrivera jamais. J'en peux déjà plus… Ces filles ont un niveau de malade… »

Dolorès elle a tout entendu et elle fronce les sourcils, forme fâchée. « Comment tu le sais ? T'es allé voir des vidéos sur YouTube, c'est ça ? Rhâ, mais faut jamais faire ça !! C'est comme traîner sur Doctissimo quand t'as un grain de beauté chelou ! »

Papa il répond rien. Il continue de faire le paillasson.

« Oubliez les trucs que vous avez vus, ou entendus. Les pitching, rolling, sun, flip… Tout ce qu'il faut savoir, c'est bouger son boule comme si vous étiez en chaleur sur un *dancefloor* à Marbella. Se dandiner avec arrogance et mépris, certains d'entre vous ont déjà dû faire ça, hein Marie-Claire ! »

Mamie vide la bouteille d'eau dans sa bouche glouglouglouglou. Elle lève le pouce pour dire *« Oui, bien sûr, j'ai déjà fait ça, moi, Dolorès ! »*.

« Et, évidemment, faudra secouer vos pompons comme si vos vies en dépendaient. Haut les cœurs ! Si des petits boudins asthmatiques de treize piges peuvent le faire, y a aucune raison logique pour qu'un maître d'œuvre de quarante-six ans, au hasard, n'y arrive pas, si ? »

Dolo est géniale géniale. J'ai envie de lui faire un câlin, alors je saute contre elle et je la serre fort et elle dit : « Ah ouais, on fait ça, nous… OK… » et puis elle me serre deux secondes et ça fait chaud. Comme si elle allume un radiateur dans mon cœur.

Après elle demande : « On s'arrête là, d'accord ? Parce qu'on schlingue pas mal… »

Je suis heureuse : c'était très bien ! J'aime trop sauter et danser et bouger mon popotin avec Papa et Maman et Mamie et Velma et Harold. On n'est pas souvent tous ensemble en même temps en train de faire la même chose. Alors je profite.

Et pis là, c'est trop chouette parce que c'est moi j'ai aidé Maman. Elle a regardé comment je fais les gestes et elle essayait de copier. Je suis l'ézemple… exemple. Elle a fait attention, elle a écouté bien. Maintenant, elle est très rouge et toute décoiffée et elle transpire sous les bras mais elle est contente. Elle rigole et elle chuchote : « Quel enfer ! » Et elle attrape Harold par le cou comme une maman chat et elle lui fait des bisous mouillés. Il crie beurk mais il rigole aussi.

Et Velma, elle fait un sourire juste pour Dolorès et elle est joyeuse, je vois. Je crois elle pense même pas à dessiner, pour une fois. Velma est au milieu et pas à côté, et moi ça me plaît. Je veux continuer encore et encore et toujours ! Je veux le printemps il arrive jamais.

## 24
## Harold

Les silences au téléphone, c'est un drôle de truc. On ne raccroche pas, quand on ne se dit rien. Alors que tout l'intérêt de cette invention, c'est de se parler, de maintenir un flux continu de mots. Mais parfois on se tait ; et le souffle, les grésillements, ça reste un lien. Un fil invisible qui nous relie à l'autre et qu'on refuse de sectionner.

Un coup de fil et Camille est là. Un coup dans le fil et Camille disparaît.

*– Ça n'arrivera jamais. J'y crois plus. Tu leur diras pas. Tu m'inviteras pas chez toi un soir pour leur annoncer que je suis ton mec et que tu m'aimes. Et que c'est comme ça.*

Sa voix est triste, résignée. Je manque d'air, là. Une dépressurisation brusque. C'est ce qui arrive, j'imagine, quand on tombe de haut.

– Bien sûr que si, je vais leur dire. Je suis en train de préparer le terrain…

Je m'écoute baragouiner, lamentable. À sa place, je me croirais pas non plus.

*– Y a rien à « préparer », Harold. Un coming out, c'est pas une sauce hollandaise.*

– Nan, t'as raison. C'est une grenade. Qu'on dégoupille et qu'on balance.

Camille soupire. Je l'use. Il va bientôt se fatiguer de mes conneries. Cette idée me broie.

– *Tu ne vas rien faire exploser du tout ! C'est ta vie, pas la leur.*

Je me racle la gorge. J'en ai les larmes aux yeux, tout à coup. Je suis fatigué. Parce que c'est fatigant, *d'essayer*, toutes les heures. Et *d'échouer*, toutes les heures.

– Si y a bien un truc que j'ai compris récemment, c'est que c'est pas « ma vie ou la leur ». C'est pas la vie d'Annie ou la vie de Velma. C'est notre vie à nous, tous ensemble.

Camille ne dit rien pendant une minute et ça laisse place à tous les espoirs. À toutes les peurs, aussi. Comme quand on lance un dé et qu'il roule encore.

– *Et moi, là-dedans, je suis quoi ? Je suis qui ? Le type que tu vas voir en secret quand t'as besoin de ta ration de peau, de chair, de langue ? Le gars que tu quittes sans te retourner, un peu soulagé mais pas tant que ça, pour revenir à ta normalité en carton ? Je peux pas continuer comme ça, Harold. Ça a été un long chemin pour moi, accepter et faire accepter qui je suis. Je peux pas retourner en arrière. Je veux plus avoir honte. Et je veux plus faire honte, non plus.*

Le coup m'atteint. Bien visé. Je sais pas quoi répondre à ça. Je pourrais lui dire : « Il s'agit pas de ça », « C'est pas le problème ». Mais je vais pas éternellement lui sortir les mêmes phrases sourdes, molles. Je l'entends déglutir. Je peux le voir. Il pince ses lèvres, se masse la nuque, fait trois pas dans sa chambre. Et puis il me lâche :

– *Tu sais, t'es comme l'entraîneuse d'Annie, au fond. Tu me fais me sentir différent. Pas assez bien, pas à ma place. Tu me laisses pas défiler.*

Et il me raccroche au cœur. Et tout ce qui me tient debout se décroche. Se dissout, se délace. Je me sens dégueulasse à m'entêter, comme ça, à garder Camille dans mon placard. À le repousser au fond chaque fois qu'il essaie d'en sortir. Je le séquestre, je le brutalise. Je l'entends taper contre la porte, secouer la poignée, des heures, des jours.

Mon téléphone agonise dans ma paume. Je sais plus quoi en faire, tout à coup. Sans Camille, ce truc ne m'est pas plus utile qu'une pierre.

Je descends dans ma maison vide. Une journée de plus à errer entre des murs. Il est treize heures. Je fais quoi, normalement, le jeudi à treize heures ? J'ai cours de quoi ? Je parle à qui, je suis où ? Je comprends tout à coup que c'est grave. Que je gâche des choses.

Je ne me secoue pas pour autant. Je traîne ma peine comme un chien à trois pattes jusqu'au canapé et je m'y laisse tomber, de tout mon poids. Je reste là, le corps tordu, inconfortable. La télécommande est sur la table basse, hors de ma portée. Tant pis. Je m'endors.

Quand j'ouvre les yeux, Annie est là. Son visage souriant est près, trop près, du mien.

– Coucou Harold ! Maman est allée faire des courses mais moi j'avais envie de rester avec toi !

– Hmm… Coucou Annette…

Elle vient contre moi, enroule mes bras autour d'elle, du mieux qu'elle peut. Ça me fait rire.

– J'aime tes câlins, Harold. Tu es super génial. Je veux être comme toi.

*« Il faut vraiment être trisomique pour penser un truc pareil. »* C'est ce que je me dis et je me sens crade et méchant, encore plus qu'avant. Encore plus que tout le temps.

Si Annie savait… Je suis un lâche, un pauvre type.

Et ça m'est insupportable, soudain. Ça me crame, ça me creuse. Un trou, une tombe, juste là, entre les poumons.

Alors je me jette. Je saute à pieds joints sur la mine. Tant pis.

Je dégage un bras de l'emprise tendre de ma sœur. J'exhume mon portable de ma poche. J'écris à Camille.

*Viens ce soir. 18h. En tenue de sport. On va défiler ensemble, si tu veux toujours.*

J'ai le cœur au bord des lèvres. Je pourrais vomir de peur.

– J'ai faim ! On mange quoi ce soir, Harold ?

Je réponds mécaniquement que je sais pas. Je sais pas ce qu'on mange ce soir. Moi, peut-être ?

C'est bizarre de connaître à l'avance l'horaire du moment précis qui déterminera le reste de ma vie. Je sais qu'à dix-huit heures, je serai fixé. À dix-huit heures cinq, tout sera fini. C'est possible, ça ? C'est possible, que ce soit aussi simple, aussi rapide ?

Mes mains tremblent tandis que je prépare le dîner. On n'aura plus qu'à réchauffer, après l'entraînement.

Maman et Papa rentrent à la maison quasi en même temps, chacun suivi de son propre courant d'air froid. Papa a l'air de mauvaise humeur. Il se plaint d'être crevé. Maman lui dit que c'est que le début, que Dolorès va l'achever.

Et puis, elle se colle dans mon dos. J'essaie de pas la regarder. J'essaie de pas suinter le malaise et la trouille.

– Qu'est-ce que tu mijotes ? elle demande, le nez en avant, les sourcils froncés.

– Quoi ?! Mais… rien !

– Bah si, je vois bien que si ! C'est quoi, une bolognaise ? Dis donc, vas-y mollo sur les proportions : on n'est pas douze à table !

J'inspire ce qui me semble être tout l'air du rez-de-chaussée.

– Ouais, mais… y a Camille qui vient. Et c'est des lasagnes, en fait.

Je dis ça d'une traite. Et ça me fait l'effet d'un cent mètres haies.

– Oh génial ! Enfin !

Maman est sincèrement ravie, on dirait. La pauvre, putain… la pauvre. La nouvelle de la visite de Camille se répand dans la maison comme une marée noire. Je me sens mouette, plein de goudron.

Velma ne dit rien, elle cherche un yaourt dans le frigo. Annie piétine, excitée, impatiente. Papa me lance un clin d'œil complice. Ça me coupe. Le souffle, les jambes. Je voudrais tuer leurs attentes, flinguer leurs espoirs.

Pas la peine : la sonnette s'en charge, à dix-huit heures net.

Les parents se battent pour ouvrir, comme des voyeurs qui se disputeraient la seule paire de jumelles.

Maman gagne. Elle ouvre la porte.

Je reste pétrifié dans la cuisine. Je vois la scène par tranches, comme sous la lumière d'un stroboscope. Le profil de Maman sourit en découvrant l'invité mystère.

Et ce sourire est le moins retouché, artificiel, fabriqué, des sourires.

Le plus merveilleux sourire de Maman.

– Bonsoir Camille ! Je suis très heureuse de te rencontrer !

Camille entre. Mon soleil blond entre. Chez moi. Papa rit et dit : « Fait chier ! » Il fouille la poche de sa veste, trouve un billet de vingt balles… et le file à Maman.

Puis il serre à deux mains la main de Camille. Avec chaleur.

Et c'est tout. Je me dis juste : « *Tiens, mon mec est plus petit que mon père. Je pensais pas.* »

Velma lui fait coucou et Annie lui fait Annie. Elle l'adopte, tout de suite. Sans s'étonner de rien.

Tout est facile. Je pourrais en pleurer.

Mais j'ai envie de les engueuler, aussi, tous autant qu'ils sont. Je me suis infligé tout ça pour *ça* ? J'avais préparé des discours larmoyants, moi ! Sensibles, forts, tendres ! Qu'est-ce que je vais faire de toute cette prose en stock, de cet argumentaire qui me reste sur les bras ? J'étais tellement prêt au combat.

Camille sourit, bouge, discute. Poisson dans mon eau. Maman lui prend son manteau. Papa lui propose un truc à boire.

– Pas de sucre avant l'entraînement, ordre de Dolorès. Mais de l'eau ? Ou un café ?

Et puis Maman passe à côté de moi pour poser la veste de Camille sur une chaise de la salle à manger. Son épaule frôle mon bras. J'ai envie de la retenir, de la serrer. Elle doit le deviner puisqu'elle me regarde. Je vois qu'elle est heureuse. Elle est heureuse et je comprends pas pourquoi.

– Il t'en a fallu du temps, mon Harold.

## Liste de 21 trucs fascinants que je ne comprends pas

Le phénomène des marées
Martin Heidegger
La cuisine moléculaire
L'*air guitar*
Les liens de parenté entre les familles royales européennes
Le fonctionnement de la thyroïde
La mode des photos de pieds sur les réseaux sociaux
Le jazz expérimental
Les nœuds de cravate
La prédictibilité de l'obsolescence programmée
Le ski sur herbe
Le concept du faux ongle
Les plats sucrés-salés
Le lait d'ânesse
Les chiffres de la Bourse
Les rapports sexuels
La langue xhosa
La tectonique des plaques
La division cellulaire
Les majorettes
L'esprit d'Annie

## 25
## Velma

« Bon, je dois dire que je suis époustouflée.
Les entraînements passent et vous êtes toujours autant à la masse.
J'ai l'impression que plus on bosse, pire c'est.
Au fait, Solange, t'en es où avec les costumes et les pompons ?
Faudrait quand même qu'on s'exerce un peu en tenue. »

J'aime l'autorité avec laquelle Dolorès parle à ma famille.
Comme si elle en faisait partie.

« Mme Chowa envoie quelqu'un prendre les mesures, ce soir. »
Mamie sursaute à côté de Maman. Fait des yeux ronds.
« Mme Shoah ?! Wahou… pas évident, comme nom… »
Dolorès déteste les hors-sujet, les parenthèses, les digressions.
« Marie-Claire, garde tes commentaires et gaine-moi tout ça.
Et t'iras t'essuyer, steuplaît : tu sues comme une passoire. »
Personne ne fait taire ma grand-mère si vite, si bien. Si fort.
Maman jubile. Elle valide ce retour de karma ou de bâton.
Papa ricane dans sa série d'abdos, se contracte, n'en peut plus.
« Tranquille, Jérôme ? Tu t'amuses bien ? Le spectacle te plaît ?
– Nan ! Non… pardon…
– T'as dit quoi ? J'ai pas bien entendu.
– …
– Je préfère. Et la Reine des neiges, elle tient le coup ? Ça va ? »

Dolorès s'arrête devant moi. Son regard froid me mord.
Je hoche la tête en guise de réponse : je ne trouve pas ma voix.
« La Reine des neiges… » Pourtant, je le sais, Anna a tort.
Si on me fendait, du crâne au pubis, ce ne serait pas blanc.
Dans le plan de coupe, tout ne serait pas blanc.
Je me sens pousser des organes. Je perçois des pulsations.
Des petits coups secs, derrière chaque muscle, nerf et tendon.
Il y a un printemps rouge à l'intérieur de moi.
Des tissus qui se tendent, s'étalent. Des mailles qui courent.
Des îles caoutchouteuses qui trempent dans des liquides chauds.
Je transpire, je m'essouffle, je rosis. Je ris aux éclats.
Autour de moi, les autres sont dans le même état.
Sauf Annie. Elle n'a jamais été un iceberg, elle.
Annie est l'eau dans laquelle on flotte tous. Notre océan commun.
Et on fond, chacun, lentement en elle.
Au bout d'un moment, on ne sait plus délimiter nos contours.
On ne distingue pas son début de nos fins.

Ça sonne à la porte. Maman va ouvrir, les joues cuites.
« Deux minutes de récup, les limaces ! »
Papa s'effondre sur le fauteuil. Son dos mouillé laisse une trace.
Mamie gémit : « Je voudrais être morte… »
Dolorès soupire.
Elle passe entre les garçons. Ils se touchent des yeux, se baisent.
Leur attraction occupe chaque coin, chaque chaise.
Leurs têtes sont ailleurs. Leurs corps presque en fuite.
« Vous me décevez : vous êtes les pires. Surtout toi, Camille. »
Ils accueillent ça comme un compliment. S'en foutent. Sourient.

Annie continue à danser, infatigable. Je vais chercher de l'eau.

Dans la cuisine, je trouve Hui Zhou accompagné d'une petite femme.
Je ne lui ai jamais parlé au lycée.

Les gens pensent sûrement qu'on est timides tous les deux.
Ce n'est pas vrai. Je suis effacée. Lui est mystérieux.
C'est irréel de le voir là, devant l'évier. Je crois que je rougis.
« Salut, Hui…
– Bonsoir Velma ! Je te présente ma maman, Bi. »
J'adresse un sourire poli à sa mère. Elle est pâle et belle.
Ses traits sont lisses comme la surface d'un lac sans remous.

L'information met du temps à ploper dans ma cervelle :
La mère de Hui s'appelle Bi Zhou.
« Maman va faire vos costumes. Elle est couturière. »
Marie-Claire débarque, Lycra marbré de sel, aisselles en gouttière.
« Ah ! Je vous l'avais dit : tous les Asiatiques savent coudre ! »
Mme Zhou réduit ses deux lunes brillantes en croissants.
« Je suis costumière spécialisée en opéra *kunqu*.
Je fabrique des pièces pour le centre culturel de Chine.
Mon travail est reconnu par les plus éminents sinologues.
J'ai accepté de faire vos costumes car mon fils apprécie Annie.
C'est tout. »

Voilà comment une teigne se fait peler. Arracher de sa bogue.
Elle reste un peu bête, découverte, vieille châtaigne sans épines.
Elle bredouille qu'elle ne voulait pas dire ça.
S'excuse d'avoir été maladroite, sourit et tend sa main moite.
Bi Zhou grimace imperceptiblement avant de la serrer.

Maman écarte sa mère, agacée, et entraîne Bi.
« C'est par ici… »
Je reste là, avec Hui. On ne dit rien. On ne se regarde pas.
Je ne lui ai jamais parlé au lycée. Pourquoi ce serait différent là ?
On observe Mme Zhou déployer son mètre ruban. Blanc.
L'étirer sur bras et bustes jusqu'aux mollets. Autour des tailles.
On l'entend dire à mon père : « Ne rentrez pas le ventre. Respirez. »

Il proteste en inspirant : « Je rentre rien ! » et presque défaille.
Maman glousse. « Arrête et fais ce qu'elle te dit, petit gros ! »
Au-dessus de son téléphone, Dolorès sourit à Harold et Camille.

« C'est génial, ce que vous faites ensemble pour Annie. »
Hui a l'air amusé. Je n'avais jamais remarqué, mais il est beau.
« Tu te moques ? » je demande sans avoir pourtant perçu l'ironie.
« Pas du tout. J'aurais adoré faire quelque chose comme ça.
En famille. Mais mes parents sont chinois.
Ils sont maladivement sensibles à la notion de dignité. »

Je ris jaune en remplissant mon verre d'eau.
« Alors que nous, non ?
– Si, oui, bien sûr, pardon ! Mais chez moi, on ne rit pas trop.
Ou en tout cas pas trop fort, et pas longtemps.
Les démonstrations de sentiments, c'est pour les Occidentaux.
Mais quand je vous vois, tous… Bah, ça me fait envie. »

Au salon, Annie tourne sur elle-même, un genou en l'air.
Elle s'applique, fait de son mieux. Et croise enfin Hui des yeux.
Elle vacille, déstabilisée, puis se résout à poser pied à terre.
Son visage s'ouvre comme un fruit.
Ma sœur se précipite, court, vole vers Hui, bras offerts.
Elle lui jette son amour à la tronche sans peur ni économie.
« Coucou Hui ! Velma, c'est Hui !! C'est mon ami ! »
Il enroule son bras autour des épaules trempées de ma sœur.
Il faut que je dise quelque chose.
Pour qu'on ne voie pas que leur étreinte griffe mon cœur.
Alors j'ose.
« Rien ne t'empêche de te joindre à nous…
– Non, c'est un projet familial ! Je ne peux pas m'imposer.
– Dolorès et Camille participent, j'insiste.
– Ce sont vos amis, il se soustrait.

– Et tu es celui d'Annie. Mais si tu préfères te dégonfler, j…
– Non, pas du tout. C'est d'accord. Avec joie. J'en suis. »

Annie crie : « Hui va faire la majorette ! » et tous applaudissent. Derrière la peau de mon ventre, mon estomac fait un double-flip. Bi Zhou fronce les sourcils mais ne dit rien. N'en pense pas moins. *Les démonstrations de sentiments, c'est pour les Occidentaux.*

« Ton frère a l'air bien. Ça me rassure. Je m'inquiétais un peu… »
Je suis sidérée. Hui savait pour Camille ?!
J'essaie de regarder Harold à travers ses yeux.
Mon frère paraît très heureux. Il doit être soulagé qu'on sache. Que plus un seul secret ne le gâche. Et d'être lui-même, enfin.

## 26
## Annie

Hui est ici ! Avec sa maman en plus !

Pendant longtemps, dans la maison, il y avait personne. Seulement ma famille de d'habitude. Maintenant, c'est comme si y a plus de porte et de fenêtres et tout le monde peut entrer. C'est super !

La maman de Hui s'appelle « Bisou » en plus. C'est joli. Moi, je voudrais bien m'appeler « câlin », parce que je fais tout le temps des câlins. « Annie » c'est beau mais c'est pas pareil. Ça donne pas l'idée de moi. Bon, « Bisou », ça donne pas trop l'idée de la maman de Hui parce que elle fait pas des bisous. Je crois elle est timide. Elle parle pas beaucoup et elle a l'air sévère comme la loi et aussi comme Sylvie l'infirmière de l'UAT. C'est pour ça je l'aime tout de suite bien.

Là, elle calcule mes bras et l'autour de mon cou et l'autour de mes nénés et l'autour de mon popotin et un peu mes pattes aussi. Je veux dire : mes jambes. Je suis pas un mille-pattes, hihihi ! Et ça chatouille et je rigole et Bisou sourit dans mon visage. Je vois elle est pas trop sévère en vrai. Je vois elle est toute rigolote et douce en cachette.

Après, quand elle a fini, elle dit pas je suis grassouillette comme Mamie Marie-Claire fait parfois la blague, ou dodue de l'arrière-train comme Élodie elle a chuchoté une fois. Non. Bisou écrit juste dans son petit carnet bleu les calculs de moi, et elle fait une caresse sur ma joue et après elle va mesurer Camille.

Camille, il est beau. Il a les cheveux couleur de moi mais tout ras. Ras comme des poils de rat. Hihihi. Il a des yeux gris et des sourcils gentils et un menton comme une clémentine : on peut le tenir dans la main. J'essaie et Camille rigole.

Camille est très gentil. Il fait des études pour devenir prof de PS. Ça veut dire éduc… éduquer phyz… Ça veut dire prof de sport. C'est pour ça Dolorès croyait il sera très fort en majorettes, mais Camille est pas très fort. Il a dit : « Pardon, je suis surtout ski et escalade, moi. » Il a dit : « Je suis désolé » et j'ai dit : « Mais non Camille, c'est bien surtouski et scalade ! », même si en vrai, je sais pas trop c'est quoi. Il a rigolé et a frotté mon bras. Ça, c'est comme un mini câlin.

Dans la cuisine, Maman a crié : « Qui veut de l'eau fraîche à la menthe ? » et tout le monde est allé sauf moi et Mamie et Bisou.

Moi, j'aime pas l'eau à la menthe. On dirait le dentifrice. J'aime pas le dentifrice, ça brûle froid dans mes dents et ça pique la langue.

Je me couche par terre, bien au milieu du salon, et je regarde le plafond. J'ai jamais vu le plafond de pile là et c'est bien parce que c'est comme si je suis pas chez moi mais ailleurs. Dans une maison rencontrée pour la première fois. Je fais tourner mes jambes dans l'air. Je fais du vélo invisible. C'est fatigant et rigolant aussi. Euh, rigolo, hihihi !

À côté, Bisou commence à faire les calculs de Mamie et Mamie a pas trop envie, je crois. Parce que quand Bisou veut calculer ses nénés, Mamie dit : « Ne vous donnez pas cette peine : je fais un petit 85B ! » et elle rigole pour de faux. « Ha-ha-ha ! »

Parfois, les gens rigolent pour de faux et mon oreille le sait. C'est quand on est embêté ou quand on ment ou quand on fait semblant d'être joyeux et ça fait pas la même musique dans l'oreille. Je sais pas pourquoi des gens font ça. C'est bizarre.

Bisou répond : « Je vais me permettre de vérifier rapidement, si vous le permettez. J'ai besoin de prendre différentes mesures, pas seulement celle de votre tour de poitrine. Je dois savoir comment votre corps bouge pour que vous soyez à l'aise dans votre costume. »

Et elle avance vers Mamie et Mamie recule. On dirait elles jouent à chat. Et là, Bisou regarde Mamie et elle regarde vers ses nénés, et tout à coup elle enroule le ruban blanc dans ses doigts.

Elle baisse les yeux et elle dit tout doux : « D'accord. Je vois. Un seul sein est concerné ou les deux sont touchés ? »

J'entends Mamie elle avale fort. Elle pose le bout de son popotin contre la table où on mange les jours brillants comme Noël ou la fête des Mères.

« Un seul. Le gauche. »

Bisou sourit gentiment en faisant oui avec la tête.

« Votre famille ne le sait pas, j'imagine. »

Mamie secoue les cheveux.

« Non. Si je le dis à ma fille, elle arrêtera de me parler avec rancœur et ce sera vraiment la preuve que je n'en ai plus pour longtemps… J'ai besoin qu'elle continue à me malmener. » Et Mamie rigole de nouveau pour de faux. « Ha-ha-ha ! »

Bisou sourit aussi et c'est joli vu depuis par terre et je pédale pédale dans l'air.

Parfois, j'aime bien écouter les gens parler parce que c'est intéressant. Et parfois c'est pas intéressant. Dans la cuisine, Velma et Hui parlaient et c'était pas intéressant alors je suis venue ici. Mais ici, Mamie et Bisou parlent et c'est pas intéressant alors je dois aller dans la cuisine encore. Moi, ça m'intéresse quand ça parle de Gigi l'amoroso ou de Dalida ou de Ouissam ou de tarte aux pommes avec plein de cannelle ou de majorettes ou de moi.

Hop, je me lève comme un lapin et je fais des petits bonds jusque à la cuisine, et tout le monde est là.

Maman tient le bras de Hui et elle dit à Papa :

« Jérôme, c'est Hui, il travaille avec Annie ! » et Papa il est étonné des sourcils.

« Ah… Enchanté ! Vous vous appelez… ? », et Maman dit : « Bah, Hui ! » et Hui dit : « Hui, monsieur », et Papa répond : « Oui, quoi ? » et Maman dit : « Comment ça "Oui, quoi" ? Son nom, c'est Hui ! » et Papa répète « Son non, c'est oui… ».

Alors Maman rigole et elle se fâche un peu en même temps : « Mais enfin, chéri, fais un effort ! Il s'appelle Hui, c'est tout ! Hui Zhou ! »

Et Papa chuchote « Oui zou », et Maman dit : « Passons… Tu as soif, Hui ? » et elle lui donne un verre même si il a pas dit oui.

Et tout à coup, Papa fait un très long *a*. « Aaaaaaaaaaaaaaah. » Et il dit aussi : « D'accord, il s'appelle oui ! Pardon ! » Hui sourit et dit de pas s'inquiéter. « Ne vous inquiétez pas : ça arrive sans arrêt. En vérité, mon prénom se prononce "Rui", mais il est impoli de corriger les gens… Et "Hui" me convient. »

Et ça, je crois, ça donne à Papa des idées de blagues pas drôles parce que il demande : « Qui a envie de faire une partie de ni Hui ni non ? », et tout le monde dit rien.

Sauf Dolorès. Elle, elle fait la grimace et elle dit : « OK, on se situe où sur l'échelle de la gêne, là ? Zéro étant le bout de salade coincé entre les dents et dix le pet de fouffe. »

Je sais pas c'est quoi « pedfouffe ». J'ai envie de demander à Harold mais, pile quand j'ouvre la bouche, il me regarde comme un aigle et il me dit : « *Non non non, pas maintenant, Annie* » avec ses sourcils.

Donc, tout le monde dit rien et ça m'énerve parce que je m'ennuie comme quand on va chez les docteurs et les docteurs ils disent toutes les choses de mon corps à Maman, comme si je suis pas là. Comme si je suis une petite bête ou une fleur ou un nuage. Et parfois, ça énerve aussi Maman : « Vous pouvez vous adresser directement à elle, vous savez : elle est la première concernée, je crois ! » et les docteurs ils ont honte.

Après, ils disent : « Bon, alors, Annie : si tu ne vois pas très bien depuis un petit moment, c'est parce que tu as ce qu'on appelle une "cataracte". La "cataracte", c'est une opacification du cristallin… Disons, une sorte de voile, épais, qui se pose devant ton œil et qui l'empêche de faire correctement son travail d'œil. Donc on va t'opérer pour retirer ce voile. C'est rien du tout. »

J'avais pas envie. Mais le docteur a pas demandé : « Tu es d'accord, Annie ? » alors j'ai pas pu dire : « Je suis pas d'accord, non. Je veux pas. J'ai peur. Je crois je vais pleurer. »

Après, je suis allée à l'hôpital et Maman elle serrait ma main fort et un monsieur m'a endormie avec un produit. Et encore après, je me suis réveillée sans le voile mais avec une coquille scotchée sur l'œil. Et je pensais : « C'est pas rien du tout. C'est moche. C'est pas rigolo ! » et j'ai pleuré. Mais Harold a dit : « Nan, c'est ultra-cool, Annette ! T'es une pirate ! Les pirates sont super forts et vraiment stylés », et j'ai dit : « C'est vrai ? Alors je suis une pirate, d'accord ! »

Quand je suis rentrée à la maison, Maman avait fait un gâteau en forme de coffre avec des pièces d'or en chocolat dedans et Papa, Harold, Velma et elle ils avaient tous des bandeaux de pirate pour faire comme moi et Papa il avait une dent noire pour de faux et c'était très rigolo ! On était tous pareils ! Et après on a regardé à la télé *Pirates des Scarabées*… euh, non, *Pirates des Caraïbes*. Hihihi !

C'était super : on était cinq serrés serrés sur le canapé comme dans un tout petit bateau et Papa a dit : « On est dans la même galère, moussaillons ! »

Voilà, je pense à ça. Mais Mamie Marie-Claire et Bisou elles viennent dans la cuisine et Bisou elle explique : « J'ai encore besoin des mesures de Velma, de Dolorès et de Hui, mais je profite que vous soyez tous réunis pour vous demander si vous avez déjà une idée globale du costume. Couleur, matière, longueur, accessoires ? »

Dolorès, elle dit elle est la coach donc elle a pas besoin de costume et Mamie dit : « Ah bon ?! » et puis tout le monde parle en même temps, après. Ça fait trop de mots et j'entends plus et ça m'énerve. J'ai envie de crier parce que ça fait mal dans mes oreilles, toutes les phrases et tous les gens dans la cuisine et dans ma tête.

Mais Bisou elle lève la main, toute tranquille et c'est le calme. Elle attend un peu pour avoir le silence d'église et elle dit : « Il faut désigner une personne pour décider. »

Et là, ça recommence. Tout le monde reparle en même temps et ça me ré-énerve.

Maman crie : « Annie ! C'est Annie qui va décider, en tant que capitaine de notre équipe. Ça paraît évident. »

Je suis pas sûre ça veut dire quoi « évident », mais ça paraît pas « évident » pour tout le monde. Ils ont l'air embêtés et même inquiets. Moi, je suis très contente et je dis : « Je sais je veux quoi ! » et je cours je cours pour aller dans ma chambre et j'entends Dolorès elle dit : « Bon, nous, on se secoue, on y retourne » et tout le monde souffle : « Oh là là » ou « Pffff ». Et Dolorès, elle tape dans ses mains et elle crie : « Allez, tas de veaux ! » et Papa dit : « Meuh ! » et Dolorès dit : « Sérieux, arrête ça, Jérôme. Ça devient douloureux. »

Et les marches des escaliers disent « *Aïe aïe* » parce que je les écrabouille. Après, je prends mon beau classeur à côté de mon lit. Et je reviens en bas vite vite.

Dans la cuisine, y a juste Bisou et Hui mais Dolorès crie : « Hui, tu penses commencer à t'entraîner le jour J ou comment ça se passe ? » alors Hui dit : « Oh, pardon ! » et il s'en va aussi dans le salon et Dolorès remet la musique fort et la maison tremble.

Bisou me sourit.

« Qu'est-ce que tu as là ? »

Je dis : « J'ai là le classeur de Dalida de Mamie Kathy et de moi. Mamie Kathy est morte maintenant, tu sais. »

Et j'ouvre le classeur et dedans, y a des images collées de Dalida avec ses beaux cheveux et ses belles robes et ses belles chaussures.

Mamie Kathy et moi, on regardait toujours le classeur et on papotait comme des potes et on écoutait les chansons de Dalida. C'était la perfection.

Bisou trouve mon classeur joli. « Oh… c'est très joli, Annie », et je dis oui avec la tête et je tourne les pages parce que je cherche. Parce que j'ai une idée super. Et tada, je trouve !

Je montre l'image à Bisou et elle réfléchit. « Hmmm Kmmmm… Oui. Je vois tout à fait. C'est un peu… Comment dire… extravagant. Il faut l'assumer. »

Là, je rigole à cause de sa figure et je dis : « Oui ! Il faut la sumer ! » Et Bisou demande : « Mais, pour ces messieurs, tu as pensé à une version plus "masculine" de cette tenue ? »

Je veux répondre, mais ça fait trop de mots et d'idées compliquées alors je tape juste la photo avec mon doigt et je dis juste : « Je veux ça ! Je veux ça pour tout le monde de l'équipe ! »

## 27
## Harold

Le répit est court. Le soulagement, bref comme une expiration. Je n'oublie pas que je n'ai pas tout dit aux parents. J'ai encore des secrets.

Vendredi se lève en même temps que moi. J'ai mal dormi, agité d'euphorie et frissonnant d'inquiétude. J'ai fait toute la nuit des plans sur des comètes aveugles, mon écran noir traversé d'idées plus folles et absurdes les unes que les autres.

Dès l'aube, en congé de moi-même, j'exécute l'imposture quotidienne. Se lever, s'habiller, prendre le petit déj. Rigoler avec Annie, tapoter la bedaine de Papa pour l'emmerder gentiment et embrasser les cheveux de Maman. Respirer son odeur unique au monde et prendre une dose de courage. Puis regarder Velma partir avant tout le monde. Velma qui ne se retourne jamais. Qu'est-ce qu'elle est forte, cette sœur-là…

J'enfourche mon vélo. Je fends les rues familières comme la mer Rouge. Ce matin, je me sens invincible. Je sais ce que je dois faire. Je vais y aller au culot ! Au pire, on me dit non. On ne crève pas d'un « non », si ?

Je pédale en pensant à Camille. Il me rend ambitieux. Il faut que je sois à la hauteur. À sa hauteur. C'est pas facile : Camille réussit tout sans avoir l'air de fournir pour ça le plus petit effort. Alors que moi…

Mais je vais m'améliorer. Je le jure.

Je freine devant la Brasserie Six-Sous. Mon GPS interne commente d'une voix robotique : « *Vous êtes arrivé à destination.* » Je cadenasse mon bolide à un lampadaire marbré de pisse et, avec toute l'énergie du désespéré, je pousse la porte d'entrée.

Ça sent le café moulu, le croissant beurré tout chaud, l'œuf coque. Ça sent les gens, fraîchement sortis d'entre leurs draps tièdes par obligation, leurs cous enduits de parfum, leurs cils encore collés.

J'aime ça. J'aime cette atmosphère. Les bruits de vaisselle, de papier journal froissé, de sachets de sucre qu'on déchire et qu'on vide, doucement. *Chhhhhhh…* J'aime cet endroit plein de bois, de nappes propres, de chaises jumelles. J'aime qu'il y ait un tableau noir, avec des craies de toutes les couleurs à dispo pour les enfants. Et un range-parapluie près de l'entrée. Et un portemanteau, comme à la maison. Comme si on vivait dans un monde où on se laissait faire les poches, gentiment.

Il n'est pas encore huit heures. Les clients viennent noyer les dernières traces du sommeil dans des expressos goudronneux. Il y a un peu de monde, beaucoup de calme.

J'avance.

Je me souviens de la première fois où je suis venu ici, enfant. C'était avec ma grand-mère Kathy. On passait pas mal de temps tous les deux, pendant que Maman avait des trucs à faire en ville. À propos d'Annie. Et avec Annie. Et plus tard, avec Velma, aussi. Parce qu'elle était petite.

Moi, j'étais plus grand et j'étais un garçon. Je pouvais être séparé d'elle des journées entières. La voir entre deux portes, après le bain et avant la brosse à dents. C'est ce que Mamie Kathy m'avait expliqué, en tout cas.

Elle avait pas toujours raison.

Mais ce jour-là, celui de ma première fois à la Brasserie Six-Sous, elle a été la meilleure personne au monde à mes yeux. Je me sentais important : je déjeunais avec elle, dans un vrai restaurant. Un palace pour le moi d'alors. Je trouvais tout merveilleux : le carrelage brillant, la vaisselle lustrée et les serveurs qui me donnaient du « monsieur ». Ma tête ne dépassait pas le comptoir, mais j'avais vu des flammes jaillir par-dessus. À travers ce mur oblitéré qui donnait sur les cuisines, je voyais le ballet des toqués.

C'était étrange et fascinant. Un vrai spectacle. Je savais pas que ça pouvait être ça, cuisiner. Je m'étais dit tout à coup que je voulais en être. Que je voulais participer à ce truc, quand je serais plus grand. Mais j'avais rien dit. Par superstition, peut-être. Par manque de foi en moi, sûrement.

N'empêche, mon visage devait parler pour moi parce que Mamie avait l'air ultra-fière de son coup. On avait mangé un poulet aux girolles, des pommes de terre confites et un bavarois fraise-rhubarbe sur génoise. Je me souviens de chaque miette.

– Bonjour ! Qu'est-ce que vous prenez ?

Le type derrière le comptoir a une carrure et des oreilles de rugbyman. Dans ses immenses paluches, le verre qu'il frictionne du torchon prend les dimensions d'un dé à coudre. La vapeur crachée par les buses de la machine à café vernit ses cheveux noirs.

– Bonjour… En fait, je… je voudrais voir le patron, s'il vous plaît.

J'ai chaud. Mes mains s'humidifient. C'est chiant comme je peux être fragile, parfois.

– Vous l'avez devant vous, jeune homme. Qu'est-ce que je peux faire pour vous ?

– Je… cherche un travail.

– Comme la moitié de la population. Pourquoi je devrais t'embaucher, toi, dis-moi ?

OK. Il est passé au tutoiement sans transition, donc. Bon… euh… mes pensées bégaient. Super. Je réfléchis et je trouve rien. Je n'ai aucun argument. Aucune compétence. Si j'étais lui, je ne perdrais même pas mon temps à discuter avec moi. Je lâche malgré moi :

– Parce que c'est le seul truc que j'aime. Je veux dire : cuisiner, c'est le seul truc que j'aime.

Le patron sourit dans son évier en zinc. Derrière lui, un serveur abandonne un plateau lourd de soucoupes tachées et de tasses au fond poisseux. Les grosses mains ramassent le tout et rincent chaque élément, soigneusement.

– T'as un CAP ? De l'expérience en cuisine ou en salle ? T'es apprenti ?

L'eau coule toujours. Une odeur de citron artificiel monte jusqu'à mon nez. Une bulle s'envole et éclate, très vite.

– Non, j'ai rien. Je suis rien.

Il coupe le robinet, fait claquer son torchon sur son épaule de taureau et me fixe.

– T'as quel âge, monsieur Rien ?

– Dix-huit ans.

– Dix-huit ans, *chef*, il me corrige.

– Dix-huit ans, chef.

Il croise les bras sur son torse large. Il devient muret. Puis il inspire profondément.

– Et tes parents, ils en pensent quoi ?

– Mes parents ? Bah… ils voudraient que j'aie mon bac. Et que je fasse des études. Longues et brillantes si possible, je dis en me grattant la tête, avant de réaliser que ça doit faire sale et de m'arrêter vite. Trop vite pour que ce soit pas bizarre.

– Mais toi, c'est pas ton truc, les études longues et brillantes.

– Faut croire, je commence.

Mais, comme j'ai l'impression de jouer ma vie, autant être franc avec lui :

– Non. C'est pas du tout, du tout, mon truc.

Il acquiesce vite fait, l'air de dire : « Je sais ce que c'est, va… » Un client entre et s'installe, lui lance un cordial « Salut, Seb ! » et le patron lui jette son menton en guise de réponse. Son silence se déroule tranquillement. Interminable.

Et puis :

– Je me fous du pantalon, mais tu viens en chemise blanche. Tu la repasses, tu la boutonnes pas jusqu'à l'étranglement et tu replies les manches sur les avant-bras. On veut pas faire chic, mais propre. On veut avoir l'air sympa, mais bien élevé. Si tu dois passer derrière, en cuisine, je te prêterai une veste, un pantalon, un calot et des chaussures.

Une vague de joie décolle dans mon ventre. Je la prends de plein fouet, avec la naïveté d'un mec qui n'a jamais vu la mer. Le chef sort un calepin de la poche arrière de son jean, déniche un stylo à côté de la caisse, me tend le tout.

– Tu notes ton nom, tes coordonnées, ta taille et ta pointure. Pour commencer, on va revoir toutes les bases de l'hygiène. C'est primordial, ici. Et pour ça, je vais te coller au cul comme un chien amoureux. Tu cuisines un peu ?

– Pas vraiment. Enfin, juste à la maison. Mais je pars de loin. Je pars de rien.

– Dis donc, t'as que ce mot à la bouche. « J'ai rien, je suis rien, je pars de rien. » Je veux pas de cette énergie-là dans mon établissement, c'est compris ?

– C'est compris. Chef.

Il rit, brièvement.

– Tu vois : t'apprends vite. Bon, je te prends à l'essai. Quelques heures à la plonge ou au service, pour boucher les trous, les vendredis, samedis et dimanches soir. Tu viens pour dix-sept heures quarante-cinq et tu pars quand on éteint les lumières. Tu seras payé au Smic. Aucune absence, aucun retard. Si ça te convient, tu commences ce soir.

Je souris à m'en luxer la mandibule. Je suis si heureux que je ne sais pas le montrer.

– Ça me convient. À ce soir, chef !

Et je m'en vais, comme un automate. Je pense soudain à Velma. Je me dis que je veux être fort comme elle et que je dois pas me retourner.

Sauf que je suis moi. Alors, au moment de pousser la porte, je jette un œil en arrière. Je regarde les nappes propres, les chaises jumelles, le tableau noir – et ça me flambe le cœur. C'est bizarre de connaître à l'avance l'horaire du moment précis qui déterminera le reste de ma vie. Je sais qu'à dix-huit heures, je serai fixé. À dix-huit heures cinq, mon avenir aura pris forme. C'est possible, ça ?

Oui. Bien sûr que ça l'est.

Merde : l'entraînement, les majorettes, le défilé…

J'ai oublié Annie.

Et j'ai un peu honte de le reconnaître, mais ça me fait du bien.

## Liste de 21 merveilles de la nature en voie d'extinction

Le sapin de Baishanzu
L'agrion orangé
La roussette de Nouvelle-Guinée
La tortue géométrique
Le bahaba chinois
Le bourdon de Franklin
L'épicéa d'Orient
Le tigre
Le triton du Lorestan
Le gibbon de Hainan
Le cochon d'Inde de Santa Catarina
L'orchidée des îles Caïmans
L'albatros d'Amsterdam
Le corail jaune
Le crabe d'eau douce de Singapour
La demoiselle rouge
Le crapaud à tête de bœuf
Le rhinocéros de Java
Le pin de Giaojia
Le poisson-scie
Annie

## 28
## Velma

Le compte à rebours a commencé.
Plus que 16 jours. 384 heures. 23 040 minutes jusqu'au défilé.
Je ne peux pas y penser.
Pour l'instant, c'est génial. Nous tous, ensemble, dans le salon.
J'apprivoise ma timidité, je domestique mes inhibitions.
Je danse devant ma famille. Et Dolorès, Camille, Hui.
Mais devant deux-mille yeux anonymes… je ne sais pas.
Je doute d'y arriver. Dès que je me projette, je grelotte.
J'ai peur de m'évanouir. De montrer ma culotte, dans les vapes.
J'ai peur de m'oublier. De me répandre jusque dans mes bottes.
Chaque seconde, ces idées me paralysent. Me handicapent.
M'ankylosent.
Elles ne sont jamais essoufflées, elles. Elles ne se fatiguent pas.
Elles me suivent au lycée, où rien n'a vraiment changé pour moi.
Je ne suis pas seule, mais je reste solitaire.
Dolorès traîne avec sa bande. On se sourit quand on se croise.
On ne s'assoit pas côte à côte. Je ne sais pas si j'en ai envie.
J'aime regarder les gens de loin. Sans entrer dans leur univers.
La cour est claire. Dolorès s'en détache en ombre chinoise.
Et le soir, tous les soirs, nos vies se superposent.

« Bon, on commence par un exer… Hé ! Il est où Harold, les gars ? »
Maman dit à Dolorès qu'il ne participera pas, aujourd'hui.

Papa ajoute qu'il n'a pas expliqué pourquoi. Il demande à Camille :
« Tu en sais plus, toi ? »
Maman s'agace. « Laisse-le tranquille. Dolorès, on reprend ? »
Et ici commence un dialogue de sourds.
« C'était son idée, tout ça ! Et lui, il vient même pas !
– Ah non, mon petit Jérôme, c'était mon idée à moi !
– Oui mais pardon Marie-Claire, c'est Harold qui nous a convaincus.
– Forcément : quand ça vient de moi, c'est débile. Farfelu.
Mais quand c'est Haro ou Velma, ou le facteur, on écoute !
Là ça devient un trait de génie et vous obéissez comme des scouts ! »

Mamie, Maman et Papa pèsent le même poids : ils sont lourds.
Camille et Dolorès les regardent. Hui se détourne, pudiquement.
« Si vous tenez à vous disputer, allez dans la cuisine, au moins ! »
Papa proteste.
« Mais on ne se dispute pas : on discute, Velma ! »
Sauf que Maman et Mamie quittent déjà la pièce, d'un pas décidé.

On ne devrait pas les mélanger. Elles sont soude et ammonium.
Elles s'irritent, s'asphyxient, se brûlent au troisième degré.
Papa soupire, immobile.
« Bon, tu viens, Jérôme ?! »
Il me jette un regard de sable. Avec *S.O.S.* écrit au bâton.
Je hausse mes épaules blasées. Je reste froide. Il sort à reculons.
On attend là. On passe d'une jambe à l'autre. On s'entretient.
Ça peut finir dans deux minutes. Ou après-demain.

Et jusqu'à nous, leur conflit se fait un chemin.
« Tu as dit que j'étais la réincarnation d'Eva Braun, Maman !
– Rhô, mais c'était y a longtemps ! Et puis tu n'y peux rien !
Ça ne fait pas de toi une mauvaise femme dans cette vie ! »

Annie demande à la cantonade : « C'est qui, Eva Braun ? »
Dolorès répond : « Une connasse », Camille : « Personne. »

Il a raison : il y a des gens qui ne seront jamais quelqu'un.

« Eva Braun, Maman, nom de Dieu !
J'avais douze ans ! Tu n'as aucune idée de ce qu'il faut faire !
De ce qu'il faut être, de ce qu'il faut dire ou taire !
Pour que ton enfant se sente bien. Aimé. Heureux.
– Oh, arrête ! Tu n'as jamais manqué de rien ! Tu étais libre ! »

Camille s'assoit sur le canapé, serre contre son torse un coussin.
« C'est le problème des maisons modernes : les murs sont fins. »
Dolorès le rejoint, bâille, dénoue son chignon. Le refait.
La version capillaire des cent pas. Je reste debout comme un mât.
Annie vient se serrer contre moi. « Ils vont faire la paix. »

« Je n'étais pas libre : j'étais livrée à moi-même !
J'étais tout le temps inquiète, pour moi, pour Del, pour toi !
Je ne demandais pas grand-chose, juste un peu d'équilibre.
Des habitudes, des rituels, un quotidien !
Une mère qui surveille nos devoirs, qui nous emmène au parc !
Qui nous prépare une bouillotte quand on a le ventre en vrac !
Qui vient à la kermesse de l'école nous écouter chanter, et…
– Ah non ! Pardon mais ça, je l'ai fait ! J'y suis allée !
– Une fois ! Une seule petite, ridicule, lamentable fois ! »
Quelqu'un tire une chaise. Mamie aime gueuler à l'aise.
« Tu étais déguisée en coccinelle et t'as récité un truc sur l'été.
J'ai acheté deux parts d'une immonde tarte détrempée.
J'ai discuté avec deux mamans dépressives et un prof alcoolo.
J'ai fait le boulot ! Tu aurais voulu quoi de plus, ma chérie ?!
– Bah, je sais pas. Un père, pourquoi pas ? Ç'aurait été gentil ! »

La voix de Maman devient plus aiguë. Elle monte dans l'émotion.
Je n'ai pas l'oreille musicale, mais je suis sensible à son violon.
Je reconnais les notes pincées de son chagrin.
« Annie, tu ne voudrais pas présenter tout le monde à Gigi ? »

Ma sœur saute sur ses pieds. Camille se lève. Dolorès aussi.
Hui suit. Ils veulent tous échapper au malaise. Moi, je reste.
Le cœur dans mon oreille, la curiosité me leste.

« Et ça recommence… Un père. Un père. UN PÈRE !!
Mais quand est-ce que tu vas enfin faire le deuil de ce truc ?!
Le bon gentil papa, ce concept judéo-chrétien et petit-bourgeois…
Tu as quarante-deux ans, Solange ! Réveille-toi !
Tu fantasmes totalement l'incidence que ça aurait eue sur ta vie !
Tu crois qu'avoir un père rend tes enfants moins malheureux ?!
Tu crois que tu ne leur suffirais pas s'il n'y avait que toi ?! »

Mon père hésite, bredouille. « Euh, si je peux me permettre, là… »
Mais Mamie ne lui permet pas, non. Elle le coupe. Le fait eunuque.
« Allons ! Haro est gay et il vient à peine d'oser t'en parler !
Tu parles d'un schéma équilibré, d'une relation de confiance…
Qu'est-ce que tu sais de lui ? Il veut faire quoi comme métier ?
Quel est son groupe préféré ? C'est quoi son plat favori ? »
Maman ne sait pas répondre à tout ça.
« Et Velma ? T'as vu ses pulls et ses pantalons ?
Ils sont tous trop petits. Trop courts. Elle grandit en cachette.
Tu peux tout me reprocher si ça te soulage, Solange.
Tu peux me détester, mais j'ai fait de toi cette femme coriace.
Capable de ne jamais être d'accord avec moi et de me tenir tête.
Je t'aime, tu le sais. Et je te connais par cœur.
– Normal : tu lisais mon journal !
– Bien sûr ! Et je lisais aussi celui de ta sœur !
Je voulais tout savoir de vous. Vos joies, vos failles, vos bleus.
Tu sais ce que c'est : Annie est toute ta vie. Mais Haro et Velma ? »

Maman prend bien trop de temps pour dire, d'une voix tremblante :
« Je les aime autant qu'Annie. Je ne la préfère pas.
– Mais elle, tu ne l'as jamais oubliée dans une salle d'attente.
Alors que Velma… »

Le parquet craque dans mon dos. Les autres sont revenus du jardin.
Depuis quand ? Je ne les ai pas entendus…
Annie dit : « Il pleut. »
Et Maman crie dans la cuisine. « Alors ça, c'est dégueulasse ! »
Hui sursaute, l'air désolé. Il a le réflexe d'avancer vers moi.
Comme pour m'empêcher de traverser une autoroute à double voie.
Je recule de deux pas.
Camille déroule le tapis, Dolorès remet le canapé en place.
« C'est le stress, Velma, t'inquiète pas. On reprendra demain. »
À cette seconde, Papa déboule.
Il se force à sourire. Nous regarde. Tape dans ses mains.
« Allez, je vous invite tous au restau ! C'est parti ? »

## 29
## Annie

Je dis : « Ouiiiii ! C'est partiiii ! » et je fais un petit bond. Hop !

Les autres disent rien. Ils bougent comme des statues. Velma est triste. Et elle a pas faim quand elle est triste. Moi j'ai faim tout le temps, hihihi.

Je prends une main de Hui et une main de Dolorès et je fais comme une ronde pas fermée et je remue leurs bras. Je suis trop contente on va au restaurant tous ensemble ! Ça fera une grande grande table, dis donc !

Maman, je vois elle est fâchée toute dure. Elle a la figure rouge et coincée et Mamie est derrière elle et elle soupire et elle lève les yeux en l'air. Elles se fâchent tout le temps. Ça me fait du chagrin, un peu. Mais je commence à avoir l'habitude.

L'habitude, c'est quand un truc, même horrible, recommence tous les jours, et petit à petit, tout doux, on oublie c'est horrible. Ça fait moins peur et un matin on trouve ça normal. Et ça, c'est encore plus horrible : l'habitude du horrible ! Je veux pas avoir l'habitude des disputes.

Hui, il dit : « Euh… je ne veux pas être impoli, monsieur Desrochelles, mais je crois que je vais rentr… », et Papa fait « Tutututututut ! » avec sa langue et c'est rigolo.

Ensuite, il dit encore : « Je tiens à ce que tu viennes. Je tiens à ce que vous veniez tous ! Les conflits, ça fait partie de la vie d'un groupe, après tout ! Vous croyez qu'il n'y a jamais de tensions dans l'équipe de France ? »

Mais personne répond à sa question, alors il rit pour de faux. « Ha-ha-ha. »

Dolorès elle dit : « Bon, moi je vais pas vous faire le coup du "Je crois que je vais rentrer aussi blablabla", parce que j'ai une de ces dalles… »

Maman sourit un peu. Elle me dit : « Viens mettre tes chaussures et ton manteau, Annie. »

Après, on fait le petit train dans l'entrée, les uns derrière les uns derrière les autres. Et je me penche pour mettre mes scratchs et je pète un peu et quand je me relève, Velma est toute rouge et Hui se mord la bouche. Dolorès lève un seul sourcil et elle me dit : « À tes souhaits… »

Je dis : « J'ai pas éternué : j'ai pété ! C'est pas pareil ! C'est un atchoum du popotin, péter ! »

Papa dit : « Oooooookay. On a compris », mais j'aime pas comme il dit ça alors je me fâche.

« Mais c'est normal de péter ! »

Et Papa dit : « Oui ! Oui, bien sûr ! C'est normal de péter, mais c'est un peu moins normal d'en parler autant, ma puce. »

Je boude un peu. Mamie Marie-Claire elle secoue la tête. « C'est peut-être embarrassant d'en discuter mais c'est très sain de péter. Elle ne doit pas se retenir. Annie, tu ne dois pas te retenir ! Et l'odeur est très importante, aussi ! Le pet contient du sulfure d'hydrogène et il a été prouvé que respirer ses pets, surtout lorsqu'ils sont très parfumés, prévient les maladies graves, les crises cardiaques ou les AVC ! »

Là, Maman ferme les yeux et baisse la tête, comme la statue de la Vierge dans l'église quand Mamie Kathy est morte. Je crois Maman en peut plus, parce que elle chuchote : « J'en peux plus. »

Ensuite, Dolorès gratte sa gorge de l'intérieur, comme quand on veut cracher, et elle dit : « OK, Marie-Claire, message reçu, on va tous se renifler – mais en attendant, tu bloques la porte, là. »

Et Mamie elle dit : « Oups, pardon ! » et elle rigole et elle crie pas trop fort : « Allez, on va s'aérer la tête ! »

Aérer, Maman elle le fait tous les matins dans ma chambre parce que elle dit ça sent le petit furet. Elle ouvre grand les fenêtres et j'ai pas le droit d'approcher parce que il y a du vide et c'est dangereux, le vide. On a envie de se pencher et de regarder en bas tout en bas et après on est attiré comme un aimant par un autre aimant. Et puis on tombe et puis peut-être on meurt.

Aérer, ça veut dire faire rentrer l'air de dehors dedans et faire sortir l'air de dedans dehors. Après, ma chambre sent le frais et les arbres et le froid. Et peut-être la rue sent le petit furet à cause de moi. Hihihi, ce serait rigolo.

Parfois Mamie dit à Maman : « Viens, on va s'aérer la tête ! » et on se promène et on va dans des magasins et tout le temps, Mamie parle parle parle. Je crois elle aère la tête de Maman en mettant ses idées à elle dedans. C'est possible, ça ? Mais j'oublie de demander maintenant parce que j'ai faim et dans mon cerveau je vois l'image d'un repas.

« On va manger une galette-saucisse ? » je demande. Mais Velma fait un bruit de « Guiouuuuu » avec sa bouche. Je crois ça veut dire pareil que beurk.

Moi j'adore la galette-saucisse et quand j'étais petite j'en mangeais souvent souvent, à la cantine de mon école spéciale. J'allais pas à l'école de Harold et Velma parce que elle était pleine et y avait pas la place pour moi. Mon école, c'était une école Montessori. Au début, je croyais ça s'appelle « Monte-et-souris » et ça me faisait rigoler en secret et après Maman m'a expliqué c'est à cause du nom de la dame elle a inventé cette école spéciale et elle s'appelle Maria. C'est joli, Maria.

L'école de Maria était mieux pour moi. C'était un peu loin mais c'était bien. Je dormais dans la voiture le matin et le soir, mais y avait les gens dans la radio ils chantaient et racontaient des blagues. Je comprenais pas les blagues mais Maman elle rigolait parfois. J'aimais trop. Et ça soufflait chaud et y avait de la buée. Je pouvais dessiner des bonshommes et des soleils et même un poisson, une fois. C'était cocon, comme il dit Ouissam quand il raconte sa cachette dans son armoire.

Ouissam va dans son armoire quand il a peur ou quand il est triste ou quand y a trop de bruits ils l'énervent. « L'armoire c'est cocon », il me dit tout le temps.

Moi, j'ai plein de cocons. L'école Montessori, c'était un super cocon. On faisait du pain, on apprenait les oiseaux, on lisait dans la forêt. Et maintenant, je sais lire. Et pas que dans la forêt. Partout. Mais il faut du temps. Ça va pas si vite. C'est du travail.

Harold, il aimait trop mon école et il disait j'ai de la chance. Il était venu à la journée découverte et l'éducatrice Tania, elle avait parlé avec lui pendant ils mangeaient du gâteau au chocolat et à la courgette. Moi j'aime bien ce gâteau parce que le chocolat est plus fort que la courgette et il gagne le goût mais Papa il en voulait pas. Il avait chuchoté : « N'importe quoi, ça, encore… », et Maman l'avait grondé avec les yeux.

En tout cas, ça a duré longtemps, l'éducatrice, le gâteau et Harold. Et après, Tania avait dit à Maman : « Je crois que votre fils aurait beaucoup à gagner à rejoindre notre classe, Solange. Je le sens en difficulté… »

Solange, euh Maman, pardon, hihihi, elle avait été tout étonnée. Elle avait dit : « Ah oui ?! Ah bon ? Mais comment ça ? » et après ça m'intéressait pas et j'étais allée montrer mon herbier et le moulage de l'empreinte de martre à Papa.

Il avait dit : « J'avais une vieille tante qui s'appelait Martre… », et il a rigolé comme un fou et j'ai pas compris. Mais j'ai rigolé aussi parce que j'aime bien.

Le soir, Maman avait dit à Papa : « Harold devrait aller à l'école Montessori. Il a beaucoup de retard, par rapport au programme national, tu sais. Ça mérite réflexion, pour l'année prochaine… » Elle marchait avec Velma-bébé dans les bras parce que elle pleurait parce que elle avait le hoquet je crois.

Papa avait répondu : « Chérie, on paie déjà quatre cent cinquante balles par mois pour Annie, sans les frais de fournitures et d'inscription. Et sans la cantine. On ne peut pas se le permettre. » Maman avait dit : « Mais ils font une réduction de vingt pour cent sur les frais du second enfant de la fratrie. On peut essayer de budgétiser tout ça… S'organiser. »

Et là, Papa s'était énervé d'un coup, comme il fait parfois : « Nan, on ne peut pas ! On n'a pas choisi de mettre Annie là-bas, je te rappelle : on était obligés ! C'était ça ou la garder à la maison comme un caniche ou un perroquet. Mais pour Harold, c'est différent. Lui, il peut s'intégrer à l'école conventionnelle. Non, il *doit* s'intégrer ! Il est fainéant, c'est tout ! Pourquoi t'en fais une montagne, tout à coup ?! »

Maman avait soupiré. « Je veux seulement ce qu'il y a de mieux pour notre fils. Et je ne suis pas persuadée que ce soit l'école républicaine. C'est tout. »

Papa avait grogné : « Donc, moi, je ne veux pas le meilleur pour lui, c'est ça ?! Parce que je refuse d'engraisser des espèces de Hare Krishna de l'éducation bienveillante aux cheveux gras et aux fringues en chanvre, je suis un mauvais père ? Tu sais ce qu'Annie a fait, toute la semaine dernière ? Des bougies en cire d'abeille. Des bougies en cire d'abeille ! L'hiver, ils font de la confiture, au printemps, des mangeoires à oiseaux avec des pommes de pin et de la margarine… Tout ça pour cinq mille quatre cents euros l'année ?! Putain mais c'est ridicule. »

Et il était parti du salon pour monter dormir. Et là, il nous avait trouvés moi et Harold en train de les espionner.

On s'était assis sur la dernière marche de l'escalier et il avait eu un peu peur en nous voyant. Il avait fait : « Aaah ! » et j'avais eu envie de rigoler. Mais Harold avait l'air malheureux, lui, je me souviens. Papa avait regardé Harold et après il avait baissé les yeux et il avait dit : « Vous devriez être au lit et dormir depuis longtemps, mes chats. Allez, on monte ! »

Harold est pas allé à l'école Montessori avec moi. Et il est plus venu aux journées découverte. Il a jamais mangé la galette-saucisse. C'est nul.

« Ou alors de la pizza ? » je dis, parce que tout le monde aime la pizza. C'est comme les dauphins.

Papa tord sa bouche.

« Rhâ nan, moi j'ai envie d'un vrai plat. Une belle assiette. Avec une viande rouge, une sauce grasse, des frites maison, du pain de campagne tout farineux et une tarte de saison au dessert ! »

Papa agrandit ma faim, comme quand y a un trou dans mon pull et je passe mon doigt dedans et je le gigote. Mon bidon parle. Il crie « *Graou graouuuu !* » et ça, ça veut dire « *Dépêche-toi, je suis viiiide, Annie !* » alors je pousse pousse pour que tout le monde sort vite et je rentre dans la voiture avec Papa et Hui et Dolorès.

Mamie et Maman partent avec Velma et Camille et ils nous suivent comme un wagon, alors je peux faire des coucous, mais pas longtemps parce que Papa en a marre. Il dit je l'empêche de voir derrière et c'est comme ça on attrape des accidents de la route.

On roule on roule et Papa essaie de papoter comme des potes avec Hui, mais Hui il dit juste : « Oui, monsieur » et « Non, monsieur » et « Mon père est professeur à la fac de droit de Veuille-et-Gilet ».

Moi je prends la main de Dolorès et elle se laisse faire et je vois pas trop sa figure parce que c'est la nuit. Mais parfois y a un lampadaire et je découvre elle me fait des sourires. Je suis contente.

Et tout à coup, Papa ralentit et clic clac clic clac il met le clignotement et il dit : « Super : une place libre juste devant ! »

Il range sa voiture et je vois le restaurant est beau et plein de lumière. Y a le titre écrit en grandes lettres accrochées et je pense *Ouh c'est dangereux si ça tombe, beng, sur ma tête*. J'ai un peu peur alors je veux me calmer et je me concentre et je réfléchis. J'essaie de lire mais c'est dur. C'est des mots compliqués, pas comme ANNIE.

Je sors de la voiture et je vais sur le trottoir et je bouge plus d'un orteil pour bien faire la lecture. Dolorès, elle me tient toujours la main et elle comprend j'y arrive pas. Elle dit bien lentement, en découpant les mots en petits morceaux :

« Bra-sse-rie Six-Sous. »

## 30
## Harold

Il y a eu une période où on faisait des puzzles, à la maison. La psychomotricienne d'Annie avait dit que c'était un bon exercice pour son développement. On en avait une vingtaine, qu'on empilait comme nos espoirs contre le mur du salon. Et chaque jour, à mon retour de l'école, j'en faisais un avec elle. Je lui mettais les pièces en main et je lui disais où les poser. Je sais : c'est pas comme ça qu'elle risquait de progresser. Mais c'était horrible de la regarder galérer, l'air hagard. Et elle était tellement fière quand elle posait la toute dernière pièce ! Elle tapait dans ses mains, poussait des petits cris de joie, et ça me rendait heureux.

Un jour, quand je suis rentré, Annie avait vidé toutes les boîtes par terre. Elle en avait sur les genoux, et tout autour d'elle. Comme une robe pleine de cerceaux. Il y en avait des centaines. Des milliers, peut-être. Papa était au téléphone, pour le boulot, et il faisait les cent pas dans la cuisine. Ç'avait l'air sérieux.

Je me rappelle m'être agenouillé à côté d'Annie. Elle était là, toute blonde, toute ronde. Collante et baveuse. Mignonne à pleurer. Je lui avais dit : « C'est pas grave, Annette : on va tout remettre en ordre ! » Et j'avais commencé à trier, tranquillement. Papa avait fini par raccrocher. S'était soudain souvenu de nous. Et en nous trouvant là, au milieu de ce méli-mélo, il m'avait engueulé.

« Harold ! Range-moi ça tout de suite ! Je peux jamais compter sur toi pour faire les choses correctement, c'est pas vrai ! »

Je me souviens que j'avais eu envie de crier : « Bah non, non, c'est pas vrai ! » Mais j'avais rien dit et Annie non plus. Parce qu'elle pouvait pas. Elle savait pas. Elle restait là, molle et chaude comme le ventre d'un chiot. Et pendant une seconde, une petite seconde, je l'avais haïe de tout mon corps, de tout mon sang et mes os. J'avais voulu qu'elle crève. Nan, mieux : qu'elle n'ait jamais existé. Parce que mes retours de l'école auraient été si différents sans elle. Papa aurait été sympa, sûrement. Il m'aurait regardé, il m'aurait souri. Il aurait eu le temps, la patience, l'envie… Qui sait ?

En tout cas, je m'étais mal démerdé parce que après ça, il manquait une pièce à chaque puzzle. Annie piquait des crises phénoménales en pointant du doigt l'espace vide. Maman a fini par demander à la psychomotricienne d'autres idées d'activités pour Annie et on a plus fait de puzzle à la maison.

J'ai cherché, super longtemps, les morceaux manquants. Sous le tapis, entre les coussins du canapé, derrière les meubles… J'ai compté et recompté les pièces. Mais elles étaient perdues. Pour de bon. Et ça m'angoissait, ça. Penser qu'on pouvait perdre quelque chose, à jamais, comme par magie. Pfuiiitt. Plus rien.

J'ai mis du temps à comprendre que si ça me perturbait autant, c'était parce que moi je me sentais comme ça. Pas à ma place, pas rangé dans la bonne boîte, pas fondu dans mon image.

Chez Six-Sous, je m'imbrique correctement. Cet univers me paraît familier. Et pourtant, c'est stressant, à mort. C'est chaud, c'est assourdissant. Mais, après des semaines d'inertie, je redécouvre avec émerveillement la sensation de l'effort. Le plaisir d'avoir les muscles qui geignent, les articulations bougonnes. Demain, je couinerai comme le jouet pouet-pouet d'un chien pour m'extraire de mon lit, étirer mes jambes, me mettre debout. Ce sera génial. Avoir mal partout. Et plus seulement au bide.

Ce matin, j'étais encore un glandeur ; désormais, je suis littéralement le larbin de service. C'est normal : c'est mon premier jour. Mon premier vendredi d'adulte. Tout est à faire, tout est à prouver. Alors je nettoie les toilettes toutes les demi-heures, je fais la plonge, je sors les poubelles. J'exécute les tâches les plus ingrates. Avec le sourire. Je me donne à fond. Parce que je suis une pièce de puzzle qui a trouvé sa place.

Le chef me surveille du coin de l'œil. Il ne me lâche pas des cils. Ça ne me fait pas peur : je ne laisse rien tomber. Il n'y a pas de casse. Le contraire de ma vie ordinaire, en gros.

Tout me fascine, ici. La rapidité des gestes, la précision des lames, la propreté des assiettes. La mécanique des corps est huilée. Les membres de l'équipe se croisent sans s'emmêler, se frôlent sans se heurter. Il y a une chorégraphie, fluide et enlevée, dont tout le monde sort miraculeusement indemne. Moi, je me contente de tenter de ne pas les encombrer.

Il fait une chaleur de damné. Ma chemise colle à ma peau. Ma peau colle à mes poumons et mes poumons fondent autour des côtes. Mais je vais m'habituer. Je m'essuie le front le plus discrètement possible. Les autres aussi perlent, suent, coulent, mais ils restent stoïques. Ils s'hydratent régulièrement, comme des marathoniens, à grosses goulées. Ils ne se déconcentrent pas une seconde. Je le vois à leurs regards fixes. Sérieux.

Le chef m'a présenté vite fait, avant le coup de feu. « Lui, c'est le nouveau. Le nouveau, ça, c'est ma brigade. » J'ai eu droit à deux ou trois « salut », un geste de la main, et c'est tout. La plupart s'en foutent. Ça me va. Je dois faire mon trou.

– Harold, t'as déjà cuisiné le turbot ?

– Euh... nan, chef.

– Viens. Tu observes, tu écoutes et tu te tais. C'est la meilleure façon d'apprendre.

Je ne pensais pas qu'on pouvait avoir des mains larges comme des poêles à frire et être aussi délicat. Aussi habile. Ce type serait neurochirurgien que je ne serais pas plus impressionné. Il m'explique ce qu'il fait, en utilisant des termes techniques qui font palpiter mon lobe frontal. Il m'apprend aussi le beurre d'oignon, les poireaux crayons marinés au gingembre et à la badiane. Il me fait goûter à tout, scrute mes réactions, sourit en lisant la surprise, et la joie, sur mon visage. À la fin, il enroule le coin de son torchon autour de l'index, le fait glisser sur le bord de l'assiette pour enlever les gouttes, les taches, les traces de doigts. Faire croire au client que des fées ont posé ça là. Et puis il me tend le plat.

– Tu l'as fait avec moi : à toi l'honneur de le servir !

– Mais... comme ça, chef ? Je dégouline un peu, là...

– On s'en fout, on n'est pas chez Veyrat ! Allez, vas-y !

Il m'indique le numéro de la table. Je porte l'assiette comme un obus prêt à péter. Je ne veux pas qu'elle tremble ou tombe. Je dois avoir l'air débile mais je m'en moque : j'ai une mission. Je zigzague prudemment entre les tables. J'ai appris leurs emplacements par cœur. Je n'hésite pas. Et lorsque j'arrive à destination, je m'autorise enfin à lever les yeux en annonçant l'assiette.

– Le turbot et ses poireaux ma…

Je ne peux pas finir. Quelque chose explose dans mon cerveau. Les personnes à cette table, ce sont *mes* personnes. Ils me regardent, bouches ouvertes, yeux écarquillés. Annie rit et crie : « Coucou Harold ! » Camille cligne des yeux : « Tu bosses ici ?! » Papa dit exactement les mêmes syllabes mais le ton est plus sec, tranchant. « Tu bosses ici. » Maman s'écrie : « Et le lycée ?? »

Non.

Non ! Je ne peux pas gérer ça. Je ne peux pas abîmer Maman, énerver Papa, blesser Camille et décevoir le chef le même soir. Le premier soir. Je ne veux pas être nul à ce point. Je m'effondre en dedans, comme ces lapins en chocolat qui craquent à l'intérieur de leur peau en aluminium.

– On peut en parler plus tard ? S'il vous plaît… C'est vraiment pas le moment.

Papa repousse son verre de vin. Il n'a jamais su mettre de l'eau dedans, quand il s'agit de moi. Le malaise s'installe à table. Devient palpable.

Tant et tant que Hui n'en peut plus.

– Vous savez, c'est aussi arrivé à mon oncle : après son cancer de l'estomac, il a eu envie de changer de vie. Il avait besoin d'être quelqu'un de neuf. De se sentir vivant…

Oh. Pu. Tain.

– Mais ça n'a rien à voir ! s'agace Papa. Harold n'a pas eu un cancer de l'estomac !

– Non, je sais bien ! Mais estomac, testicules, ce n'est pas le sujet. Je veux simplement dire qu'après une telle épreuve, je comprends qu'il ait eu besoin de quitter le lycée, et de…

Ooooh, putain.

– Quoi ?! Mais… QUOI ?!

Maman panique. Pose une main sur son cœur épouvanté.

– C'est quoi, testicules ? demande Annie. Évidemment.

Mamie fait une recherche Google sur son Smartphone, clique sur « images » et tourne l'écran vers ma sœur. Maman lui arrache le téléphone, furieuse. Feule qu'elle est folle. Velma prend son front dans ses doigts.

– Quoi encore ?! râle Mamie. C'est de l'anatomie ! Ce que tu peux être pudibonde ! Annie chérie, sous la verge – le zizi –, il y a généralement une sorte de petit sac de peau au fond duquel ballottent deux sphères molles et caoutchouteuses comme… comme…

– Des balles antistress, complète Dolorès, en dévorant une tranche de pain.

Tout le monde la regarde.

– Enfin, j'imagine. J'en sais rien, au fond…, elle ajoute, la bouche pleine.

– Le turbot, c'est pour qui ? j'essaie encore, naïvement.

– Tu as dit à Hui que tu as un cancer des testicules ?! Mais… pourquoi ?!

– Je te jure que je vais tout t'expliquer, Papa, mais à la maison. Après. Je t'en prie.

Je le supplie du regard. Comme j'ai jamais supplié personne.

Mais il jette sa serviette sur la table, hausse le ton.

– Non, tu vas le faire ici et maintenant !

Et il recule sa chaise pour se lever. Maman accroche ses doigts à sa manche comme à la seule branche avant le ravin.

– Le turbot est pour moi, elle souffle tristement.

Et ses yeux, dans mes yeux, se diluent.

**Liste de 21 trucs qui changent mon monde, tout le temps**

Le changement d'heure
Les informations à la radio, le matin
La docilité, ou pas, de l'épi dans mes cheveux
Avoir les oreilles bouchées en sortant de la piscine
L'intensité de certaines couleurs
La place des meubles dans ma chambre
Le nombre de watts de l'ampoule de ma lampe de bureau
L'art, sous toutes ses formes
Le réchauffement climatique
La pluie
La texture de mes vêtements sur ma peau
L'absence de yaourt dans le frigo
Les chansons de Pomme
L'odeur de propre ou de sale dans les toilettes du lycée
Le dernier rêve avant le réveil
Avoir pu mettre mes chaussettes sur le radiateur avant de les enfiler
Les livres
Dessiner, encore et encore
Les menstruations
L'apparition d'un bouton tout neuf
Annie

# 31
# Velma

Je ne pensais pas qu'il pouvait faire aussi froid.
Aussi sec. Dans notre maison.
Les radiateurs sont pourtant toujours allumés. Mais.
Papa ne décolère pas. Il hurle en continu.
Moi qui lui reprochais de ne pas avoir de voix…
Il l'a visiblement trouvée. Et il s'en sert comme d'un couteau.
Je ne veux pas assister à ça. À cette longue exécution.
Je reste dans ma chambre. Je ne suis pas concernée. Mais.
Bien sûr que si, au fond.
Je suis collée à mon bureau, le chagrin pour glu.
Je ne peux pas bouger pour poser mon casque sur mes oreilles.
Ne plus l'entendre le tuer avec des mots.
Chaque syllabe comme un coup. « Men-teur. Lâ-che. Es-croc. »
Il est à un souffle de dire : « Dé-bile. Cré-tin. Tri-so. »

Je suis collée, mais je veux me détacher. J'essaie.
Je dois aller lui crier du haut de l'escalier que ça suffit.
Hier, il disait quoi, déjà ?
« Les conflits, ça fait partie de la vie d'un groupe ! »
Son discours, je le sais maintenant, n'est que de la soupe.
Un bouillon sale qui me coupe l'appétit.
Par moments, le silence se fait, soudainement. Et ça m'inquiète.
Est-ce que l'un des deux, à bout, au bord, est passé à l'acte ?
Est-ce qu'il y a eu étranglement, asphyxie, plaie ouverte ?

Et si la cuisine était désormais une scène de crime ?...
Mais les cris reviennent. Ouf. Ce n'était qu'un entracte.
Maman, là-dedans, est une figurante, une doublure, un fantôme.
Elle dit de temps en temps : « Calme-toi, Jérôme. »
Mais sa voix patauge, se débat puis s'abîme.
Elle a aussi tenté de placer : « Crier ne résout rien. »
Papa a tonné : « Rien ne résout rien, et le problème c'est lui ! »
Lui, le mythomane. Le traître à la double vie.
« J'ai appelé le lycée : il n'y va plus depuis la Toussaint !
Et comme il est majeur, on n'a pas été prévenus, putain ! »

Quelqu'un gratte à ma porte. Annie, à quatre pattes, se carapate.
Elle fuit le clash. Cherche un abri sans bruits, sans cris, sans crocs.
J'accueille par un sourire son visage blanc et triste d'agneau.
« Papa est très fâché. Harold a fait une bêtise ? »
Je soupire que je ne sais pas.
Je ne sais pas ce que je ressens envers mon frère. Je le comprends.
Mais je suis blessée, aussi : il ne m'a rien dit.
Hier, je me réveillais liquide et légère. Je suis solide à nouveau.
Je redeviens banquise.

Annie s'assoit sur mon lit, dans mon dos. Ma chambre est petite.
Si petite qu'installée là, elle peut me tricoter des nattes.
Je capte un son étrange et lointain. Un murmure, un glouglou.
Quelque chose de douloureux, de chaud, de doux.
Je ne sais pas ce que c'est. Je m'étire et me tends.
J'allonge ma nuque, inutilement.
Je demande à Annie : « Ce bruit, là, tu l'entends aussi ? »
Ma sœur tire sur mes mèches, tire la langue. Elle dit : « Oui !
C'est Harold, il pleure. »
Elle a raison. Et dès que je sais, je saigne. Du nez et du cœur.

Je fouille mes tiroirs, tête en arrière, à l'aveugle et la va-vite.
Je trouve un paquet de mouchoirs. En plaque un sur mon visage.

Je le sens s'imbiber, s'auréoler, devenir de plus en plus mou.
Trempé et sale comme un vieux nuage.
Le désespoir de mon frère agit sur moi à la manière d'une tumeur.
Pourquoi est-ce qu'il se laisse faire ? Se laisse dire et maudire ?
Où se cachent sa colère et son ire ?!
Harold est plus grand. Harold est plus fort.
Il pourrait prendre Papa de haut. Prendre Papa et le mettre K.-O.
Il pourrait s'en aller à grandes enjambées, ailleurs, dehors.
Mais il ne fait rien. Il laisse la foudre s'abattre.
Je m'attendais à plus de courage. À plus de rage.
Il pleure. C'est tout. Je n'y comprends rien.

*« Tu ne comprends rien. Harold est encore un petit garçon.*
*Il est coincé dans ce corps trop long, trop large et imposant.*
*À attendre que son papa l'aime. Tout simplement.*
*Si ç'avait été moi, plutôt qu'Annie, il n'en serait pas là.*
*Il aurait fait des études longues, larges, imposantes.*
*Il ne se sentirait pas si nul et con.*
*Et notre père ne serait pas si déçu, si haineux de ce qu'est sa vie.*
*Il ne se sentirait pas honteux d'avoir un fils comme lui.*
*En plus d'une fille comme Annie. »*
Je peux toujours compter sur Anna pour surgir dans ces moments-là.
Pour faire les raisonnements douloureux à ma place.
Et dire la vérité, même la plus dégueulasse. Même la plus méchante.
Je secoue la tête pour l'en faire tomber, comme une araignée.

*« Tu ne peux pas te débarrasser de moi comme ça.*
*Tu auras beau saigner du nez, je ne partirai jamais.*
*Est-ce que tu le sens, ce froid ?*
*Vous êtes des icebergs, souviens-toi.*
*On pourrait te fendre en deux en partant du sommet de ton crâne.*
*La lame progresserait, jusqu'au pubis, et tout serait blanc.*
*Dans le plan de coupe, tout serait blanc. »*

Je hais Anna. Si tout est blanc, pourquoi je saigne rouge ?
Pourquoi la peine de mon frère me claque, me casse et me crame ?
Doucement, je me défais des doigts d'Annie dans mes cheveux.
L'hémorragie se tarit. Je m'essuie.
Et je me bouge.
Je dis : « Viens avec moi, Annie. »

Je descends les escaliers. *Pom pom pom pom.* Marche militaire.
Les cris me guident.
Je déboule dans la cuisine, le cœur au clair, les yeux limpides.
Je n'attends pas qu'on me remarque. Ni qu'on me laisse la parole.
« Il faut que ça s'arrête. Tout de suite. Maintenant. Vite.
Avant qu'on soit trop piqués, trop déchirés et vides.
On n'en peut plus, nous. On n'en peut plus d'être des icebergs.
Qui se heurtent, se cassent, se blessent, au gré des courants.
On ne pourrait pas se laisser aller ?!
On ne pourrait pas se baigner dans une eau pleine de phoques ?
Ensemble. Sans que chaque contact finisse en choc ?
Il faut que ça s'arrête. »

Ils me dévisagent tous les trois. Je dois avoir l'air d'une folle.
Pour eux, mes mots n'ont ni queue ni tête.
Mais je ne sais pas comment leur dire l'évident.
Que si on est malheureux, tous ensemble, il vaut mieux.
Il serait préférable de.
Se séparer. Et avoir une chance d'être épanouis, chacun.
De son côté.

Seulement, on ne peut pas verbaliser ça à quinze ans.
On ne peut pas divorcer de son frère, de ses parents.
On ne peut pas jeter sa petite vie dans un baluchon en coton.
Et partir de l'autre côté de la planète.
Pour tout recommencer sous un soleil plus rond et un nom d'emprunt.

« Mais… enfin… Velma : ton frère nous a menti !! »
Je n'en peux plus d'assister à ce match-là. De compter les points.
« Oui. OUI ! Il a menti ! Et toi aussi, Papa ! »
Il reste coi. Il ne comprend pas.
« Tu mens quand tu dis que tu nous aimes.
Sans condition. Pour toujours. Peu importe la manière dont on agit.
Peu importe qui nous sommes.
Il n'y a pas qu'Annie qui a le droit d'être différente ou hors norme !
Tu n'attends rien d'elle. Tu accueilles ce qu'elle fait, ce qu'elle est.
Tu t'en contentes. Tu t'en satisfais.
Pour Harold, rien n'est si léger. Et pour moi non plus, tu sais.
Tu comptes sur nous pour les clichés. Fixer des heures de sortie.
Nous voir avoir notre bac et notre permis. Nous mettre à la fac.
Regarder d'un œil méfiant les gens qu'on aime.
Me conduire à l'autel, un jour. Devenir grand-père, aussi.
Tu te fous de ce qu'on veut, nous, Papa.
Annie a le père parfait. Je suis jalouse. Je voudrais le même. »

## 32
## Annie

Je comprends pas trop pourquoi tout le monde est en colère, mais j'aime pas ça. J'aime pas les cris et le bruit et les portes elles claquent et Papa tape sur la table et hurle des choses à Harold. Ça me fait peur. J'ai envie de me cacher sous une table ou dans la baignoire, comme quand y a un ouragan dans les films et après il arrache le chapeau de la maison et tout le dedans s'envole !

Papa doit arrêter de faire l'ouragan. En plus, Harold pleure. Maman dit toujours : « Quand quelqu'un pleure, il faut le consoler. On ne peut pas passer à côté de lui en faisant semblant de ne pas l'avoir vu. »

Là, Papa et Maman voient Harold pleurer et ils font rien. Ils le prennent pas dans les bras. Maman chante pas la petite chanson du chasse-chagrin. Moi, si je pleure, elle chante toujours.

*« Pleure, pleure, mais pas trop.*
*Juste ce qu'il faut, pour que ça fasse du bien.*
*Pleure, pleure, mais pas trop. Tout ira mieux demain.*
*Pleure, pleure, pleure moins. Je suis ton chasse-chagrin.*
*J'attrape ce vilain par les pieds et je le traîne loin*
*de tes pensées.*
*Pleure, pleure, pleure plus. Il ne reviendra plus.*

*Je le guette sur le perron de ton petit front.*
*Je monte la garde jour et nuit.*
*Ton chagrin est bien parti.*
*Voi-là.* »

Et après « Voi-là », elle me fait deux bisous. Un sur le menton et un à côté de mon oreille et ça me chatouille un peu alors je rigole.

Mais maintenant, personne rigole. Velma est drôlement fâchée. Elle crie après Papa parce que Papa crie après Harold et Papa crie un peu après Velma parce que il aime pas se faire crier dessus. Mais Velma se laisse pas faire et elle continuer de crier et j'écoute plus les mots. Je regarde juste les figures et je vois Papa a de la peine et Velma a de la peine et, en vrai, tout le monde a de la peine. Parfois, j'entends quelqu'un dit : « Annie » mais je sais on me parle pas à moi. On parle de moi, juste. C'est pas pareil. Y a souvent « Annie » dans les disputes et ça me fait triste. Comme si toujours tout le temps, je suis le problème.

C'est pas intéressant, ça.

Harold pleure encore. Alors je vais contre lui. Et je chante dans son oreille la chanson du chasse-chagrin. Au début c'est pas facile, me concentrer, à cause de la dispute. Mais je continue comme si je suis sourde. Et je câline la joue de Harold pour lui dire « Je t'aime » avec ma main. Et ça marche : Harold se calme et il renifle dans la manche de son pull et il se tient à mon bras fort fort. Ça me fait un peu mal mais je dis rien, parce que ça me fait aussi du bonheur, quand Harold se tient à moi.

Et tout à coup j'entends plus rien et je vois le dos de Maman. Elle fait la vaisselle mais y a pas d'eau et pas de mousse et pas d'assiette sale. Papa secoue la tête comme pour dire : « Non non non non », mais il dit rien. Il est toujours fâché sur sa figure, ça oui. Mais il dit rien. Il regarde par terre et Velma le regarde lui en train de regarder par terre et c'est dur, le dos de Maman sans mousse et le silence de Papa.

Ma chanson est finie et personne dit rien et je sais pas quoi faire. Alors je dis juste :

« C'est samedi ! Le samedi, on fait les courses. On achète un poulet du dimanche et du lait pour faire les yaourts et des Balisto. Les Balisto je préfère, c'est les vert clair parce que ils sont au muesli mais Papa se trompe toujours et il achète des Balisto vert foncé et ils sont aux raisins et je déteste. Je déteste les Balisto vert foncé. Une fois, Del a apporté des Balisto bleu turquoise et c'était fruit de la passion et c'était merveilleux ! La perfection ! On peut aller faire les courses, maintenant ? »

Papa soupire et dit : « C'est bon, j'y vais », et je veux aller aussi mais il dit vite vite :

« Seul. J'ai besoin d'un moment, là. Pour… pour être seul, c'est tout. »

Ça me fâche parce que j'aime pas quand on veut pas je viens avec et en plus Papa est nul en courses. Il oublie toujours des trucs comme les œufs ou le shampoing ou les petites billes on met dans la machine à laver. Et il se trompe de Balisto.

Ça c'est grave. J'ai le droit d'avoir un Balisto le dimanche, moi. Je veux le vert clair. Alors je crie : « Je veux faire les courses !! Je veux le Balisto vert clair ! T'es nul en courses ! » et Papa est tout blanc et il a l'air vraiment malheureux et je pense je suis bête dans ma tête. Je dis : « Pardon, Papa. Pleure pas, Papa. C'est pas grave si t'es nul en courses, je m'en fiche. »

Papa fait un petit sourire et il prend les clés de sa voiture et il part sans dire de mots. Et après, c'est Harold il se lève et il monte les escaliers et il va dans sa chambre. Sans dire de mots aussi.

Velma, elle va à côté de Maman et elle met sa main dans son dos. Et puis elle part pareil. Je comprends rien : on crie on crie on crie et tout à coup, on n'a plus rien à dire.

Après, Maman met sa tête en arrière et elle frotte le derrière de son cou, avec ses doigts. Elle souffle. « *Fouuuuuuuu.* » Petit vent. Je demande : « Ça va pas, Maman ? » et Maman elle dit en tout petit :

« Non. Pas vraiment, ma chérie. Et même, je ne vois pas comment ça pourrait être pire, là, tout de suite… »

Et elle rigole un peu. Pour de faux. Et c'est là que *boum bam bam bam*, la porte claque et on entend les pas dans l'entrée et y a Mamie Marie-Claire elle crie : « Coucouuuu ! » et Maman dit en tout petit : « Ah bah si : ça peut être pire, donc… »

Mais quand Mamie entre dans la cuisine, Maman fait un petit bond comme quand on veut manger une pomme mais y a une araignée dans le panier des fruits. Parce que Mamie, elle a plus de cheveux. Elle est ras comme la peau de kiwi. Ça fait peur un peu et ça fait drôle. Mais pas drôle « hihihi ». Drôle « oh là là ! ».

Maman lève les mains et elle dit : « Ne me dis pas que tu vas nous refaire le coup de la nonne bouddhiste ?! Sans rire, Maman : t'es pas un peu fatiguée de te chercher ? On dirait une ado attardée, je te jure… »

Je vois Mamie rigole pour de faux mais Maman l'entend pas. Mamie passe ses doigts dans ses cheveux de poussin et elle explique :

« Rien à voir. Je me suis lancée dans un rituel de purification avec des sœurs sorcières, et pour ça je dois… »

Mais Maman lève la main pour dire stop.

« Tu sais quoi ? Je m'en fous. Je préfère ne pas savoir. Merci. »

Moi je trouve Mamie un peu fatiguée de se chercher. Elle a la figure bizarre. Beige foncé et pleine de rides. Plus de d'habitude. Parce que d'habitude, Mamie est vieille mais là on dirait une mémé de dessin animé, toute grise et toute froissée. Et puis elle s'assoit vite. Les autres jours, elle reste debout pour « entretenir la bête », elle dit, et « garder son cul d'enfer ».

« Au fait, tu m'as rien fait signer ! » Maman elle dit d'un coup, comme quand on se souvient.

« Signer quoi ? » Mamie elle dit, comme quand on sait pas.

« Ben, j'imagine qu'il y a des choses à signer, de la paperasse, pour monter notre association de majorettes ! D'ailleurs, tu as dû déclarer un nom, pour l'équipe ? »

Là, Mamie a l'air très embêtée. Elle fait une tête toute de travers et Maman le voit, ça. Tout de suite elle a « les sourcils de policier », il appelle ça Papa, quand Maman « flaire l'embrouille ».

« Aloreuh, en fait, c'est bien plus compliqué que prévu, cette affaire de défilé de majorettes. Y a un tas de règles et de conditions plutôt strictes-strictes pour s'inscrire. Ça rigole pas. Du tout », elle dit Mamie, et elle rigole pas du tout.

Maman s'inquiète.

« Mais… c'est foutu, c'est ça ? On a fait tout ça pour rien ?!

– Je n'ai pas dit ç…

– Je croyais que tu "allais nous impressionner" ? T'es pas censée avoir tes entrées à la mairie grâce à tes foutues cartes divinatoires, là ?!

– Bah je croyais que si ! Mais, tu sais, je suis sidérée par la médiocrité de la nature humaine... Ça, quand on a des questions sur l'issue de son divorce ou d'un polype au colon, on retrouve mon numéro de téléphone ! En revanche, pour l...

– Mais... mais mais on fait quoi, du coup ?! »

Maman elle s'énerve.

« Bah... j'avoue que je sais pas trop. » Mamie soupire et croise les doigts au-dessus de la table. Et toutes ses bagues font *klinguelingueling*.

Je m'assois à côté d'elle et je touche ses bagues et Mamie les enlève une par une par une en regardant Maman et je les mets dans mes doigts et c'est beau. Ça serre mais c'est beau. Et là, y a Papa il rentre et je pense : *Youpi ! Les Balisto sont arrivés !* » alors je crie : « YOUPI ! Les Balisto sont arrivés ! »

Mais Papa marche vite et il rentre pas dans la cuisine. Il cherche dans la petite commode à côté du portemanteau. Il crie : « J'ai oublié ma carte de crédit ! » et il farfouille et il dit : « Merdemerdemerde. »

Alors, Maman dit fort : « Elle est ici, à côté de la machine à café ! » Papa rentre dans la cuisine pour chercher dans le tiroir secret et il dit : « Bonjour, Marie-Cl... », et il fait un petit bond en voyant la tête de kiwi de Mamie. Et après il demande à Maman : « Nonne bouddhiste ? » et Maman elle répond : « Rituel de sorcière » et Papa dit « OK... », et il prend sa carte.

« Au fait, Maman n'a fait aucun papier, pour l'association. Pour le défilé. On n'a rien. C'est foutu. »

Papa regarde Mamie et Mamie lève les épaules.

Et là, Papa il dit : « Fait chier » et il farfouille dans le tiroir secret et il prend un billet de banque avec un 2 et un 0 de dedans son portefeuille et il le donne à Maman.

Mamie, elle fait la grimace.

« Vous aviez parié sur le fait que j'échoue ?! Et tu as misé sur moi, Jérôme ?! Je suis tellement touchée ! »

Et alors elle se lève pour faire un câlin à Papa.

Papa il lui tapote le dos, et puis il chuchote :

« Rentrez chez vous, Marie-Claire. Vraiment : rentrez chez vous. On n'est plus étanches, là. »

Mamie a la figure surprise et triste en même temps et ça me trifouille le cœur dans tous les sens. J'en ai marre marre marre. Je voulais être un Joyau et faire le défilé et manger un Balisto le dimanche et c'est tout ! Maintenant tout le monde est malheureux et le défilé c'est foutu comme Maman elle a dit et j'ai envie de faire la crise et de pleurer.

Je m'en vais dans le jardin. Dalida est là et elle sourit et elle vient avec moi chercher ma poule dans le poulailler. J'ai le droit, c'est ma poule. Je sais l'attraper, doucement, pas fort. Faut serrer pas trop et pas pas assez.

L'équilibre. Dans ma famille, y a plus l'équilibre. C'est tout le temps trop trop. Je fais un bisou sur les plumes. Je dis : « Bonjour Gigi l'amoroso. »

## 33
## Harold

Sur le trajet restau-maison, à vélo, je suis tout à la fois. Heureux et désespéré. Foutu et euphorique. Trempé de sueur et grelottant. Je ne me comprends pas moi-même. J'oscille sans cesse entre des mondes, des humeurs, des états.

Je voudrais pédaler en fermant les yeux. Pour laisser le vent sécher mes paupières, peigner mes cils. Remettre tout en place et en ordre. J'ai passé une matinée horrible. Un après-midi glauque. Une soirée merveilleuse. Beaucoup trop de paradoxes et de contradictions logés dans vingt-quatre heures !

J'ai fait de la merde. Je le sais, c'est bon. J'arrête pas de le dire. À moi-même, OK, mais ça compte, non ?

Si. *Je* compte. Je vais pas m'excuser sans arrêt d'être ce que je suis. Un mec pas très malin, pas bien courageux. Pas toujours digne. Mais putain, ça arrive à tout le monde, je crois. Je vais m'améliorer. Je l'ai promis et je le ferai. Juste, faut me donner un peu de temps. Un peu de mou dans la laisse.

Il est suffisamment tard, ou suffisamment tôt, pour que je puisse rentrer sans risquer de tomber sur mon père. J'ai pas l'énergie pour un énième round. Est-ce que lui a passé la journée à s'économiser, s'échauffer les nerfs, ménager sa voix ? Est-ce qu'il m'attend, tapi derrière le portemanteau, pour me sauter à la gorge dès la porte franchie ?

Apparemment pas. La maison est noire. Les fenêtres, aveugles. Je laisse tomber, le plus doucement possible, mon vélo. Derrière la haie. Papa va gueuler mais c'est pas la peine de l'attacher : il ne se passe jamais rien de trépidant, à Couronne. Même l'ennui bâille dans cette ville.

Je fonds ma clef dans la serrure. Elle hurle comme si le rotor lui arrachait l'échine. Le pêne tonne. Je sais que c'est faux : c'est dans ma tête. La culpabilité me file des acouphènes.

Je me glisse, cambrioleur de mon propre chez-moi. Je me dézippe, me délace. Lentement. L'escalier sera l'épreuve ultime. La deuxième marche craque, la neuvième aussi.

Je m'apprête à monter quand je l'entends.

Maman. Elle est dans le salon. Elle parle tout doucement. Elle ne s'est pas aperçue de ma présence. J'approche, rasant les murs. Je reste dans un angle. Mort. Je ne sais même pas pourquoi : il n'y a rien à surprendre, si ?

Si.

Maman est assise sur le canapé. Son ordi portable est déplié sur l'accoudoir et projette une lumière douce, bleutée, sur les contours de son corps. J'ai vue sur son dos tordu et emballé dans des mailles gangrénées de bouloches. Sa natte fatiguée pend le long de sa colonne. On dirait une squaw vaincue.

Face à elle, je reconnais ma tante Del sur Skype. Ses cheveux se fondent dans l'écran noir. Seul son visage laiteux, un peu fantomatique, s'en détache. Elle a un air sérieux. Peiné.

Parce que Maman pleure. Maman pleure sur l'épaule technologique de sa sœur. Elle n'a trouvé personne, ici, pour la consoler. On est tous trop sourds. Je me laisse tomber doucement le long du mur de l'entrée, me réduis. Je fais comme quand j'étais petit. Quand écouter aux portes était la seule occasion d'entendre la voix de mes parents plus de quelques minutes, par-ci par-là. Et d'en apprendre un peu plus sur ce qu'ils faisaient de leurs journées. Sur qui ils étaient.

Maman renifle.

– J'ai tout raté. Avec les enfants, j'ai tout raté. Je les ai gâchés. Maman a raison, tu sais : c'est pas normal que mon fils m'ait caché tellement de choses.

*– Tu dramatises, Sol. Et t'as la mémoire courte : nos jardins secrets avaient la taille de la forêt amazonienne, quand on avait son âge ! On cachait tout à Maman !*

– Mais elle lisait nos journaux ! Elle l'a reconnu. Hier, elle a tout avoué. Et sans la moindre honte ! Elle m'a sorti un truc fumeux, comme quoi on la passionnait, qu'elle voulait tout savoir de nous, blablabla.

*– Eh bah tu vois : tu peux la comprendre, aujourd'hui.*

– Ça va pas ?! Le jour où je la comprendrai, ça voudra dire que je suis devenue folle à lier…

Elles rigolent un peu. Juste un peu. L'atmosphère s'allège de quelques grammes.

– J'écrivais que des conneries. Je savais qu'elle le lisait, ce journal, alors j'écrivais des trucs à faire flipper n'importe quel psy.

Del pouffe. Maman peut être drôle. Surprenante et joliment cinglée. J'avais oublié.

*– Genre quoi ?*

– Genre des rêves bizarres, que j'avais pas vraiment fait mais que je décrivais dans les moindres détails dérangeants. *Cher Journal, cette nuit, j'ai rêvé que Maman était un espadon. Sa peau était tendue, bleu argent, scintillante. J'étais sur une barque et je la voyais tournoyer autour de moi. Je trouvais ça beau au début et puis, ça m'a fait peur. Cet espadon-Maman, qui rôdait autour de moi, attendant que je tombe. Le nez en l'air comme une lance. Mais il y avait un harpon, au fond de la barque. Alors je l'ai pris et j'ai visé et beng ! Touché ! J'ai hissé Maman, transpercée, dans l'embarcation. Je l'ai écaillée du plat du couteau. Ça faisait comme du strass sur mes doigts. Je l'ai éventrée et vidée. Je jetais son dedans sale et poisseux à l'eau. J'avais faim. Alors je l'ai mangée toute crue, les ongles noirs de son sang. J'ai mangé Maman. Et pour la première fois, je l'ai trouvée merveilleuse.*

Il y a un silence gênant. Wahou… Maman peut être flippante, donc. Je savais pas. Et puis tout à coup, Del et elle éclatent de rire. Je souris dans le noir.

Mais le chagrin finit par revenir, sûr de lui, propriétaire des lieux.

– Pfffff… J'ai tout raté, Del. Et le pire, c'est que j'ai même plus envie d'essayer de réparer. J'ai plus l'énergie. J'ai plus le courage. Je rêvais d'autre chose, tu comprends ? Je ne m'attendais pas à tout ça.

Moi non plus. Moi non plus, je ne m'attendais pas à tout ça. Une gifle, voilà ce qu'on obtient quand on s'immisce. Quand on lit le journal de sa fille. Quand on écoute les conversations privées de sa mère. On ne peut pas espérer autre chose qu'avoir la joue cuite et le cœur crevé.

Avec le peu de jus qu'il me reste, je me relève. Je traîne mon corps trop grand, trop lourd. Je me rezippe, me relace. Je sors et je trace. Je relève mon vélo à peine endormi. Il grince un peu sous mon poids : on dirait qu'il ne s'y attendait pas.

Je roule sans savoir où aller. Mon téléphone dans ma poche reste muet et ça me fait mal, un peu – personne ne remarque mon absence. Ou ne s'en inquiète. Maman est dans le salon, à comprimer son cerveau comme une poche à douille pour en extraire les dernières gouttes d'amertume et de déception. Et elle y met tant de passion qu'elle m'oublie.

Je scrolle la liste de mes contacts. Lorsqu'on n'a pas envie de parler mais qu'on ne veut pas rester seul pour autant, qui appeler ?

Je tombe sur un contact tout neuf, entré dans mon répertoire pour des raisons pratiques. Logistiques. Pas par affinité, plaisir ou amitié…

Sans savoir pourquoi, c'est lui que je choisis. Et il décroche. Je demande si je peux venir. Il dit oui. Il ne pose pas de question et me donne son adresse, des indications, des repères. Il est gentil alors qu'il aurait de bonnes raisons de ne plus l'être. Je pédale le plus vite possible. Ma sueur sèche. Bientôt, je ne suis plus tout à la fois : j'ai juste froid. Je suis juste désespéré. Foutu.

***

Quand j'arrive, il est là, il m'attend. Devant sa maison beige. Propre et parfaite. Il me sourit juste ce qu'il faut. Attend que j'attache mon vélo, que je parle. Mais par où commencer ?

– Écoute, je sais qu'on se connaît presque pas. On était dans la même classe depuis la quatrième et je le savais même pas. Parce que je suis un sacré connard. Qui traîne avec d'autres sacrés connards. Et qui s'invente un cancer des boules plutôt que d'avouer qu'il se sent pas à sa place au lycée. Qu'il comprend rien. Qu'il sait pas lire. Voilà, c'est ce que je suis : un marathonien de la nullité qui a réussi, à force d'endurance et d'entraînement, à se faire détester par ses propres parents. Et qui s'est barré de chez lui parce que… Bah parce qu'il s'y sent plus chez lui.

Hui a l'air étonné mais je ne lis rien de douloureux, dans ses yeux. Il n'y a pas de dents, pas de poings, pas de griffes. Il ne me fera pas de mal, je crois.

Il inspire profondément. Sa pomme d'Adam monte et descend comme dans la blague du petit pois dans l'ascenseur qui fait tellement rire Annie.

– Et tu parles de toi à la troisième personne, en plus.

Il sourit en coin. Je me détends. Je soupire :

– Ouais, en plus…

Il me tourne le dos, ouvre la porte d'entrée de sa maison. Je ne sais pas quoi faire. Je reste là, engourdi, empoté.

– Entre. Tu peux dormir dans la chambre de mon frère.

– T'es sûr ? Ça le dérangera pas ?

– Non. Il est mort l'année dernière.

Il a dit ça tranquillement. Juste une info.

– Merde… Je suis vraiment désolé. Je sav…

– Tu ne savais pas, je sais.

Il me regarde, hausse les épaules.

– C'est arrivé en juillet. C'est passé inaperçu au lycée, du coup. Tu n'as pas le monopole du malheur, tu vois.

Nouvelle gifle. Je l'ai méritée, faut admettre.

– Ouais, je vois ça… Dis, il avait pas un cancer des testicules, au moins ?…

– C'est vrai que t'es un connard.

Et j'entends Hui rire, mais vraiment rire, pour la première fois. Alors qu'on était dans la même classe depuis la quatrième.

## Liste de 21 trucs qui me rendent heureuse

Quand Del est à la maison
L'hiver
Surprendre mes parents en train de danser
Faire des colliers de fleurs
Retrouver un billet oublié dans une poche
Regarder des photos de mes grands-parents et de mes parents
Les soirées jeux de société en famille, à Noël
Recevoir une lettre
Quand mon frère me serre dans ses bras
Les œufs à la coque avec des mouillettes
La sensation, juste après le brossage de dents
Les gommes et, globalement, tout ce qui laisse le droit à l'erreur
L'invention du podcast
Les balles sauteuses
Les flipbooks
Un rire complice avec un parfait inconnu
Siffler dans un brin d'herbe
Utiliser une boîte d'aquarelles toutes neuves
Les oiseaux qui chantent le matin
Les figues fraîches et mûres pile comme il faut
L'existence d'Annie

## 34
## Velma

Harold n'a pas dormi à la maison. Son lit est encore fait.
Carré et indemne. Je l'ai vu en allant prendre ma douche.
Bien sûr, ce n'est pas la première fois qu'il découche. Mais.
S'il ne revenait jamais ? Cette pensée humidifie mes yeux.
Assèche ma bouche.

Je retourne dans ma chambre pour m'habiller – et Maman est là.
Debout, devant mon bureau, elle regarde mes dessins, l'air sérieux.
Son intrusion déclenche en moi un frisson nerveux.
Mes cheveux trempés mouillent mes épaules. Et gouttent. Gouttent.
J'entre dans ma pièce d'un pas pressé. Je l'ignore, je l'évite.
Je trouve dans mon armoire un pull chaud. L'enfile. Essore ma tête.
Dans une serviette. La présence de ma mère me déroute.
Je ne sais plus où poser mon corps. Comment donner suite.
« Ça fait une éternité que je ne suis pas entrée ici… Pardon.
J'aurais dû te demander la permission. »
Elle pivote, bras ballants. S'assoit sur ma chaise à roulettes.
La paume de sa main swipe mes feuilles volantes.
Elle arrive sur l'image de la fille iceberg. Tique. Bloque dessus.
Les secondes passent. Tic. Tac. Tic… Le temps ne s'écoule plus.
« C'est beau… Extraordinaire. Les proportions, les perspectives…
Tu es impressionnante.
Et ces lignes, si fines… C'est sublime, ce bleu…
Tu es douée. Tu es soigneuse, précise et créative.

Bien plus que moi. »
J'ai oublié que Maman est architecte. Elle dessinait, elle aussi. Avant.
Elle est là, penchée, disponible, et je me dis que c'est le moment.
« Pourquoi tu m'as faite ? »

Maman ouvre la bouche. La referme. Évidemment surprise.
Elle se détourne une seconde, range une mèche pourtant sage.
Derrière son oreille. Se donne un instant, en triant mes pages.
Et puis elle me fait face et je les vois. Ses cernes, ses rides.
Je soutiens son regard, qui me donne la peur du vide.
Elle fait glisser sa langue, mouille ses lèvres, cherche les mots.

« Quand j'ai eu Annie, rien ne s'est passé comme je le voulais.
Comme je l'avais rêvé. J'étais dévastée. Détruite et ensevelie.
Toutes les mères disent que la naissance d'un enfant change tout.
Mais avec Annie, "tout" était encore trop petit, trop mou.
Alors je me suis dépêchée de te chercher, tout au fond de moi.
J'avais tant besoin de toi que je ne t'ai pas laissé le temps.
Je voulais si fort un bébé en bonne santé. Et…
Ne pas le baigner de larmes. Le langer d'autre chose que de peine.
Un poupon rose que je montrerais avec plaisir aux visiteurs.
Sans peur. Sans plomb dans le cœur.
Et oublier que j'avais été la Maman maudite de la maternité.
Celle qu'on évite. Qu'on n'ose pas féliciter.
Tu es née et c'était comme rembobiner le film. Rejouer les scènes.
Mais cette fois, c'était une comédie et plus un drame. »

Elle déglutit. Ses yeux brillent, maintenant. Elle regrette déjà.
Moi, je ne sais que protester. « Mais tu aimes Annie ! »
Maman sourit.
« De toute mon âme. De tout mon cœur, mes os, mes organes.
Et de toutes mes terminaisons nerveuses…

Mais ça n'a pas été immédiat. J'ai dû travailler cet amour.
Le façonner, le modeler, regard après regard, baiser sur baiser.
Alors qu'avec Harold et toi, la fusion était immédiate, enivrante.
Mes deux merveilleux tourbillons…
Je pensais bêtement *Velma a vingt paires de chromosomes.*
*Elles la rendent forte, invulnérable, indépendante.*
Tu passais chaque étape de l'enfance avec grâce. Et si vite.
Marcher, parler, être propre. Apprendre à lire et à écrire.
Tout s'enchaînait naturellement. Sans que je doive intervenir.
J'ai cligné des yeux trois fois et tu étais autonome.
Toi, mon aire de repos sur la longue route de l'évolution d'Annie.
Tu m'offrais tout sur un plateau. Tu m'as rendue tellement heureuse.
Je t'ai fabriquée mais toi… toi, tu m'as reconstruite.
Et j'aurais dû plus te remercier, plus te montrer que je t'aime.
Parce que je t'aime, Velma. Tu le sais, non ? »

Je hausse les épaules, gênée. C'est trop d'un coup.
Maman inspire, grimace, se masse le cou.

« C'est drôle : j'étais comme toi quand j'étais enfant.
Et quand j'étais moins enfant.
Del a toujours été plus libre, plus audacieuse. Charismatique.
Je ne suis pas jalouse : je suis sa première fan ! »

Je souris. Je sais que Maman et Del s'aiment.
Elles rient comme des folles quand elles se retrouvent.
Elles pleurent lorsqu'elles se quittent.
Elles se moquent l'une de l'autre, se tirent les cheveux.
S'embrassent, se pincent. C'est beau et incompréhensible.

« Annie prend de la place. Je le sais.
– Elle prend la place que tu lui as faite, je crois. »
Maman acquiesce, consent. Tristement.

« Tout est fichu ? Entre nous, tout est fichu pour de bon ?
Ou est-ce qu'on peut encore réinventer notre relation ?
– Je sais pas », je souffle, du bout de la voix.

Maman lisse le dessin de Velmaberg. Le pose doucement sur le lit.
Et tant de précaution, dans son geste, me fond au bain-marie.
« Je sais pas mais j'aimerais bien. »
Ma mère sourit. Un sourire blanc, éclatant. Pub Émail Diamant.
Je nous trouve un peu sottes. On ne sait plus quoi faire, soudain.
Je noue mes cheveux en chignon bas.

Et là, Maman s'écrie :
« Oh, tu sais : ma table à dessin est dans le garage. En morceaux.
Mais intacte ! On pourrait la monter pour que tu l'utilises !
Enfin, si tu as envie…
– J'adorerais ça ! » je réponds plus vite que ma voix.
« C'est vrai ? Y a une lampe réglable super, aussi.
Tu peux la visser et la déplacer, à ta guise…
Rha, j'ai passé des heures sur cette table. Des jours, des mois.
J'ai mangé dessus. Je m'y suis endormie, quelquefois… »

Je vois soudain la Solange de Papa, de Del, de ma grand-mère.
La Solange qui ne ploie pas sous le poids de l'univers.
Je ne l'avais jamais rencontrée, avant.

« Ça fait une éternité que je n'ai pas dessiné. »
Elle dit ça en se levant. Notre moment touche à sa fin.
Elle se tape les cuisses des mains. Elle va partir.
Je la retiens.

« Il… Il y a un stage, à l'espace Zabinski, pendant les vacances.
J'avais envie de m'inscrire mais, toute seule, enfin, je sais pas…
J'oserai sûrement pas. On peut… Avec toi, ce serait plus facile… »

Maman s'étonne. Fouille son agenda cérébral.
Fronce les sourcils.
« Ah mais j'avais promis à Annie qu'on profiterait des vacances p…
– C'est pas grave. Je comprends. Ça n'a pas d'importance. »

Je me sens conne. Je cherche des chaussettes. J'ai froid aux pieds.
Et puis ma mère se ravise.
« Je passerai demain nous inscrire, si ça te va ? »
Je sens mes orteils tiédir. Je me retiens de sourire. De pleurer.
« Ça me va… »

## 35
## Annie

Mercredi, Bisou vient dans ma maison avec les costumes emballés comme des caramels mais géants, avec du papier de soie et des boîtes belles. Maman pose tout sur la table de la cuisine et je voudrais tout ouvrir et regarder, même si y a plus d'entraînement parce que tout est fichu et que Harold il est parti dormir dans une autre maison pour « faire le point » comme il a dit dans les messages du téléphone. Papa a dit je dois pas m'inquiéter mais je m'inquiète quand même un peu parfois, sauf quand j'oublie. Tout le monde sait tout ça sauf Bisou. On a oublié de lui dire, je crois.

Et je suis contente on a oublié de lui dire parce que je rêve de mon costume ! Quand je pense aux beaux habits, ça me fait du bien et je pense moins à Harold. Depuis que Harold est parti, je pleure beaucoup et Maman pleure beaucoup aussi. Ça fait quatre dodos il est plus là. C'est beaucoup, quatre dodos. C'est trop. J'ai fait des crises mais il est pas revenu. Alors je suis fatiguée, maintenant, et j'ai la peau des yeux toute gonflée et rouge comme des cerises.

Mais les costumes me font de la joie et je veux ouvrir la boîte comme une bête sauvage, mais Maman veut pas. Maman elle dit : « Attends, Annie. Je dois d'abord parler à Mme Zhou. »

Ça m'embête, ça. Je saute saute et je remue parce que j'ai la tête excitée. Dalida est juste à côté de moi et elle met ses beaux doigts pleins d'ongles peinturlurés sur sa bouche brillante et elle dit : « Oh Annie ! C'est la tenue que je portais pour chanter *Comme disait Mistinguett*, c'est ça ? Tu seras très chic, dedans, j'en suis sûre ! »

Dalida a raison : je serai très chic. Moi aussi je suis sûre !

Elle caresse mes cheveux et je la regarde et on est contentes toutes les deux, mais Maman m'embête toujours parce que elle me voit pas et elle m'écoute pas et elle raconte des choses à Bisou.

« On ne participera finalement pas au défilé. Ma mère n'a pas réussi à nous inscrire. »

Elle pince la bouche comme pour dire : « *C'est sa faute à elle !* » et Bisou est tout étonnée et elle dit : « Oh ! » avec une bouche ronde comme le O dans DesrOchelles.

Je sais écrire « Desrochelles ». C'est mon nom. Un docteur avait dit à Maman que je saurais jamais lire et écrire mais je sais. Je sais faire tout ça et plein d'autres choses en plus. Le docteur avait dit : « Madame, votre bonheur familial dépendra beaucoup de votre capacité à restreindre vos espoirs et vos attentes. Annie a un quotient intellectuel de 52. Faites le deuil de ce qu'elle ne sera jamais. Et le plus vite sera le mieux. »

Maman, ce jour-là, elle avait aussi fait la bouche ronde comme le O mais elle avait dit zéro mot. Elle s'était juste levée et elle avait pris ma main et on était parties. On n'est jamais retournées chez ce docteur et c'était bien parce que il ressemblait à un Maximonstre dans *Max et les Maximonstres*. Et moi j'ai un peu peur des Maximonstres.

Bisou me regarde et elle me sourit un peu et elle demande tout doux à Maman : « Comment votre fille prend-elle cette nouvelle ? »

Maman soupire et elle fait la grimace de quand elle a envie de pleurer. Alors elle se tourne et elle a la voix qui chevrette comme une chèvre et elle demande à Bisou : « Vou-ous vou-oulez du thééééé ? Un cafééééé ? » et j'ai envie de rigoler parce que je vois dans ma tête Maman avec une barbichette et des petites cornes et des sabots et une petite queue, même. Hihihi ! Mais en vrai, c'est pas rigolo quand Maman chevrette.

Bisou répond : « Eh bien… un café, avec plaisir. Merci », et Maman lui montre la chaise pour lui dire où s'asseoir et Bisou s'assoit où Maman a montré de s'asseoir.

Maman pose des cafés sur la table et elle demande : « Du sucre ? du lait ? » et Bisou fait un petit geste pour dire : « Non, non ». Et elle dit rien et elle attend. Et Maman s'assoit aussi et moi aussi je m'assois parce que sinon c'est bizarre, moi toute seule debout. Je regarde Dalida et Dalida lève les épaules et elle s'assoit pareil.

Maman renifle. Et elle pleurniche :

« Pardon. C'est si embarrassant… J'ai honte. C'est juste que… j'y arrive plus, vous comprenez ? J'ai l'impression qu'il y a des fuites d'eau dans tous les coins de la maison. Et j'ai beau courir d'un endroit à un autre pour poser des seaux, il y a toujours un écoulement, quelque part, qui m'échappe. Que je ne vois pas. Et l'eau monte. Elle monte, elle monte ! Et je me noie… »

Maman essuie son nez dans la manche de son pull. Moi j'ai pas le droit de faire ça. Elle dit c'est dégoûtant mais elle le fait, elle. Je comprends pas. Je vais lui chercher du papier vécé et je lui donne et elle sourit et Bisou sourit aussi.

Bisou boit un petit bout de café, comme Gigi quand elle trempe le bec et elle lève la tête pour l'eau coule dans son cou tout droit. Et puis elle pose sa tasse et elle continue à dire rien, mais ça se voit elle écoute.

« Harold, mon fils, il est parti. Il y a eu cette grosse dispute entre mon mari et lui, et le lendemain il est allé travailler – parce qu'il travaille, maintenant. Enfin, depuis peu. Et il n'est pas revenu. Tout simplement. Mon mari ne veut pas lui téléphoner. Lui demander de rentrer. Il dit que c'est à notre fils de s'excuser. De faire le premier pas. Vers nous. Je trouve ça tellement ridicule ! On perd du temps. On perd du temps, ensemble. C'est… C'est ridicule ! »

Et Maman elle se mouche comme une trompette dans le papier vécé. Après, elle fait une petite boule avec et elle tapote la petite boule sur ses yeux et c'est beurk, un peu, parce que c'est du jus de crotte de nez dedans. Et je suis sûre Bisou elle fait des efforts pour pas faire de grimace. Et Maman aussi elle fait des efforts pour pas pleurer trop fort, mais elle a des hoquets et c'est triste alors je lui fais un câlin.

Je me serre dans son dos et je croise mes doigts sous ses nénés et Maman elle pleure encore plus fort à cause de mon câlin et elle dit en pleurant :

« Je ne sais même pas où il est ! Et il me manque… Il me manque tellement. »

Bisou avance sa main et pose ses doigts sur la manche du pull de Maman. Mais pas là où Maman s'est mouchée avant, hein. Je crois elle fait les câlins comme ça, Bisou.

« Harold est chez nous, madame Desrochelles ! Je pensais que vous le saviez, sinon je vous l'aurais dit plus tôt ! Il va très bien. C'est un jeune homme bien élevé. Il mange beaucoup et prend de longues douches mais, à part ça, il est très discret. Et je suis heureuse que Hui ait un ami. Il ne se laisse pas facilement approcher. »

Maman elle essuie ses larmes et elle a l'air rassurée, maintenant. Alors je la lâche et je retourne m'asseoir pile au milieu de elle et Dalida. Dalida me chuchote : « J'adore le café mais on ne m'en propose jamais ! » Je rigole un peu et je lève les épaules pour dire « Tant pis ».

« J'espère qu'Harold ne vous dérange pas trop… Mais je vous avoue que ça m'enlève un poids immense, de le savoir avec vous. Je vais vous faire un chèque pour les frais que sa présence suscite ! Et pour les costumes, aussi ! Vous êtes très gentille de l'avoir accueilli. Je vais faire en sorte que ça ne dure pas. Il n'est pas question que votre fils ait à partager sa chambre pendant p…

– Il n'a pas à le faire : Harold dort dans la chambre de mon fils aîné, Wen. Il n'est plus là ».

Bisou croise ses doigts quand elle dit : « plus là ». Bisou, ça se voit c'est une dame intelligente. Elle réfléchit bien pour tous les mots ils sont toujours à la bonne taille : jamais des gros, jamais des longs. L'équilibre.

« Ah ? Il ne vit plus chez vous ?

– Non. Wen est décédé. Il était parti au bord de la mer, pendant les vacances d'été. Et il s'est noyé.

– Oh… »

Maman a de nouveau la bouche en O. Je sais pas ce que ça veut dire, « décéder ». Mais je sais ce que ça veut dire, « se noyer ».

Quand il fait chaud, Papa gonfle la piscine bleue toute molle avec des hippocampes dessinés. Et on met de l'eau dedans et on attend le soleil chauffe l'eau. Mais les moustiques et les autres insectes, ils attendent pas du tout et ils se baignent les premiers et après, Papa doit les ramasser et les sortir avec les puisettes. Sinon c'est sale quand on se mouille. J'ai regardé dans les puisettes : les bestioles bougeaient plus. Papa a dit : « Elles se sont noyées, Annie. » J'ai demandé : « C'est quoi, "noyer" ? » et Papa a expliqué : « Quand on se noie, ça veut dire qu'on n'a plus d'air dans les poumons, pour respirer. »

Il a tapoté en dessous de son cou pour dire « *C'est là, les poumons* ». Et il a encore dit : « À la place de l'air, il y a de l'eau. Et l'eau, ça étouffe. Ces insectes ne savent pas nager, alors ils sont morts. »

J'étais très triste. Moi, Papa m'a donné des « cours de natation », il appelait ça. En vrai, ça voulait dire le dimanche matin, on va à la piscine de Couronne et Papa me montre comment faire la planche et barboter comme un petit chien.

Je sais pas si le frère de Hui il savait pas nager. Je voudrais bien demander mais Dalida secoue les cheveux pour dire « *Non, ce n'est pas le moment, voyons, Annie !* ».

Maman et Bisou se regardent et elles sont malheureuses pareil, on dirait, et elles se sourient. Leurs mains font comme les trompes de copains éléphants dans les reportages sur la savane. Elles s'enroulent et fabriquent un nœud. Et y a le silence et ça m'embête toujours, les costumes cachés, alors je me mets debout et je saute et je dis : « On peut voir le costume, maintenant, Bisou ? »

Maman et Bisou rigolent un peu et les mains se lâchent. Bisou se lève et elle dit : « Oui, tu peux voir ton costume, Annie. Je crois même que tu devrais l'essayer ! »

Je suis contente contente et je frétille et je crois je crie un peu « hiiiii hiiii ! », parce que Maman me dit : « Ne crie pas, Annie. On va te le donner, ton costume ! »

Alors, Bisou ouvre le costume-caramel et elle le tient juste sous sa figure pour bien montrer. Maman elle demande : « Euh… c'est tout ? Enfin, c'est juste ça ?! Il manque pas des… parties ? »

Et après elle se mord la bouche fort, fort.

Bisou rigole et elle dit : « Non, il y a ça, aussi ! Ainsi que cet accessoire, petit mais indispensable ! Allez, Annie : passe tout ceci, qu'on voie ce que ça donne ! »

Je passe tout ceci et je suis trop heureuse parce que je me sens très belle ! Encore plus belle de d'habitude ! Dalida applaudit et ses yeux brillent et elle crie : « Fabuleux ! Splendide ! Glamour ! »

Maman est étonnée mais après, elle rit dans ses mains et ça fait des bruits de petit cochon, *grouik grouik*, et elle dit : « Bravo, madame Zhou ! C'est… stupéfiant ! »

Et puis, après, elle soupire et elle dit juste pour Bisou mais moi j'entends quand même :

« Je suis un peu soulagée qu'on ne soit pas inscrits, finalement… »

## 36
## Harold

Je suis allongé dans le lit d'un mec mort. J'ai la tête sur son oreiller. C'est là qu'il se couchait, qu'il détendait ses muscles, bâillait. C'est là qu'il rêvait. Je fixe le plafond dont il devait connaître la moindre zébrure. La plus petite craquelure. Qu'est-ce que je fous là, bordel, dans ce lit, sous ce plafond, qui ne savent même pas que je ne suis pas lui ? Que je ne suis pas Wen Zhou.

C'est inconfortable, dérangeant. Le matelas a la forme d'un corps différent du mien. J'ai l'impression de ne pas dormir seul, ici. Il n'y a pas de photos, dans cette pièce. Pas trop de traces, pas d'indices probants. Ses parents n'ont pas fait de cet endroit un mausolée.

En fait, cette chambre ne dit pas grand-chose de leur fils aîné. Wen était un mec qui aimait les livres sur l'histoire de la photographie. Wen avait un pot à stylos. Rempli de stylos. Sans trombone, bout de gomme ou mouche crevée au fond. Wen avait choisi une seule affiche pour ses murs : la photo d'une statue d'Apollon et Daphné, sculptée par Le Bernin. Wen était plus boxer que slip et… C'est à peu près tout.

Je ne peux pas m'empêcher de me dire que si je meurs demain, que mes parents filent ma piaule à quelqu'un, cette personne s'apercevrait vite que je n'ai rien d'un Wen.

Je me tourne en chien de fusil. Chien tout court. Je m'oblige à fermer les yeux. Je bâille fort pour faire croire à mon cerveau que je suis encore fatigué. Mais c'est faux. Je bosse pas assez pour ça. Trois soirées par semaine, ça ne me suffit pas.

Les Zhou sont vraiment sympas. Ils vaquent à leurs occupations, vont et viennent, sans se préoccuper de ce que je fais. Ni d'où je vais ou de si je vais quelque part, d'ailleurs. Et donc je reste là, dans cette maison qui n'a pas mon odeur, à me sentir encore plus étranger, encore plus à côté, qu'avant.

Le radio-réveil de Wen clignote par moments. Je sais pas pourquoi. C'est sûrement sa façon de me gueuler dessus. De me dire : « *Il est presque neuf heures ! À neuf heures, Wen avait déjà fait ci et ça, il était debout depuis telle heure pour prendre un bus, un autre bus et le train. Il se donnait, Wen ! Tu fous quoi, toi ? Larve, loque, parasite ! Bouge ton cul et fais des choses !* »

Je rabats la couette sur mon visage. L'odeur de la lessive des Zhou me saute au nez. Elle est agréable mais elle n'est pas réconfortante. Elle ne sent pas Maman. Ni Annie.

Annie me manque. Et Maman et Velma.

Papa… pas. Mais tout le reste, tout me manque de ma vie. J'ai tout flingué. Y compris le rêve de défilé d'Annette. Je pourrais en chialer mais je me retiens. Parce que je peux m'imaginer, là, dans ce lit qui n'est pas le mien, en train de pleurer à gros bouillons et d'appeler ma maman en dedans. Et ça me fait honte à l'avance. Je me gifle de l'intérieur.

Mon portable dort sur la table de chevet. En mode avion. Je sais pas pourquoi je fais ça : je désactive sans arrêt cette fonction pour voir si on a essayé de me joindre. Pour voir si lui, Papa, ce gros con de Papa, a essayé de me joindre. Moi, ce gros con d'Harold.

Mais il n'y a que les textos habituels de Camille. Camille qui prend des nouvelles, me dit qu'il est là, qu'il pense à moi. Camille qui ne comprend pas trop pourquoi je suis pas venu chez lui plutôt que chez Hui.

Comment je pourrais lui expliquer ? Comment lui dire que je *peux pas* ? Je peux pas aller chez mon mec, dans sa maison parfaite, avec ses parents *gay-friendly*, tolérants, ouverts, bavards, rieurs. Et son petit frère au bon nombre de chromosomes.

Les parents de Camille sont psys. Athées. Bénévoles dans des assos. Flexitariens. Triathlètes. Ils manifestent pour le mariage pour tous, pour l'avortement, pour le droit au logement, pour l'intégration des réfugiés, pour le boycott des entreprises qui exploitent les Ouïghours, pour Loujain Al-Hathloul. Pour. Ils sont toujours pour.

Et je sais bien, oui je sais, qu'ils seraient pour moi aussi. Et qu'on discuterait des heures du pourquoi et du comment on en est arrivés là, mon père et moi. Ils détricoteraient mes traumas et ils me tendraient des mouchoirs en disant qu'il n'y a aucune honte à laisser couler ses larmes. Que pleurer, c'est vidanger son cœur ou je sais pas quoi. Et sûrement, ça me ferait du bien.

Mais je peux pas. Je veux pas constater, encore plus, à quel point ma famille est nase, dysfonctionnelle, bricolée, branlante. Nan merci.

Je sors fumer une cigarette dans le petit jardin des Zhou. L'herbe est plus verte, ici. Il y a des eucalyptus. Un ginkgo biloba splendide. Et de la menthe sauvage, un peu partout. Y a que le ciel qui ressemble exactement au ciel de notre jardin. Chez nous. Ce ciel sale, détrempé, toujours un peu bruineux, de Couronne. Je me demande si, d'ici aussi, je pourrais voir le soir la constellation d'Annie.

Le téléphone vibre dans ma poche. Neuf chances sur dix que ce soit encore Charles. Ce mec ne lâche jamais l'affaire. On dirait qu'il s'est donné pour mission de me retrouver. Comme si j'étais otage des FARC.

Je soupire ma fumée en jetant un œil à l'écran. Merde, c'est Del !

Je me dépêche de répondre avant qu'elle tombe sur ma messagerie. Ma tante Del n'est pas le genre de personne qu'on arrive à joindre. Ses coups de fil, c'est des comètes. Tu clignes des yeux à la mauvaise seconde et tu les loupes. Elles font pas un aller-retour dans les étoiles pour te donner une autre chance.

*– Hé ! Salut mon Haro ! Comment tu vas ?!*

Del a le « Comment tu vas ? » tellement joyeux, tellement tonitruant et solaire, qu'il te fait direct aller bien. Alors tu réponds : « Ça va bien ! » forcément. Et tu y crois, en plus.

*– Pffff ! Menteur ! Des petits oiseaux m'ont chanté que t'étais parti de la maison ! Nan mais ça va pas la tête ?! Va falloir arrêter tes conneries, mon lapin !*

Et elle rit. Elle rit si fort que ça me paraît évident. Que c'est des « conneries », tout ça. Que c'est rien d'autre qu'une blague, une histoire débile qui nous fera forcément tous marrer très bientôt. Et ça me réconforte. Un peu.

– Je sais. C'est n'importe quoi. Faut dire qu'on a passé beaucoup de temps, les uns sur les autres, ces dernières semaines. C'était une mauvaise idée, je crois. J'aurais pas dû nous pousser à former une équipe. Même si c'était le rêve d'Annie et que ça partait d'une belle intention, on n'était pas prêts pour ça.

Je tapote ma cigarette pour faire tomber la cendre. Elle s'envole et tourne devant mon nez. Un nuage de mauvaises excuses.

– *Tu te trompes, bichon ! D'ailleurs j'ai un truc à te montrer ! Un truc super qui n'existerait pas sans toi ! Attends, je te rappelle en Facetime, OK ?*

– OK.

Je raccroche et j'attends, même pas quatre secondes. Del apparaît en gros plan sur l'écran. Son beau visage épanoui, souriant. Même si elle a l'air crevée. Même si elle a encore maigri. Elle ressemble à Maman. Ça me fait mal d'y penser.

– *Je te présente Coralie ! Elle est infirmière sur le camp !*

Ma tante tourne vite fait l'écran vers une petite blonde dodue et vraiment belle, qui me jette un clin d'œil rapide et crie : « Salut Harold ! »

– *Tu mets la musique, Coco ?*

Puis Del pose le téléphone et s'éloigne. Elle rapetisse, rapetisse. Elle rejoint un groupe. Des tas de gens. Des adultes, quelques vieux et plein, plein d'enfants. Ils sont mal sapés. Ils ont les cheveux en l'air et les ventres creusés. Ils sourient et font coucou. Je souris et je fais coucou. Et puis, tout à coup, je reconnais les premières notes de la chanson d'Orelsan, *Basique*.

Ils se mettent tous illico au garde-à-vous, se redressent, se rangent. Ils vont la faire, je crois. Notre choré à nous, les barjos d'Annie.

Ils se positionnent d'abord en V, Del en pointe, tout devant. Leurs bras tendus, leurs mains en soleil cherchent à gratter les nuages. Ils passent en file indienne, tant bien que mal. Des jambes dépassent, des rires éclatent. Ils se séparent. Un sur deux, de part et d'autre, en pas chassés mal coordonnés. Un petit en maillot de foot sale trébuche, tombe presque, retrouve son équilibre. Je crie : « Bravo ! » alors qu'il peut pas m'entendre.

Ils s'alignent. Ils sont nombreux, je vois pas tout le monde. C'est plus grand que l'écran. Plus grand que mes yeux. Ils font une vague vers la droite. J'attends un peu pour la voir revenir vers la gauche, olaaaa, et j'applaudis. D'une seule main. En me tapant le torse. *Clap clap clap clap.* Le téléphone bouge un peu dans mon poing droit.

Et puis les voilà qui se mettent en carré aux angles pas bien droits. Ils enchaînent les fentes, les diagonales, croisées d'un côté puis de l'autre. Et hop, saut groupé ! Je fixe l'horizon de jambes. Écartées, jointes, en ciseaux puis un genou à terre. Des mikados d'os enveloppés de peau galeuse ou écorchée, de tissu épuisé. Pas beaucoup de chaussures.

Je cille deux, trois fois. Je remise mes larmes derrière mon nez.

Parce que, hé, ils sont moins mauvais que nous ! Ils tiennent le rythme, ils sont à fond… Ils s'en foutent de se tromper : ils prennent plaisir à bouger, ensemble. Ça se voit. C'est hyper beau. Et je me mets à chialer, comme un abruti, iPhone au poing.

Je regarde jusqu'à la fin, j'applaudis, je hurle : « Wouhouuuu ! Bravooo ! » Les voisins des Zhou sont sûrement pas habitués à ce genre d'effusions…

Del revient. Elle grandit, grandit, dans l'écran. Son visage hilare prend toute la place. Elle est à bout de souffle, elle a le vertige. Elle file le vertige. Les enfants derrière elle crient, rient, chantent encore. Ils font durer la communion et Del se retourne de temps en temps et se marre.

Et puis elle prend mon visage en main et se met un peu à l'écart.

– *Bon, Haro : tu sais ce qu'il te reste à faire, maintenant ?*

– Mais… mais on est jeudi ! On a perdu trop de temps… C'est trop tard…

– *Gnagnagna ! Dimanche soir, ce sera trop tard ! Pas avant ! Allez, secoue-toi ! Tu dois finir ce que tu as commencé !*

Elle martèle de l'index ses ordres, militaire.

– Mais… je me suis lancé dans ce truc pour faire diversion, tu s…

– *On s'en fout, des raisons ! C'est fait, c'est tout ! Je lève le camp samedi, je serai avec vous dans la soirée – ou dimanche matin, au pire du pire ! Et je compte bien vous trouver tous en tenue de majorettes, frétillants du pompon, prêts à en mettre plein les yeux à tout Couronne ! Compris ?*

– Compris… Mais si…

– *Y a pas de « mais » ! Bisous mon neveu d'amour !*

Et elle disparaît. Mes yeux retombent sur mon écran d'accueil. C'est une photo de nous cinq, prise par Mamie Kathy, l'année dernière. À Pâques. Annie est au milieu et elle tient fièrement un énorme lapin en chocolat. Ses oreilles ont fondu au soleil et il ressemble vraiment à un pénis avec deux yeux et deux dents, du coup.

Papa se marre, Maman a les yeux levés au ciel, Velma sourit, pouce ironique en l'air, et moi je ris les yeux fermés. Mais Annie est au milieu et son sourire, à elle, est authentique. Parfaitement candide.

Je veux qu'on puisse toujours prendre des photos comme celle-là.

Et je sais ce qu'il me reste à faire, pour ça.

**Liste de 21 choses qu'Annie devrait avoir le droit de faire, au moins une fois**

Tenir un bébé dans ses bras
Manger des graisses saturées
Voter
Passer un diplôme
Sortir seule
Dormir chez une copine
Se faire percer le nombril
Choisir une religion
Fumer
Se faire tatouer
Prendre des cours de conduite
Ne pas se limiter aux films pour moins de douze ans
S'habiller comme elle le veut
Reprendre du dessert
Aller en boîte
Sauter du plongeoir dans le grand bassin
Allumer des bougies dans sa chambre
Faire du baby-sitting
Se servir d'un fer à repasser
Se marier
Être pleinement Annie

## 37
## Velma

La maison est calme. Si calme sans mon frère.
Je ne savais pas qu'il occupait tant d'espace. Mais si.
Quand je rentre du lycée, j'ai le cœur à l'envers.
Ça fait presque une semaine, sans lui.
Annie et Maman sont là, elles s'occupent, font semblant.
De vivre exactement comme d'habitude. Comme avant.
Papa rentre tôt. Il feint de trouver ce schéma ordinaire.
Pour lui, on dirait qu'on a toujours été quatre.
Je lui en veux. Je regarde sa bouche bétonnée, ses yeux en plâtre.
Je déteste notre façon, à tous, de toujours nous taire.
Maman prépare le dîner. Ce soir encore, on mangera mal.
Elle fait de son mieux, mais la purée sera froide, le poulet, pâle.

Et puis la porte d'entrée s'ouvre.
Annie court et crie : « Coucou, toi ! »
Elle accueille Harold comme s'il était le Père Noël.
« C'était bien, le lycée ? Ah non, je suis bête : tu n'y vas plus. »
Papa aurait pu se contenter d'un poli « Bonjour, ça va ? ».
Mais non. Il faut qu'il soit hostile. Agressif et cruel.
Harold ne se démonte pas. Il s'explique sans qu'on le lui demande.
« Oui, Papa, je ne vais plus au lycée. Et je regrette.
Pas d'avoir quitté le bahut, mais de ne pas vous en avoir parlé.
J'aurais dû. C'était très nul. Très immature. Mais j'avais peur.
Je suis désolé de te décevoir autant. De te mettre en colère.

Je voudrais être le fils dont tu rêvais. Que tu sois fier.
Mais je suis juste moi. Je ne suis pas Velma ou Annie.
Et tu vas devoir m'accepter comme je suis.
Sinon on ne pourra plus coexister, tu comprends ?
Au fond on s'en fout, non ? De nos attentes, nos frustrations.
Pourvu qu'on s'aime. Et on s'aime, tous, vraiment beaucoup.
On a de réels soucis de communication, dans cette famille.
C'est évident. On fait pas de manifs, on mange trop de viande.
Et on ne se vidange pas assez souvent le cœur.
Y a pas mal d'amertume, de conflits fossilisés, entre nous.
Mais je crois qu'on est capables de mettre ça de côté.
Au moins le temps de ce putain de défilé de majorettes. »
Maman éclaircit les choses :
« On n'a pas eu l'occasion de t'en parler mais on n'est pas inscrits.
Mamie n'a pas réussi à…
– Et alors ?! On s'en fout, nan ?
On y va avec des enceintes grosses comme des frigos ! On s'impose !
On n'a pas fait tout ça pour rien !
On n'est pas du genre à renoncer aussi facilement ! »
Je pourrais bramer : « C'est clair, bordel !
On est des Desrochelles ! »
Mais de ce que j'en sais, les Desrochelles renoncent. Et échouent.
Annie est plus optimiste. Elle a follement foi en nous.
« C'est vrai, ça ! »
Harold sourit, lui touche le bout du nez. Ça fait rire ma sœur.
« Bon. Alors on a le choix. On peut rester là, à se lamenter.
À se dire : "*Quel dommage, c'est si triste que ce soit impossible…*"
Et on laisse tomber.
Ou on peut faire en sorte que, justement, ce soit possible. »

Apparemment, il se croit dans *Il faut sauver le soldat Ryan*.
Il ne manque que les violons en musique de fond.
On a déjà eu les larmes, et les explosions.

Papa mord sa bouche, soupire, se gratte le crâne.
Maman sourit. Annie demande : « J'ai pas compris : on fait quoi ? »
On se regarde, tous. On attend le verdict de Papa.

« Les enfants, vous appelez Mamie, Camille, Dolorès et Hui.
Chérie, cherche les costumes. Je vous préviens : y a des plumes !
Moi, je prépare le salon pour l'entraînement. Allez, c'est parti ! »

Des plumes ?! Je sens monter en moi une vague de stress.
Ces revirements de situation, ces coups de théâtre, me cassent.
Mais Maman, joyeuse et légère, passe en me claquant les fesses.
« Petite tortue, il est temps de sortir le nez de ta carapace ! »
Et elle m'envoie un baiser.

***

Une heure et des paillettes plus tard, tout le monde est là.
Souriant. Détendu. Comme si la rupture n'avait été qu'une pause.
Et le silence, une virgule.
Mamie arrive, le crâne ras, les lèvres roses.
Elle veut distribuer des baisers.
Papa lui fait signe d'accélérer :
« On est tous heureux de te retrouver, Marie-Claire, je t'assure.
Mais on n'a pas une seconde à perdre. Allez, vire-moi ce pull !
Solange, ils sont où, les costumes ? Grouille-toi ! »

Tous transhument vers le salon. Harold allume son enceinte.
Mamie chuchote quelque chose.
À propos de Franco, d'autoritarisme, de dictature.
Et puis elle s'éclipse dans les toilettes pour se changer.
Maman lève les yeux au ciel. « T'es pudique, toi, tout à coup ? »
Et elle ouvre grand la porte parce qu'il n'y a pas de verrou.
À cause d'Annie. Qui a le don de s'enfermer. Et puis de paniquer.

On surprend Mamie en soutien-gorge. Le bonnet gauche est vide.
Comme une cloque qui claque et perd son liquide.
Maman a le réflexe bête de rire. Elle rit de sa petite mère pelée.
Pâle, maigrichonne et mono-nichonnée.
Je regarde ma génitrice. La condamne des iris et la pousse.
Dans les toilettes.
Et à mon tour, je m'y glisse.

C'est trop petit pour nous trois. On est à l'étroit. Je tousse.
Pour meubler le silence qui prend toute la place. « Mamie…
Ça va ? Qu'est-ce que… Qu'est-ce que tu as ? »
Mamie s'empourpre. Enfile un T-shirt. Me heurte.
Pour sortir. « Ce que j'ai ? Aucune intimité, pour commencer ! »
Maman la bloque. Et soudain l'enlace, la serre, l'étouffe.
Elle murmure : « Maman… Maman… » Et mon myocarde se fend.
En deux. Chaque partie tombe dans un genou et roule, roule.

Je sors en sentant des battements sous la plante de mes pieds.
Je les laisse enlacées. Ferme la porte sur leurs corps imbriqués.
Tout n'est pas fichu pour Mamie et Maman.
Elles peuvent encore réinventer leur relation. Pour de bon.

Je chasse mon trouble.
Dolorès se dirige vers moi. « Elles font quoi, là-dedans ?! »
Je dis : « Mystère, mystère… »
Elle lève un sourcil, dédaigneuse. « Les mystères n'existent pas. »
Elle se détourne déjà quand je la harponne d'un :
« Toi, pour moi, tu en es vraiment un, pourtant. »
Elle rit. Enfin, elle souffle, par le nez. « Moi ?!
Mais moi, je ne suis pas un mystère.
Tu me scrutes, tu m'analyses. Tu me dessines, tu me peins.
Mais tu ne t'intéresses pas à qui je suis *réellement*.
Et quand tu le sauras, je n'aurai plus ce feu magique, cette aura.

Tu préfères les personnages aux personnes. Les tableaux aux photos.
Et les livres aux gens. C'est pour ça.
Que tu ne me poses jamais de question.
Sur ma famille, mon histoire, mes envies, mes passions.
Mais je te le dis : c'est pas moi, le mystère de ton roman. »

Et en guise de point final, elle me présente son dos.
Puis elle retourne vers le reste du groupe. Sautille, s'ambiance.
Harold lâche la main de Camille. La musique commence.
Mamie et Maman sortent finalement, les yeux remplis d'eau.
Hui me fait un petit signe pour dire : « *Je t'ai gardé une place !* ».
Et son sourire, et son regard, font fondre ma glace.

À cette seconde,
On pourrait me fendre en deux en partant du sommet de mon crâne.
La lame progresserait, jusqu'au pubis, et tout serait rouge.
Dans le plan de coupe, tout serait rouge.
Une tranche de peau et de muscle, de sang et d'âme.

## 38
## Annie

Harold met la musique et on est tous là, ensemble, et c'est très bien ! Je suis heureuse ! Mais hééééé ! On a oublié les costumes ! Alors je crie : « Mais hééééé ! On a oublié les costumes ! » et Maman dit : « Ah oui, les costumes, les costumes… », et elle rigole. On dirait une petite fille qui va faire une blague comme des chatouilles ou pchitter de l'eau dans la figure d'une personne.

Elle file file dans le placard de l'entrée. Il est grand, alors elle fouille longtemps et elle sort les boîtes.

Harold a pas éteint la musique. Juste il a mis tout doux, pour on peut se parler et s'entendre. Et Maman revient avec les boîtes et elle les ouvre et elle crie : « Tadaaaaaaaaaa ! » et moi j'applaudis mais personne applaudit avec moi.

Je dis : « C'est moi j'ai choisi toute seule ! C'est le costume Dalida elle avait pour chanter *Comme disait Mistinguett* ! »

Les autres ils se regardent et ça se voit ils connaissent pas Dalida et Mistinguett parce que sinon, ils seraient rudement contents. Ils approchent la boîte comme si y a un loup dedans et ils regardent et ils touchent un peu et ils ont l'air pas trop heureux.

Papa il reste derrière et il a les bras croisés et il dit : « Je vous avais dit qu'y avait des plumes… »

Camille, il prend un costume et il le sort et il le secoue comme si c'est une tente elle se déplie quand on la lance. Mais ça reste petit, alors il fait des yeux en O, comme dans DesrOchelles, aussi. Hihihi ! Et il dit :

« Mais… c'est tout ? C'est ça, le costume ? Un maillot de bain ? »

Mamie Marie-Claire elle lève les épaules et elle prend le costume des mains de Camille.

« Ce n'est pas un maillot de bain, jeune homme ! C'est un feu d'artifice ! Regardez-moi ce magnifique body ! Ce velours noir… Et cette pièce piquée de cristaux facettes blancs, pour rendre le décolleté profond plus pudique… C'est une splendeur ! Hui, ta maman est une artiste ! »

Et Hui sourit parce que ça lui fait plaisir d'avoir une maman artiste. Et puis il arrête de sourire parce que ça lui fait pas plaisir d'avoir un décolleté profond pudique.

Harold il demande :

« Mais, euh, y a un bas, avec ? »

Maman dit : « Hin hin, non non noooon ! » comme si elle continue la blague. « Mais il y a, comme l'a fait très justement remarquer Jérôme, une cape en fausses plumes d'autruche roses et des pompons assortis ! Et puis un nœud papillon, des collants noirs et des bottes. De la même couleur. Pour vous servir ! »

Harold il prend la cape en plumes et il dit : « Moi j'ai jamais vu d'autruche rose ! C'est quoi ce délire ?! Je peux pas mettre ça ! » et Camille rigole et se pince le nez pour se cacher dans sa rigolade. Et il bégaie : « La bonne nouvelle, c'est que tu vas même pas avoir besoin de parler pour faire ton coming out… »

Harold, il fait la grimace et il dit : « Ha-ha, c'est malin, ça… », et après il dit encore : « Nan mais, sérieux, Maman, je peux pas me montrer comme ça ! »

Velma lève les yeux dans le plafond et elle dit à mon frère : « Bah alors ? Je croyais qu'on avait décidé de rendre l'impossible possible, capitaine Miller ? Au passage, je te conseille de te raser les jambes. Le collant sur les poils, c'est pas exactement ce que tout Couronne attend d'une jolie majorette. »

Elle dit ça et elle prend un costume et elle part avec pour aller le mettre. Et même ça m'étonne parce que Velma elle veut jamais se montrer en maillot de bain à la plage ou à la piscine. Elle met toujours une serviette et elle s'enroule comme un pruneau dans du lard. Elle est complécée. Complexée, Velma.

Dolorès rigole comme une petite folle et Velma elle entend. Alors elle revient en arrière et elle farfouille farfouille dans la boîte. À un moment elle arrête parce que elle a trouvé le bon et elle le sort et elle le colle sur les nénés de Dolorès.

Elle dit : « Voilà le tien, petit mystère ! » et Dolorès elle répond : « Ah non ! Non non non ! Je suis la coach, moi ! » et Velma elle dit à nous, les autres : « J'ai besoin d'un peu de soutien du reste de l'équipe, là ! »

Et alors tout le monde crie : « Allez, Dolorès, alleeeeeeeez !! » et « DO-LO-DO-LO-DO-LO ! » et « Elle est vraiment ! Elle est vraiment ! Elle est vraiment phénoménalalalala ! » mais ça c'est Papa et tout le monde le regarde alors il arrête et il dit : « Bah quoi ? »

Dolorès continue de faire « non-non-non » avec sa tête, alors je dis : « S'il te plaît Dolorès, s'il-te-plaîîîîîîît ! » et je fais un beau sourire comme Maman aime et je colle mes mains pour faire la prière comme Mamie Kathy elle aimait. Alors Dolorès elle soupire et elle attrape le costume d'un coup de griffe et elle râle : « Merde, je savais que j'aurais pas dû laisser la daronne de Hui prendre mes mesures. Je suis trop conne, aussi… »

Là, Velma elle lui dit : « Tu vois, tu t'es attachée à elle. Je t'avais prévenue : elle est le Soleil, ma sœur… » Et je fais mon plus beau sourire de soleil pour elles deux.

***

Après, c'est comme cache-cache : tout le monde va dans des endroits pour enlever les habits et mettre le costume. Moi je reste dans le salon et je suis en culotte et je m'en fiche bien si y a des gens ils me voient. Je suis pas complécée. Complexée. Je suis belle. Je suis Annie.

Le collant, c'est un peu dur de le mettre bien. J'ai peur de le déchirer alors je vais tout doux et ça prend du temps. Mais j'arrive. Et Maman elle a acheté des grandes bottes noires. Elles brillent. J'arrive pas bien à fermer le zip-zip parce que ma jambe est dodue alors ça coince et ça serre et ma jambe étouffe. Tant pis, je laisse un peu ouvert.

Je me regarde dans la fenêtre. Il fait nuit dehors, alors la fenêtre fait comme un miroir. Et je suis super ! Je ressemble à Dalida vraiment. Et Dalida elle vient dans le jardin et elle est de l'autre côté de la fenêtre. Elle me regarde et ça se voit elle me trouve merveilleuse ! Elle fait le sourire grand et elle remue les mains l'air de dire : « *Oh là là oh là là Annie, je te trouve merveilleuse !* » Et avec son doigt elle fait un rond, alors je tourne pour lui montrer mon dos et la belle cape en plumes roses.

Derrière la vitre, Dalida applaudit et elle sautille ! Et après elle met ses deux mains devant, comme pour dire : « *Attends, attends…* »

Et elle regarde à côté d'elle et tout à coup je vois Mamie Kathy.

Mamie Kathy est là, à côté de Dalida. Et elle est belle Mamie Kathy ! Elle est moins vieille de d'habitude. Elle a une robe d'ange et elle me sourit et ses yeux brillent comme des étoiles de la constellation d'Annie. Elle me fait coucou alors je cours je cours vers la fenêtre parce que je l'aime et elle me manque et je veux lui faire un câlin !

Mais Mamie Kathy fait non non avec la tête. Elle sourit et envoie un bisou avec ses doigts. *Fouuuuuu*, elle le fait s'envoler et je sens le bisou il passe par la fenêtre et il vient sur moi et ça fait chaud et ça fait triste mais heureux quand même.

Et puis elle dit au revoir, elle remue la main. Et je veux dire : « Non ! Reste Mamie ! Reste ou je fais la crise ! »

Mais je le dis pas. Je suis pas un bébé. Je suis pas un personnage. Je suis Annie. Alors je fais au revoir avec ma main moi aussi, et je souris même si je veux pleurer. Et j'envoie un bisou maintenant et Dalida elle met son bras sur l'épaule de Mamie Kathy et Mamie Kathy elle met sous bras autour du dos de Dalida.

Et elles partent au fond du jardin et après elles s'enfoncent dans le noir de la nuit et je vois plus rien. Et c'est fini.

J'entends *clac clac clac clac* derrière moi et je me retourne. Y a Harold et Camille et Hui ils sont là dans leurs costumes et ils sont magnifiques !!! Je les trouve très beaux et très rigolos aussi ! J'applaudis et je crie : « Wahouuu wahouuuu ! » et j'essaie de siffler mais je sais pas siffler alors je dis : « Beaux gosses, les beaux gosses ! » parce que Papa dit c'est la mode de dire « Beau gosse ».

Harold et Camille et Hui ils ont pas l'air heureux d'être des beaux gosses. Harold il marche bizarre et il glisse et ses pieds ils se tordent, alors il dit tout bas : « Putain mais quel enfer, ces semelles en peau de banane… Et puis elles sont ultra-serrées, non ?! » et Camille rigole.

Hui, je trouve il est… Comment elle disait, Mamie Kathy ?… Ah oui : Hui, il est très *digne* ! Ça veut dire il bouge pas et il se tient bien et il fait comme si tout est normal-normal ! Il est bien poli et il me dit : « Merci Annie. Tu es très élégante, toi aussi ! »

On n'attend pas longtemps : y a bientôt tous les autres et on se regarde tous et personne dit rien et je trouve c'est bizarre. Parce que moi, je trouve on est rudement beaux et j'ai envie de crier ma joie et d'applaudir et de remuer mon popotin et mes pompons roses et de faire le défilé ici maintenant !

Dolorès regarde Velma et elle dit : « Bababaaa ! Ma vieille, j'aurais jamais cru que des jambes aussi sexy se cachaient sous tes jeans *mom* ! Et cette taille ! Pfiouuuu ! C'est lourd ! » et Hui il dit très vite : « Oui-très-sexy ! » et après il devient tout rouge et Velma aussi et ils se regardent pas du tout. J'ai envie de rigoler parce que ça me fait penser à Ouissam et à moi quand il dit mes cheveux sont beaux et ma main est douce et ça me fait des guili-guili dans mon ventre. Je crois Velma a des guili-guili aussi.

Dolorès elle est rudement belle en Dalida foncée ! Maman aussi elle est belle, même si elle serre la cape de plumes comme un manteau et on dirait elle est un gros oiseau timide.

Mamie elle est très fière et elle se « pavane », comme elle disait Mamie Kathy quand elle parlait des filles de la nouvelle génération avec de la peinture sur la figure et des habits de la provoque. Je sais pas ce que ça veut dire, « la provoque », mais ça a l'air grave.

« Hum hum », Papa il tousse.

Papa, je l'aime et il est beau mais tout le monde le regarde et c'est embêtant je trouve. Et lui aussi il trouve c'est embêtant parce que il dit : « Bon, ça va : arrêtez de me dévisager ! » et Dolorès elle dit : « On regarde pas vraiment ton visage, Jérôme... », et Mamie elle dit : « C'est vrai que c'est légèrement obscène : on voit bien les contours de ton service trois-pièces ! Comme une saucisse de Francfort et deux pommes de terre moulées dans de l'aluminium... », et Maman elle crie : « Maman ! » et Hui se tourne pour rigoler mais je vois son dos il bouge.

Harold il soupire : « C'est clair, Papa, t'es vraiment dégueu. T'es le pire de nous tous, je pense ! » et il éclate en rire. Et Camille aussi et Maman dit : « Arrêtez ! Jérôme a de très belles jambes : regardez-moi ces mollets ! Et je ne parle même pas de ces petites fesses fermes comme d... », mais Velma elle fait des gestes avec les mains et elle crie : « Stooop ! C'est bon ! Allez ! On met la musique et on répète ! »

Dolorès elle dit « Velma a raison » et elle tape dans ses mains et Harold met la chanson. Et on se met tous à notre place et on se concentre...

*« OK. J'ai demandé à Skread de faire une instru simple.*
*Parce que j'vais dire des trucs simples.*
*Parce que vous êtes trop cons. »*

Et là y a le téléphone de Maman il sonne. Et Maman dit pardon et elle sort de sa place mais nous on continue et la musique aussi. Maman répond parce que c'est Tata Del elle crie par-dessus Orelsan. Et je vois la figure de Tata sur l'écran et elle dit : « *Hello, frangine ! Je pars pour l'aéroport mais y a des annulations de vols donc je sais pas quand j'arriv… La vache : t'es en costume ?! Vous êtes en costumes, ça y est ?!! Tourne un peu l'écran que je voie ça !* »

Et Maman tourne l'écran et on entend tata Del crier et rire en criant : « *Extraordinaire !! Vous êtes tous BARJOS !* »

## 39
## Harold

Vendredi et samedi passent comme une seconde. Je dois bosser, le soir, alors je sèche les entraînements. Papa ne dit rien. Pas de commentaire. Même si la tension, entre nous, n'a pas disparu. On a mis le dossier en suspens. On instruira l'affaire plus tard.

Quand je rentre, à l'aube, je tombe sur le salon resté en vrac. On ne le rangera pas avant dimanche soir, j'imagine.

Dolorès dort dans la chambre de Velma. Je les entends chuchoter, toutes les deux. Étouffer leurs rires dans des oreillers. Ça y est, ma sœur a une meilleure amie.

Je dors quelques heures et je m'arrache du sommeil comme des serres d'un rapace. Je répète mes mouvements, en journée, dès que je peux. Avec qui veut. Dolorès corrige parfois un ou deux pas, un mouvement, une position. Elle compte à voix haute, traque mes fautes.

Camille vient en pointillé. Je le surprends parfois, là, dans la cuisine, à discuter avec mon père, à accepter une part de tarte des mains de ma mère. Ils ont des échanges, donc. Ils communiquent. Leur lien existe, en dehors de moi. Je ne suis pas sûr d'aimer ça : mon amour qui dépasse nos contours.

Qu'est-ce qu'ils se disent ? Qu'est-ce qu'ils se trouvent de commun, de convergent, de ressemblant ?

Dimanche déboule au pas de course. On l'attendait, on le redoutait. Bam, le voilà.

Je me réveille plein de courbatures. Papa me cueille sur le seuil de ma chambre. Même pas le temps de pisser.

Il porte la casquette rouge *Bubba Gump Shrimp co.* Je tique.

– T'as mis la casquette ? Tu mets jamais cette casquette…

Papa se fige, balbutie :

– Bah c'est parce que j'ai peur de la perdre. C'est ma préférée… Tu te souviens, on avait vu le film, ensemble !

Je dis ouais. Le film. Et je comprends que je m'en fais pas mal. Des films. Je me sens con, mais tellement con. Papa s'en aperçoit. Il aime pas tellement les moments *Nutella*, remplis d'émotions, d'accolades et de sucre. Alors il dit juste :

– Je charge la voiture avec les enceintes qu'on a louées. Les filles sont déjà prêtes et installées. Tu viens avec nous ou tu nous rejoins à vélo ?

Je bâille. Bredouille qu'il est pas encore l'heure, qu'on a le temps.

– Le défilé commence à quinze heures, nan ?

Mon haleine éloigne Papa de deux pas.

– Oui, quinze heures. Justement. C'est dans une heure, Harold.

Une heure ?! Merdemerdemerde. Je me mets une pile. Papa, dans mon dos, me crie :

– Prends quand même le temps de te brosser les dents !

Et il s'en va.

Je me douche, je m'habille. Dans le miroir, je me vérifie. J'ai l'air explosé, éparpillé. J'ai marché sur une mine, on dirait. La mienne.

Quand je descends, la maison est vide d'eux. Les costumes ne sont plus là. Il y a juste du bordel, partout. Des tasses sales, des restes qui s'incrustent dans les assiettes. On dirait une scène de crime.

Je soupire et je sors. Je retrouve mon vélo par terre, derrière la haie. Je souris. J'ai l'impression, à chaque fois que je le vois, de retrouver un ami. Je ne suis pas trop loin du stade de Couronne. À deux rues de chez moi, les voitures s'agglutinent déjà sur les trottoirs, forment de longs colliers de perles dépareillées. L'événement attire du monde, on dirait.

J'arrive vite et je me heurte à la foule. Elle fait rempart. Barrière de jambes et de bras et de crânes… Je ne vois aucun œil, aucun sourire. Je suis en dehors.

J'accroche mon vélo au premier poteau disponible. J'intègre la masse de gens, courageusement. Je joue des épaules, traverse en biais. Je suis grand. Le plus grand. Je m'arrête une seconde pour essayer de repérer ma tribu, perdue dans cette forêt de bonnets et de manteaux, d'après-rasage, de parfum, de mauvais déo.

Je repère la tête rouge de Papa, devant la main courante du terrain de foot. Il discute avec ce qui ressemble à un vigile. Un vigile, pour un défilé de majorettes à Couronne ?! Pfff.

Je progresse et le rejoins. Son interlocuteur, muet, obstiné, croise les bras. Position officielle du vigile, quoi. Dans les gradins, la foule s'installe en grappes. Le rectangle de pelouse est bien vert. C'est noir tout autour.

Papa se retourne, soupire, l'air piteux.

– Il ne nous laissera pas passer. C'est foutu.

Maman se mord la bouche, Mamie s'énerve. Je demande où sont Camille et Hui.

Ils cherchent un autre accès…, résume Velma.

Bon. J'ai besoin d'une seconde. Un peu de calme. Pour laisser le temps, et la place, à une idée. De son côté, Dolorès décide de « discuter » avec le gars. Elle gesticule. Elle parle comme une kaïra. Velma et moi, on peut pas s'empêcher de se marrer.

C'est alors que j'entends :

– Haroooo ! Haro !!

Je regarde dans la meute et je vois une main blanche, fine, qui se lève au milieu de la marée humaine. Je ne reconnais pas la peau, le poignet, la manche. Mais cette voix… cette voix me rappelle quelqu'un. Maman jette un œil aussi et elle sourit, tout à coup, comme une petite fille.

– C'est Del ! Del est là !

Elle veut la rejoindre. Je la retiens. Je lui dis d'attendre ici. Je bouscule un peu les gens. Ça râle, ça jure. J'écarte, j'écartèle, un couple d'amoureux siamois. Ma tante Delphine apparaît, pâle et lumineuse comme un soleil froid.

– Heureusement que t'es de la race des géants, toi !

Elle m'embrasse, m'enlace, me colle et me respire. M'ordonne de me retourner et me saute sur le dos. Je la trimballe comme un sac, les éclats de son rire tombent dans mon oreille gauche. Je me sens toujours bien, bon, beau, quand Del est là.

– Mission accomplie !

Je la pose à terre devant ma mère. Elles s'embrassent aussi. Elles se fondent en une seule femme, *Soline*. Maman pleure un peu dans son sourire. Del sourit un peu dans ses pleurs.

Au bout d'un moment, Mamie essaie de taper l'incruste. Elle se plaint.

– On dirait que c'est l'une de vous qui a un cancer du sein…

Ses deux filles ouvrent leur nid, d'un bras chacune. Mamie se love. On n'a rien réglé au problème mais c'est joli.

Velma sourit à Annie. Elles se prennent la main. Elles attendent que quelqu'un active un peu de magie, simplement.

Et puis, Del fronce les sourcils.

– Bon, qu'est-ce que vous fichez là ?! Vous êtes pas encore en costume ?!

Papa montre le vigile du pouce.

– Monsieur refuse de nous laisser passer.

Aussitôt, Del fait sa tête de petite guerrière. Elle demande à parler à quelqu'un. Un quelqu'un qui décide. Un quelqu'un qui compte.

Le mec se vexe, s'agite, gronde un peu. Et puis il se résout devant le calme puissant, le sourire impérieux, de ma tante. Il accoste un type, plus loin, lui demande de prendre sa place le temps de chercher un organisateur.

Maman sautille, « T'es forte, ma sœur ! » et elles rigolent comme des chipies. J'ai envie de lever les yeux au ciel. Mais en même temps, elles sont heureuses. Et on ne se moque pas des gens heureux, si ?

Un bonhomme nous rejoint, au bout de deux grosses minutes qui paraissent deux éternités.

Il est un peu vieux. Ses dents semblent un peu fausses. Il n'a pas envie d'être là, avec nous.

Mais Del s'en fout. Elle fouille son sac à épaule, mou et distendu comme un ventre qui vient d'expulser un enfant. Elle en sort une carte, qu'elle brandit à hauteur d'yeux. Les oblige à voir, à fixer, à lire.

– Bonjour monsieur ! Monsieur… ? demande-t-elle, main tendue.

– Colin, il dit avant de secouer les doigts de ma tante comme la poignée d'une porte qui refuse de s'ouvrir. Premier adjoint au maire.

– Voilà ma carte de presse, monsieur le premier adjoint Colin. Je suis journaliste, dépêchée pour couvrir votre beau défilé. Je viens de faire connaissance avec ce groupe qui souhaite se produire mais qui, étonnamment, a « disparu » de la liste des associations inscrites. On ne les laisse pas passer. Je peux avoir une réaction de votre part ?

Et elle active la fonction «note vocale» de son téléphone.

– Mais… euh… je… La liste des associations autorisées est clôturée depuis des semaines et je n'ai eu aucune réclamation quant à…

– Est-ce parce que la capitaine de cette équipe est une jeune femme porteuse de trisomie 21 ?

Et Maman, avec une spontanéité tout à fait inédite, pousse Annie vers le Colin. Lequel s'épouvante une nanoseconde et se reprend fissa pour sourire à ma sœur, aussi paternel et politiquement correct que possible.

Annie le dévisage, épanouie, gentille.

– Non !! glapit le type. Non, non non, bien sûr, ça n'a rien à voir ! Je ne savais pas ! Je ne p…

– Ce serait une publicité déplorable pour Couronne si vos électeurs avaient vent de l'exclusion d'une jeune fille en situation de handicap d'une parade officielle organisée par les élus de la ville, vous ne trouvez pas ? À l'ère du buzz et surtout du *bad* buzz, de l'impitoyabilité du tribunal des réseaux sociaux, ne craignez-vous pas la vindicte populaire, monsieur le premier adjoint Colin ? D'ailleurs, « Colin », ça s'écrit bien comme le colin ? Je déteste les coquilles dans mes articles…

Et elle rit, joliment.

– Pardon madame mais rien de tout cela ne dépend de moi ! Ce n'est pas ma responsabilité !

– Non. C'est vrai. Mais ce qui relève de votre responsabilité, c'est la possibilité de laisser à cette équipe moins de trois minutes pour défiler, rendre heureuse sa capitaine et montrer à la ville, la région, et le pays entier, que vous êtes soucieux du bien-être de chaque citoyen, y compris les plus vulnérables. Les atypiques. C'est un excellent message à faire passer, vous ne croyez pas ?

– Et un super coup de com ! appuie Papa.

Le Colin réfléchit à toute vitesse, un peu paniqué, légèrement pris à la gorge. Il lambine. Nous, on n'en peut plus.

Dolorès sort son téléphone et le braque sur lui :

– Je peux prendre une photo ? On sourit et on dit : *On n'aime pas les handicapés à Couronne !* Allez !

L'élu cède, rompu. Il repousse le bras de Dolorès. Grince :

– Je vous donne trois minutes. Avant les équipes officielles. Vous avez un CD, pour la musique ? Et quel nom je dois annoncer ?

On se regarde, les yeux bêtes. Il éclaircit :
–Le nom de votre équipe, c'est quoi ?
Papa dit :
– Annie. Annie et… euh…
Il se perd, s'éteint. Ma grand-mère se met sur la pointe des pieds, derrière lui, menton fier. Elle claironne, inspirée :
– Annie et les barjorettes !

Et ce n'est que là, juste là peut-être, qu'on s'en rend compte. On est une équipe, pour de vrai.

Liste des 21 choses de ma vie que je changerais, si je le pouvais

## 40
## Velma

Voilà. Le compte à rebours est terminé.
Dans une poignée de secondes, il faudra sortir de ce vestiaire.
Habillés comme ça, déshabillés comme ça : question de point de vue.
Plumes roses et bodys noirs. Il est trop tard. On ne recule plus.
On forme une ronde, fronts inclinés, en prière.
Mon cœur palpite dans la pulpe de mes doigts.
Le dernier repas toque contre ma luette. Je déglutis.
« Bon, mes barjos chéris, on est là pour s'amuser.
Pas pour être bons. On met nos cerveaux sur pause. On ne pense pas.
Ou juste à nos pas. »
Maman a raison. Del nous prend en photo. Elle s'en sort bien.
On ne lui a pas fait de costume. Elle sourit. Elle a l'air serein.

Il y aura un après. Pour elle, pour tous. Je le comprends enfin.
Tout ne s'arrêtera pas là, dehors, sur ce terrain.
Il y aura une suite à ces deux minutes quarante-quatre en toc.

On entend de loin quelqu'un appeler « Annie et les barjorettes ! ».
J'inspire. Je suis en apnée. Hui me traîne plus qu'il me tient.
Par la main. On embrasse tous le front d'Annie. Comme un grigri.
Une patte de lapin. Elle sourit, heureuse. Elle dit : « Merci ! »
Après chaque baiser.

Je descends les gradins, coincée entre Camille et Hui.
J'entends dans ce brouillard de gens : « Putain, Desrochelles ?! »
Je me tourne. Charles Bélèque est là, avec sa bande d'abrutis.
Je suis salement soulagée : je ne suis pas la Desrochelles visée.
Les garçons sifflent. Soufflent des vannes que le froid condense.
« Harold a viré travelo ! », « T'as un bon cul ! ».
Et ils rient.
Mon frère joue le jeu. « Merci ! Qu'est-ce que vous foutez ici ? »
« On est venus pour la beauté du spectacle, bien sûr ! »
J'ai envie de les passer au broyeur. De les biberonner au bromure.
Harold leur sourit. « Je vois. Bah, amusez-vous bien, les gars ! ».
Charles dit : « Ouais, toi aussi !
Et pense à rendre ton costume à Moineau quand t'auras fini ! »
Camille pousse un peu mon frère pour qu'il avance.
On nous attend, sur le terrain. Pour que tout finisse. Ou commence.
Je ne sais plus.
Mais cette main, dans son dos, donne à Harold l'impulsion.
Il y a toujours quelqu'un, quelque part, à qui profite la faille.

Harold pivote comme un personnage de boîte à musique.
Prend le visage de Camille entre ses doigts, caresse son menton.
Tendre et vert comme la mousse des bois.
Du pouce.
Et il l'embrasse sans un son, à pleine bouche, à pleine langue.
À pleine gorge. On dirait un naufragé, échoué sur une île.
Déserte et pelée. Stérile.
Et qui, enfin, trouve une mangue.
Charles se prend en pleine gueule le baiser/attentat.
Encaisse la secousse.
Ses potes se ressaisissent plus vite et chambrent leur leader.
Ils giflent sa nuque et le traitent de blaireau. De branleur.
Pour n'avoir pas deviné. Rien vu.

Les amoureux se dénouent et se délacent. Se laissent respirer.
On dirait que la température a augmenté de quelques degrés.
Je me tourne vers Hui et je lui souris. Réflexe idiot.
Dolorès s'impatiente, quelques marches plus haut.
Elle crie, faussement fâchée. « Tu feras ça après, joli cœur ! »
Devant la main courante du terrain, Harold prend encore un instant.
Il sourit une dernière fois à Charles, exécute une révérence.
Et puis il passe sous la barrière en chuchotant :
« Ça, au moins, c'est fait. »

J'aimerais dire qu'une fois groupés sur le terrain, tout est net.
Propre. Lisse. Comme les faces d'un Rubik's Cube. Mais non.
On est moches. Gauches. Bizarres et grotesques.
Mais au moins, on n'est plus des icebergs.

Annie est au milieu, tout devant. Je regarde sa silhouette replète.
Ses courbes douces, ses cheveux blonds.
Je me concentre sur elle. Elle et rien d'autre.

Au premier rang des gradins, une fille se lève. Hurle : « Oh hé ! »
Annie sautille et crie : « C'est Dounia ! » en la montrant du doigt.
La fameuse Dounia rit et, mains en porte-voix, braille :
« Toutes les filles ici, c'est des connasses, Annie ! Sauf toi ! »
On rigole tous, nous les barjorettes.
Et, presque surpris, on se fait cueillir par les premières notes.

*« OK. J'ai demandé à Skread de faire une instru simple.*
*Parce que j'vais dire des trucs simples.*
*Parce que vous êtes trop cons. »*

J'ai le front en feu, les bras en plomb, les jambes en coton.
Je bouge. Je marche. Je danse malgré ma peur.

Orelsan scande de sa voix automate dans les haut-parleurs.
Tout se fait flou, tout se fait loin.
Je sens monter en moi une émotion que je ne connaissais pas.
Racontée par Romain Rolland, un écrivain que j'ai lu.
Le « sentiment océanique ».
Cette impression soudaine de ne faire qu'un.
De faire corps. Cœur commun. Avec l'univers tout entier.
Et soudain, plus rien ne me semble hostile. Honteux. Critique.
Je suis un petit rien dans une galaxie d'autres petits riens.
Quoi qu'il arrive, tout ira bien. L'impossible est devenu possible.

J'aimerais dire que ça me rend meilleure. Plus souple. Gracieuse.
Que je danse comme un petit rat. Un cygne sur un lac.
Mais, très vite, c'est la cata. On se perd, on se prend les pieds.
On baisse les bras quand il faut les lever.

*« Basique, simple, simple, basique.*
*Basique, simple, simple, basique.*
*Vous n'avez pas les bases*
*Vous n'avez pas les bases*
*Vous n'avez pas les bases*
*Vous n'avez pas les bases. »*

Hui glisse, tombe. Fait basculer Maman comme une quille.
Ils se redressent, hilares, en vrac.
Lui se lance dans une danse du robot. Elle exhume une Macarena.
Ils font n'importe quoi, mais ils le font bien. Avec enthousiasme.
Ils nous gênent un peu, prennent de la place. Encombrent l'espace.
J'oublie mes pas. Dolorès se retourne, lève les yeux au ciel.
Mais peu importe : on n'est pas là pour être bons.
Je mets mon cerveau sur pause.
Et je danse comme si j'étais toute seule, chez moi.

Papa jette l'éponge, lui aussi, fait un truc à la John Travolta.
Avec beaucoup trop de mouvements du bassin.
Harold et Camille se rejoignent pour un slow lascif et lent.
Ils sont loin. Ils sont seuls. Au monde.
Mamie ondule façon *newage*, yeux à l'envers, traversée de spasmes.

« *Toutes les générations disent que celle d'après fait n'importe quoi. Cliché.* »

Dolorès ne lâche pas l'affaire. Elle nous éblouit. Nous terrasse.
Elle déroule la chorégraphie, pompon fier et menton haut.
Elle a le geste précis, l'iris dur comme la mèche d'une perceuse.
Le corps souple, les articulations caoutchouteuses.
Elle propulse ses jambes vers le ciel et nous laisse K.-O.
Largués, bizarres, sur le carreau.

Et il y a Annie.
Annie au milieu, qui s'applique et s'implique.
Je ne sais pas de quoi on a l'air, depuis les gradins.

« *Basique, simple, simple, basique.* »

Mais Annie est au milieu. Tout devant. Nuage rose.
Et elle irradie.

« *Basique, simple, simple, basique.* »

Des applaudissements jaillissent, timides, clairsemés. Là. Et ici.
Comme les gouttes d'une petite pluie, un jour d'enterrement.
En février.

« *Basique, simple, simple, basique.* »

Et finalement, la foule délire. Déluge.
Dounia et Del, debout, folles. Et le reste des gens pris au jeu.

*« Basique, simple, vous n'avez pas les bases. »*

La chanson s'achève. On ne s'en aperçoit pas. On est remplis.
Pleins à ras bord de nous, d'Annie. On s'embrasse, on rit.
On n'a rien gagné et on a tout gagné, je crois.
Je crois aussi que la plume se souvient avoir été oiseau.
Nuage et ciel. Et qu'elle ne s'en remet jamais.
Je crois que si mon pouce me démange, je vais avoir du courrier.
Je crois que chaque famille a quelqu'un qui fait office de soleil.
Et que les autres membres ne sont rien de plus que ses satellites.
Ils tournent autour de lui, cœurs tambours et jambes cuites.
Et moi, je suis Pluton.
Depuis 2006, elle ne fait plus partie du système solaire.
Des scientifiques ont décrété qu'elle était une planète mineure.
Un satellite nain oubliable. Quantité négligeable parmi ses sœurs.
Je suis Pluton et je m'en fous. Je suis toujours là.
Et j'ai cinq petites lunes qui gravitent autour de moi.

Je crois que cinq lunes, c'est bien assez pour mon bonheur.
Je crois que les bonnes histoires commencent par un amour fou.
Et que les meilleures d'entre elles se terminent avec des fous.
Qui s'aiment.

## Remerciements

Je remercie rapido mon Chaz, ma fille, encore et encore, et mon fils.

Noël, toi aussi, tu es au milieu.

Tu es la couleur, le rire et l'oubli.

C'est pas rien.

Merci à Tibo.

Le merci à Tibo vient tout de suite après le merci à ma famille.

Parce que quand on rit et on râle et on crie et on pleure avec quelqu'un, autant et aussi souvent, c'est qu'il est devenu la famille.

L'air de rien. Tranquillement.

Un éditeur, c'est un peu comme un soutif.

Parfois, ça serre un peu, ça laisse des marques, alors on l'enlève. On croit pouvoir s'en passer. On pense qu'on est plus libre sans mais, en ce qui me concerne, c'est faux.

Donc merci Tib's, pour tout : mes livres comme tes livres. Tu es fort.

Smiley clin d'œil et zoubiz.

Merci à Claudine Devey, pour de vrai.

Merci à Emmanuelle Beulque et à son cœur plein, franc et généreux.

Merci à Anaëlle Busch, ma seule et unique stagiaire, qui a bien arrosé les graines du projet « Annie ».

Merci à Blanche Gardin, Kheiron, Baptiste Lecaplain, Navo et Kyan Khojandi ainsi qu'au podcast « 4 comiques dans le vent mais à contre sens » de Seb Mellia, et à tous les artistes drôles-mais-pas-que qui me sont affreusement essentiels.

Vouloir faire rire est un acte d'amour.

Les humoristes sont des philosophes et des antalgiques sur pattes.

Et on a la chance d'en avoir de très bons, en France.

Merci aux gens qui ont le courage, la patience et la gentillesse de lire mes bouquins. (Pas ma famille ni mes potes, donc.)

J'ai négocié dur : il y a un endroit spécial réservé au paradis pour vous.

Un signe pour la communauté sourde et malentendante, celui avec la main ouverte, et le majeur et l'annulaire repliés.

Petites tapes gentilles dans le dos des courageux en blouse blanche.

Je sais que c'est l'enfer.

Je sais que vous faites l'impossible, tout le temps.

Et je ne suis pas la seule à le savoir.

Quant à ceux qui l'ignorent, c'est rien que des cons.

Fronts hauts, mentons fiers et haut les cœurs !

Clin d'œil aux porteurs d'un capteur FreeStyle Libre : vous êtes merveilleux.

Bisou à Pap.

Et la moitié de moi toujours au Liechtenstein.

## *À découvrir aussi*
## DANS LA COLLECTION EXPRIM'

Fanny ABADIE, *Les Insoumis du blizzard*
Philippe ARNAUD, *La Proie*
Philippe ARNAUD, *Indomptables*
Philippe ARNAUD, *La Peau d'un autre*
Philippe ARNAUD, *Jungle park*
Rolland AUDA, *L'Équipée volage*
Rolland AUDA, *Le Dévastateur*
Rolland AUDA, *Le Gouffre*
Anne-Gaëlle BALPE, *La Boîte*
Clémentine BEAUVAIS, *Âge tendre*
Clémentine BEAUVAIS, *Brexit romance*
Clémentine BEAUVAIS, *Songe à la douceur*
Clémentine BEAUVAIS, *Les Petites Reines*
Clémentine BEAUVAIS, *Comme des images*
Clémentine BEAUVAIS, *La Pouilleuse*
Aurélie BENATTAR, *Luna Viva - Le tournoi des voyantes*
Sabrina BENSALAH, *Diabolo fraise*
Sabrina BENSALAH, *Vers le bleu*
Sabrina BENSALAH, *Appuyez sur étoile*
Estelle BILLON-SPAGNOL, *Y a pas que la vie*
Estelle BILLON-SPAGNOL, *Amour, vengeance et tentes Quechua*
Jérôme BOURGINE, *Bras de fer*
Jérôme BOURGINE, *Le Voyage impossible*
Jérôme BOURGINE, *Toute la vie*
Alexis BROCAS, *La mort, j'adore ! - Saison 1*
Alexis BROCAS, *La Honte de la Galaxie*
Marion BRUNET, *Dans le désordre*
Marion BRUNET, *Frangine*
Marion BRUNET, *La Gueule du loup*
Thomas CARRERAS, *100 000 canards par un doux soir d'orage*
Thomas CARRERAS, *50 cents*
Axl CENDRES, *Aimez-moi maintenant*
Axl CENDRES, *Cœur battant*
Axl CENDRES, *Dysfonctionnelle*
Axl CENDRES, *La Drôle de vie de Bibow Bradley*
Axl CENDRES, *Échecs et but !*
Axl CENDRES, *Mes idées folles*
Émilie CHAZERAND, *Falalalala*
Émilie CHAZERAND, *La Fourmi rouge*

## *À découvrir aussi*
## DANS LA COLLECTION EXPRIM'

Stephen CHBOSKY, *Le Monde de Charlie*
Emmanuelle COSSO, *Passé minuit*
Antoine DOLE, *Je reviens de mourir*
Samira EL AYACHI, *La Vie rêvée de Mademoiselle S.*
Gaspard FLAMANT, *Justice Sauvage*
Gaspard FLAMANT, *Shorba - L'appel de la révolte*
Célia GARINO, *Les Enfants des feuillantines*
Mélanie GEORGELIN, *Soleil jusqu'à la fin*
Chrysostome GOURIO, *La Brigade des chasseurs d'ombres - Wendigo*
Flo JALLIER, *Les Déchaînés*
Flo JALLIER, *Mon plus grand combat*
Hamid JEMAÏ, *2 jours pour faire des thunes*
Hamid JEMAÏ, *Dans la peau d'un youv*
Julia KINO, *Adieu la chair*
Lucie LAND, *Gadji !*
Lucie LAND, *Good Morning, Mr Paprika !*
Boris LANNEAU, *Sur la tête de l'amour*
Boris LANNEAU, *La Fille de la ville*
Loïc LE PALLEC, *Fréquence Oregon*
Loïc LE PALLEC, *No man's land*
H. LENOIR, *Félicratie*
Bruno LONCHAMPT, *Mon vieux*
Bruno LONCHAMPT, *Bloc de haine*
Bruno LONCHAMPT, *Les Évadés du bocal*
François-Guillaume LORRAIN, *Le garçon qui courait*
Karim MADANI, *Le "journal infirme" de Clara Muller*
Karim MADANI, *Hip-hop connexion*
Aylin MANÇO, *Ogresse*
Benoît MINVILLE, *Je suis sa fille*
Benoît MINVILLE, *Héros Livre 1/2 : Le réveil*
Benoît MINVILLE, *Héros Livre 2/2 : Générations*
Benoît MINVILLE, *Les Belles Vies*
Benoît MINVILLE, *Les Géants*
Vincent MONDIOT, *Tifenn : 1 - Punk : 0*
Anne MULPAS, *La Fille du papillon*
Lorris MURAIL, *Rien ni personne*
Martine POUCHAIN, *Chevalier B.*
Martine POUCHAIN, *Dylan Dubois*
Martine POUCHAIN, *Gloria*

## *À découvrir aussi*
## DANS LA COLLECTION EXPRIM'

Martine POUCHAIN, *La Ballade de Sean Hopper*
Martine POUCHAIN, *Traverser la nuit*
Martine POUCHAIN, *Zelda la rouge*
Claire RENAUD, *Les Quatre gars*
Claire RENAUD, *Une fille de perdue, c'est une fille de perdue*
Stéphanie RICHARD, *Jeux jaloux*
Joanne RICHOUX, *Les Collisions*
Joanne RICHOUX, *Marquise*
Joanne RICHOUX, *Toffee Darling*
Cécile ROUMIGUIÈRE, *Les Fragiles*
Insa SANÉ, *Tu seras partout chez toi*
Insa SANÉ, *Daddy est mort (retour à Sarcelles)*
Insa SANÉ, *Du plomb dans le crâne*
Insa SANÉ, *Gueule de bois*
Insa SANÉ, *Les Cancres de Rousseau*
Insa SANÉ, *Sarcelles-Dakar*
Anne SCHMAUCH, *Gorilla Girl*
Anne SCHMAUCH, *La Sauvageonne*
Edgar SEKLOKA, *Adulte à présent*
Edgar SEKLOKA, *Coffee*
Julia THÉVENOT, *Bordeterre*
Julia THÉVENOT, *Lettre à toi qui m'aimes*
Marine VEITH, *Ceux qui traversent la mer reviennent toujours à pied*
Marie VERMANDE-LHERM, *London Panic*
Thibault VERMOT, *Colorado train*
Séverine VIDAL, *Quelqu'un qu'on aime*
Séverine VIDAL, *Des astres*
Vincent VILLEMINOT, *Samedi 14 novembre*

Directeur de publication : Frédéric Lavabre
Collection dirigée par Tibo Bérard
Assistante d'édition : Julia Robert-Thévenot
Maquettiste : Elsa Le Duff
Conception de couverture : Claudine Devey



Achevé d'imprimer en mai 2021
sur les presses de l'imprimerie ProImpress
N° d'édition : 0136
Dépôt légal : 2e semestre 2021
ISBN : 9978-2-37731-695-3

*Imprimé en Bulgarie*